W0356523

rororo

ro
ro
ro

Der Autor

Willy Josefsson wurde 1946 in Ängelholm in Nordwestschonen (Schweden) geboren. Nach seinem Studium war er Kulturjournalist und arbeitet heute als Hörfunkredakteur bei Sverige Radio. Josefsson hat bisher fünf Kriminalromane geschrieben, die in Schweden außergewöhnlich erfolgreich sind.

In der Reihe der rororo Taschenbücher erschienen bereits «In jenen dunklen Tagen» (rororo 22892) und «Das Zeichen des Mörders» (rororo 23013).

WILLY JOSEFSSON

Die Spur im Meer

Roman

Deutsch von
Eckehard Schultz

Rowohlt Taschenbuch Verlag

Deutsche Erstausgabe
Veröffentlicht im Rowohlt Taschenbuch Verlag
GmbH, Reinbek bei Hamburg, April 2002
Copyright © 2002 by Rowohlt Taschenbuch Verlag
GmbH, Reinbek bei Hamburg
Die Originalausgabe erschien unter dem Titel
«Vila i vatten» 1998 bei Bra Böcker, Höganäs
Copyright © 1998 by Willy Josefsson
Redaktion Andreas Feßer
Umschlaggestaltung any.way, Cathrin Günther
(Foto: Ute Klaphake)
Foto auf der Umschlaginnenseite
© Tommy Arvidson, 2000
Satz ITC Galliard, PageMaker
Pinkuin Satz und Datentechnik, Berlin
Druck und Bindung Clausen & Bosse, Leck
Printed in Germany
ISBN 3 499 23174 3

Die Schreibweise entspricht den Regeln
der neuen Rechtschreibung.

Für Bertil und Vibeke

Ein besonderer Dank gilt
Cecilia,
Kerstin Bernhoff, Marie Bosund, Jan Broberg,
Gertrud Cronberg, Sören Somelius und
dem Öresundkonsortium

KAPITEL 1

Das kurze Messer schimmerte im Lampenschein, der Schnitt war elegant und gekonnt.

Der große Mann mit dem Messer und dem vornehmen Anzug bemerkte, dass das Gespräch um ihn herum verstummt war, und hielt einen Augenblick inne. Dann blickte er auf und sagte: «Wusstet ihr, dass Kellerasseln die nächsten Verwandten der Krebse sind?»

Neun Augenpaare blickten gleichzeitig zu der großen Schale mitten auf dem Tisch, auf der die Krebse ihre zahlreichen und viel zu roten Beine von sich streckten.

«Das war nun wirklich unnötig, Uno!»

Die Worte der Frau drückten eher Überdruss als Wut aus. Es hörte sich an, als ob sie so etwas schon häufiger hatte sagen müssen. Der Mann mit dem Messer zuckte nur mit den Schultern.

«Lediglich ein unbestreitbarer wissenschaftlicher Sachverhalt. Wie auch die Erkenntnis, dass Menschen sich nicht ausschließlich von Grünzeug ernähren können.»

Er blickte triumphierend in die Runde, aber keine einzige Hand streckte sich nach der Schale mit den Krebsen aus.

Martin Olsson starrte ebenso wie die anderen auf den roten Stapel aus kleinen Monstern, die Skorpionen glichen. Er mochte Krebse eigentlich nicht besonders, aber um seinem Gastgeber aus der Verlegenheit zu helfen, unterbrach Olsson die peinliche Pause und streckte eine Hand nach der Schüssel aus.

Er nahm sich einige von den Tieren, deren Beine und Scheren schlaff herunterhingen, als er sie über den Tisch auf seinen Teller hob. Und genau, wie er gehofft hatte, folgten die meisten anderen seinem Beispiel. Die blonde Frau neben ihm hielt sich allerdings zurück und zog nervös an ihrer Zigarette. Jetzt erst bemerkte Olsson, wie ähnlich sie dem Mann war, den sie Uno genannt hatte.

«Ich bin Vegetarierin», erklärte sie. «Und mein Bruder lässt keine Gelegenheit aus, seine Meinung darüber kundzutun.» Sie lächelte kurz und nahm einen hastigen Zug, ehe sie fortfuhr. «Ich heiße Louise Berghagen. Meistens werde ich aber Lisa genannt.»

Etwas verlegen erwiderte Olsson die Begrüßung. Er war als Letzter gekommen, als die anderen schon dabei waren, am Tisch Platz zu nehmen, und hatte daher die Vorstellungsrunde verpasst. Zu seinem Erstaunen entdeckte er seinen alten Freund, den Schafzüchter Harry Landman, unter den Gästen. Sie hatten sich nach der Tragödie vor zwei Jahren, als Harrys Frau Terese ermordet worden war, mehr oder weniger aus den Augen verloren. Harry schien sich jedoch nicht nennenswert verändert zu haben.

«Je später der Abend, desto erlesener die Gäste!», bemerkte er grinsend, während Olsson sich verlegen für sein spätes Kommen entschuldigte.

Überhaupt hatte er sich erst in letzter Minute für die Einladung zu Seved Sunessons Krebsessen bedankt und zugesagt. Aber Seved war am Telefon ganz und gar nicht ungehalten gewesen, im Gegenteil, Olsson meinte aus der Stimme des Journalisten sogar eine gewisse Erleichterung herauszuhören.

Diese ungewöhnliche Reaktion beschäftigte Olsson auf der Fahrt nach Hallandsåsen. Seved Sunesson hatte dort am

Ufer der Uggle-Halbinsel zwei alte Blockhäuser in einen modernistischen Traum verwandeln lassen, mit architektonischen Extravaganzen und Terrassen, die bis an das Ufer des lang gestreckten Binnensees reichten.
Sunesson war privat ein zurückhaltender Mensch. Olsson hatte sich schon während seiner Jahre bei der Polizei gut mit ihm verstanden, sich aber des Öfteren gefragt, wie seine beinahe schüchterne Art zu seinem streitbaren, professionellen Stil als Chefredakteur passte.
Er hatte auch die Erfahrung gemacht, dass Sunesson gern wie die Katze um den heißen Brei schlich, wenn es sich um persönliche Dinge handelte. Und er spürte, dass es nicht nur die Krebse waren, weswegen Sunesson ihn eingeladen hatte.
Jetzt machte sich Olsson jedenfalls ohne große Begeisterung an das Zerlegen der roten Tiere. Die Stimmung wurde langsam besser, trotz Uno Berghagens eigenartigem Verhalten. Die Schnapsgläser kamen auf den Tisch, und das gut gekühlte dänische Bier holte der Gastgeber aus einer Kiste im See.
Olsson hielt sich an alkoholfreies Tuborg. Er hatte keine Lust, hier oben im Wald zu übernachten, so schön die Umgebung auch sein mochte.
Schön war übrigens stark untertrieben. Die Dämmerung kam über den See, an der nächsten Landzunge verdunkelte sich bereits das Wasser, und dahinter erhob Hallandsåsen seinen waldbedeckten Rücken. Zweifellos war es der perfekte Rahmen für ein Krebsessen.
«Bei einem Gemälde würde man so was als Edelkitsch bezeichnen.» Uno Berghagen machte mit der Hand eine ausholende Geste. «Aber es ist faszinierend, das muss man zugeben.»

Seine Schwester schien sich um die Bemerkungen ihres Bruders nicht weiter zu kümmern. Sie war damit beschäftigt, eine Artischocke zu zerteilen, der Schnaps hatte ihrem bleichen Gesicht etwas Farbe gegeben.
«Urban, der Sohn des Hauses, ist auch Vegetarier», erklärte Olsson ihr, nur um überhaupt etwas zu sagen.
Er deutete auf einen jungen Mann mit kahl geschorenem Kopf, der am anderen Ende des Tisches saß.
«Ich weiß. Wir kennen uns aus Lund.»
«Ach, Sie sind befreundet?»
Sie lächelte über Olssons überraschtes Gesicht. «Wir arbeiten in derselben Umweltinitiative», erklärte sie. «Ansonsten verkehren wir nicht unbedingt in denselben Kreisen.»
Letzteres klang wie ein Hinweis auf etwas, aber Olsson konnte sich keinen Reim darauf machen, worauf sie damit anspielen wollte. Seine Überlegungen wurden vom Gastgeber unterbrochen, der aufgestanden war und mit einer Handbewegung um Ruhe bat.
«Ich möchte auf unsere neuen Nachbarn anstoßen», begann er. «Dies hier ist Hans Klüger …»
Er wies mit dem Glas auf einen kräftigen Mann in den Fünfzigern, der die meiste Zeit über in ein Gespräch mit einem bedeutend jüngeren Mann mit schwarzen Locken vertieft gewesen war.
«… und dies hier ist Jörgen Åman.»
Das Glas neigte sich zu dem Lockenkopf.
«Sie arbeiten beide am Bau der Öresundbrücke, und es ist wohl am besten, wir prosten auch gleich ihrem Kollegen Uno Berghagen zu. Es ist sein Verdienst, dass die beiden jetzt in Leos Haus wohnen, das er den Herbst und Winter über vermietet.»
Der Künstler Leo Sark hatte sich auf der nächsten Land-

zunge, die man über das Wasser hin sehen konnte, niedergelassen, und sein Haus war wahrscheinlich noch ungewöhnlicher als das von Seved.
Leo Sark hatte sich ein Phantasiegebäude gebaut, mit blauen Kiefernschindeln und einem märchenhaften Zwiebelturm über dem großen Atelier. Rund um das eigenartige Haus wachten Skulpturen, und im Innern blickten bärtige Spielleute von Deckengemälden über den Balken, die an Totempfähle erinnerten, auf die Besucher herab.
Olsson leuchtete ein, dass Sark seinen bizarren Palast lieber vermietete, als ihn unbewohnt zu lassen und Einbrüche zu riskieren. Jetzt hielt er sich für ein gutes halbes Jahr in New York auf, um ein riesiges Mosaik für das UN-Gebäude anzufertigen. Die lokale Presse hatte sich überschlagen, als Sark den prestigeträchtigen Auftrag erhalten hatte, der so gut zu seinem Engagement für den Weltfrieden passte.
Wieder wurde an ein Glas geklopft, und nun war es der vierschrötige Hans Klüger, der das Wort ergriff. «Ich fühle mich geehrt, heute Abend dabei sein zu dürften. Und ich bin froh, dass ich die Möglichkeit habe, hier am See zu wohnen, ich habe die schwedische Natur stets sehr bewundert.»
Klüger sprach mit einem unüberhörbaren deutschen Akzent. «Als kleines Dankeschön möchte ich deshalb alle, die daran interessiert sind, zu einem Besuch auf die Öresundbrücke einladen, wo ich als Ingenieur arbeite, und Ihnen zeigen, wie weit wir mit der Arbeit gekommen sind und wie die Brücke einmal aussehen wird, wenn sie fertig ist. Wir haben die Möglichkeit, zu den Plattformen hinauszufahren, wo die Brückenpfeiler gegossen werden für eine der weltweit größten Brückenbaustellen», fügte er hinzu, um die Bedeutung seiner Einladung zu unterstreichen.

Der Vorschlag schien zu Olssons Erstaunen auf allgemeine Zustimmung zu stoßen, lediglich Urban Sunesson protestierte.
«Aber der Brückenbau über den Öresund ist ein einziger Umweltskandal! Habt ihr das etwa alle schon vergessen und macht jetzt einen netten Ausflug auf Kosten der Natur?»
Olsson spürte eine unruhige Bewegung neben sich. Lisa Berghagen schien etwas sagen zu wollen, entschied sich aber anders und zündete eine Zigarette an. Stattdessen ergriff ihr Bruder das Wort.
«Hier ist wohl etwas falsch verstanden worden», sagte er mit arrogantem Unterton. «Wir haben sehr genaue Untersuchungen über die Konsequenzen sowohl für den Öresund als auch für die Ostsee angestellt.»
Urban ließ sich nicht beirren. «Ja, die Wassergutachten! Darüber spreche ich ja gar nicht, sondern über die Umweltbelastung durch den Verkehr. Wie wollt ihr denn die Abgase entsorgen?»
Er starrte Berghagen wütend an. Das Gespräch am Tisch war verstummt, und Seved Sunesson sah bedrückt aus, offenbar meinte er, die Wogen glätten zu müssen.
«Sicher ist Uno nicht der richtige Adressat für diese Frage», sagte er mit einem verlegenen Lächeln, «und es kann eigentlich nicht schaden, sich den Brückenbau anzusehen, egal welcher Meinung man darüber ist ...»
Weiter kam er nicht, denn Urban stand mit einem Ruck auf. Der weiße Gartenstuhl fiel nach hinten um und landete im Sand des Seeufers, ein paar Insekten huschten verschreckt über die Wasseroberfläche.
«Nicht der richtige Adressat? Er ist verdammt nochmal der PR-Chef!»

Mit hochrotem Kopf verließ er die Runde. Seved Sunesson erhob sich halb, um seinen Sohn aufzuhalten, sank dann aber auf seinen Stuhl zurück und blieb mit unglücklicher Miene sitzen.

Der Abend zog sich zäh dahin, und die Stimmung wurde nicht besser. Olsson versuchte ohne viel Erfolg, sich mit Hans Klüger zu unterhalten. Aber der Deutsche schien abgelenkt zu sein, denn an der Tischseite neben ihm machte sich eine dunkelhaarige, leicht angetrunkene Frau mit einem etwas zu tiefen Ausschnitt an den dunkellockigen Jörgen Åman heran. Olsson sah flüchtig ihre Hand auf seinem Schenkel, und, was schlimmer war, das Gleiche tat jemand auf der anderen Tischseite, der ihr Mann zu sein schien. Seinem Gesichtsausdruck nach konnte er jeden Moment zum Schlag ausholen.

Seved Sunesson saß immer noch unglücklich auf seinem Stuhl, gab sich jedoch schließlich einen Ruck und bot Kaffee und Cognac an. «Aber lasst uns den im Haus zu uns nehmen.»

Olsson folgte der Aufforderung gern, seinem Eindruck nach schien auch der Rest der Gesellschaft erleichtert zu sein, dass die zunehmende Spannung sich etwas löste.

Sie gingen über die Veranda ins Haus. Der Kaffee stand schon in Thermoskannen bereit, und die Schnapsflaschen schimmerten mit den Gläsern auf einem Tablett um die Wette. Sunesson lotste Olsson schnell in eine Ecke, in der zwei kleine Sessel an einem ovalen Tisch standen.

«Da ist etwas …», begann er verlegen. «Du bist doch lange bei der Polizei gewesen …»

Olsson fragte sich, worauf der andere hinauswollte.

«Du hast von diesen Demonstrationen auf Hallandsåsen gehört?»

Olsson nickte. Er selbst hatte an dem Protestmarsch in Båstad teilgenommen, als bekannt geworden war, welche Sauerei der Tunnelbau durch den Bergrücken verursacht hatte. Er war persönlich von dem Giftskandal betroffen gewesen, der inzwischen landesweit bekannte Vadbäcken floss direkt über sein Grundstück. Oder sein ehemaliges, um genau zu sein.

«Du weißt, dass da auch einige militante Aktionen gegen den Bau unternommen wurden? Regelrechte ... Sabotage.»

Bei dem Wort zögerte er wieder für einen Moment, und Olsson ahnte, was er als Nächstes sagen würde. Seved atmete tief durch, und seine Stimme klang belegt, als er fortfuhr.

«Also ... ich fürchte, Urban ist darin verwickelt!»

Es schien so, als ob er lange darüber nachgedacht hätte. Erwartungsvoll sah er Olsson an.

«Du meinst die Umweltgruppen?»

«Nein, nein, die halten sich bestimmt an die Gesetze. Aber ich vermute, er hat mit einer anderen Gruppierung zu tun.»

Olsson erinnerte sich, was seine Tischnachbarin angedeutet hatte, und nickte langsam. Noch bevor er etwas sagen konnte, lehnte sich Sunesson nach vorn. Seine Augen waren unruhig.

«Meinst du, die Polizei wird sie erwischen? Und was geschieht dann?»

Olsson schüttelte den Kopf. «Die haben ein paar Maschinen kaputtgemacht und Reifen zerstochen. Wenn sie erwischt werden, müssen sie ein Bußgeld bezahlen und für den entstandenen Schaden aufkommen. Nach dem, was die Baufirmen mit der Natur angerichtet haben, wird man es nicht so hoch hängen. Sofern sie nicht noch schlimmere Sachen anstellen.»

«Genau davor habe ich Angst», seufzte der andere.

Aber ehe er näher darauf eingehen konnte, wovor er sich denn nun genau fürchtete, gingen im Zimmer vor der kleinen Nische Porzellan und Gläser laut klirrend zu Bruch. Die beiden Männer waren gleichzeitig auf den Beinen und starrten sprachlos auf einen Scherbenhaufen. Der Tisch mit Kaffeekannen, Schnapsflaschen und Gläsern lag umgekippt auf dem Boden, Scherben glitzerten überall, und aus einer Whiskyflasche lief die goldbraune Flüssigkeit in einem kleinen Rinnsal auf den Teppich.

Mitten in dem ganzen Durcheinander stand der Ehemann der Frau mit dem tiefen Ausschnitt, die Fäuste geballt und das Gesicht kreidebleich. «Verflucht nochmal, wo sind die hin?», murmelte er. Dann blickte er Olsson ins Gesicht und sagte mit klarer Stimme: «Den Schweinehund schlag ich tot!»

Olsson stand regungslos da, er hatte früher oft mit aggressiven Betrunkenen zu tun gehabt und wusste, wie wichtig es war, sie nicht unnötig zu provozieren. Aber plötzlich ging der Mann ganz ruhig auf Sunesson zu und streckte die Hand aus. «Es tut mir Leid, Seved, ich werde alles ersetzen.»

Der Journalist stand einen Moment lang ratlos da. Dann nahm er die Hand des anderen und murmelte: «Wird schon werden, Ivan, wird schon alles gut werden.»

Olsson blickte sich in dem Zimmer um, nicht nur Jörgen Åman und die Frau mit dem tiefen Ausschnitt waren verschwunden. Der größere Teil der Gesellschaft hatte sich offenbar bereits an dem Tisch mit den Getränken versorgt und war wieder hinausgegangen. Nur Urban saß in einer

Ecke und starrte demonstrativ auf den Fernseher, und Lisa fummelte nervös nach ihren Zigaretten.

Der Mann, der Ivan hieß, war offenbar doch nicht so betrunken, wie Olsson gedacht hatte. Er half selbst dabei, den schweren Tisch wieder aufzustellen. Dann rollte er völlig ruhig den Teppich mit dem ganzen Durcheinander aus Glas- und Porzellanscherben zusammen und forderte Seved mit einer Handbewegung auf, am anderen Ende anzufassen. Als sie alles auf die Veranda gebracht hatten, drückte er nochmals die Hand des Journalisten.

«Ich werde alles ersetzen, okay?»

Danach drehte er sich auf dem Absatz um und lief hinaus.

Olsson schaute ihm verblüfft nach. Wie konnte er so schnell wieder nüchtern werden? Oder war der Mann möglicherweise einfach launenhaft und unbeherrscht? Offensichtlich war ihm der unverhüllte Flirt bei Tisch zu weit gegangen. Eigentlich nicht verwunderlich.

«Ich werde dir beim Aufwischen helfen», sagte Olsson tröstend zu Sunesson, der das übel zugerichtete Zimmer betrachtete. «Wo hast du die Putzsachen?»

Das wurde ihm erklärt, aber bevor er seinen Putzdienst antrat, musste er auf die Toilette gehen. Auch alkoholfreies Bier fordert seinen Tribut.

Von einem früheren Besuch her erinnerte er sich ungefähr, welche Tür auf dem Flur die richtige war, aber offenbar entsann er sich falsch und trat einen halben Schritt in einen geräumigen begehbaren Schrank. Der war leer bis auf einen Kleiderbügel. Aber der Bügel schwang an seinem Haken langsam hin und her, so als ob ihn jemand gerade eben hingehängt hatte.

Olsson blickte sich unsicher um. Er hatte keine Menschenseele im Flur gesehen, aber jetzt erinnerte er sich, dass die

Tür geradeaus ins Freie führte und die Tür zur Toilette sich genau gegenüber der Schranktür befand. Wenn wirklich jemand hier gewesen war, musste er aufs Klo oder nach draußen gegangen sein.

Die Toilette war leer. Erleichtert schloss er hinter sich ab. Er war sich nicht sicher, was zu finden er erwartet hatte, aber er wollte auf keinen Fall in irgendwelche erotischen Skandale verwickelt werden.

Olsson betrachtete gerade nachdenklich sein Spiegelbild, als er direkt vor dem Fenster eine Stimme hörte. Sie war gepresst und hart, aber jedes Wort war klar und deutlich zu hören:

«Du sollst dir nicht einbilden, dass du so davonkommst, du verdammtes Arschloch!»

Dann antwortete eine andere Männerstimme, schwach und kaum wahrnehmbar.

Die erste Stimme gehörte ohne Zweifel Jörgen Åman.

Olsson war immer mehr verunsichert. Wenn es der eifersüchtige Gatte war, mit dem er stritt, hätte es eigentlich Åman sein müssen, dem gedroht wurde, und nicht umgekehrt.

Hans Klüger hatte ihm erzählt, dass Åman erst seit relativ kurzer Zeit als Taucher und Unterwasserschweißer beim Brückenbau arbeitete. Sie kannten sich offenbar von früheren Baustellen. Und als Klüger die Chance bekam, Leo Sarks Haus zu mieten, hatte er ihm angeboten, dort mit einzuziehen.

Wenn man Klüger Glauben schenken konnte, so war Jörgen Åman ein sehr beherrschter und ruhiger Mann, wie es sein Beruf auch erforderte.

Genau wie bei der Polizei, überlegte Olsson. Aber er war ja nicht mehr Polizist und befand sich außerdem auf einem

Fest. Was gingen ihn schließlich die Streitigkeiten der übrigen Gäste an?

Es dauerte zwei Minuten, bis er Handfeger und Schaufel in der Besenkammer gefunden hatte. Erstaunlich schnell brachten sie das Durcheinander in Ordnung; die meisten Gläser waren noch heil, schlimmer stand es um das Porzellan. Und der Teppich musste natürlich in die Reinigung. Ebenso schnell war der Fußboden gefegt, und Seved begann zu seiner alten Selbstsicherheit zurückzufinden.

«Lisbeth wird überhaupt nichts merken, wenn sie nach Hause kommt. Tja, bis auf den Teppich natürlich.»

Olsson hatte sich zwar von Anfang an über die Abwesenheit der Dame des Hauses gewundert, aber nicht weiter darüber nachgedacht. Sie war häufig auf Reisen im Ausland, das gehörte zu ihrer Arbeit für das Internationale Rote Kreuz.

Sie waren beinahe fertig mit ihren Aufräumarbeiten, als sie Schritte auf der Veranda hörten und Klüger eintrat. Er atmete schwer und schien aufgeregt.

«Hat jemand Jörgen Åman gesehen?»

Er stellte die Frage einfach in den Raum, so als ob er keine Antwort erwartete. Er ging auf den Flur, öffnete die Türen von Toilette und Kleiderschrank, warf einen kurzen Blick hinein, drehte sich dann abrupt um und marschierte wieder hinaus auf die Veranda.

Olsson hatte aufgehört, sich über das sonderbare Verhalten der Gäste zu wundern, er warf Seved nur einen Blick zu und zuckte mit den Schultern. Dann nahm er die Tüte mit den Scherben und dem Abfall und ging hinaus zur Mülltonne in der Einfahrt.

Das Grundstück war groß und mit Bäumen und mannshohen Büschen bewachsen. Ein mit Sandsteinplatten beleg-

ter Fußweg führte zu dem breiten Doppeltor aus Gusseisen, aber er war nicht weit gegangen, als er wieder Klügers Stimme hörte. Offensichtlich hatte er Jörgen Åman gefunden, die beiden standen hinter einem dichten Busch, und es hörte sich an, als ob sie sich auf Deutsch stritten.
Olsson setzte seinen Weg fort und warf die Tüte in die Tonne. Er hatte für einen Abend mehr als genug von den Meinungsverschiedenheiten anderer mitbekommen. Aber als er in das Zimmer zurückkam, war keine Menschenseele mehr da. Urban hatte sogar den Fernseher abgestellt, offenbar hatte er keine Lust mehr, seine Verachtung für die übrigen Gäste zur Schau zu stellen.
Aber wo waren sie alle hin? Er ging hinunter zum Ufer. Dort bei den erloschenen Papierlampions sah er von weitem eine Gestalt.
Als er näher kam, stellte er fest, dass es Harry Landman war. Er saß allein dort und starrte in die Dunkelheit.
«Jetzt kommen sie gleich.»
Er nickte zum Wasser hin. Olsson fragte ihn, was er damit meinte.
«Die Nebel», antwortete er kurz. «Die können jeden Moment kommen.»
Olsson blickte verwundert über das schwarze Wasser. Der Abend war sternenklar, die Luft wie Kristall, und drüben am anderen Ende des Sees wanderte ein großer Augustmond über die Baumspitzen. Keine Spur von Nebel.
Während sich seine Augen an das Dunkel gewöhnten, zeichnete sich eine weitere Gestalt ganz in der Nähe ab. Gegen einen Baumstamm gelehnt, stand Lisa und hatte die Arme über der Brust gekreuzt.
«Wie schön das ist!»
Olsson nickte, Worte waren überflüssig. Es duftete nach

Binnensee und Spätsommer. Das samtweiche Wasser glänzte metallisch schwarz, und eine gelbe Mondstraße lag über dem ganzen See.
Nur ein einsamer Fisch unterbrach die Stille, als er an der Schilfkante sprang. Es hörte sich wie ein schnelles Schlürfen an, vielleicht ein Zander auf der nächtlichen Jagd.
Da geschah plötzlich etwas Eigenartiges.
Olsson fragte sich, ob er seinen Augen trauen konnte: Wie von Zauberhand schien die gesamte Wasserfläche angehoben zu werden und nach oben zu schweben. Die Mondstraße löste sich im Dunst auf, und wie dünner Rauch stiegen die Nebel aus dem See.
Alles schien gespensterhaft und unwirklich. Er hörte Harry undeutlich murmeln: «Mögen sie im Wasser ihre Ruhe finden.» Dann schüttelte er den Kopf und fügte Unheil verkündend hinzu: «In den Seen gibt es mehr, als der Mensch begreift ...»
Wie um seine Worte zu unterstreichen, schrie ein Waldkauz, und Lisa machte einen Schritt auf Olsson zu. «Was war das?»
Es schien, als ob ihr Ruf ihn wieder in die Wirklichkeit zurückholte. «Eine Eule. Es hat schon seinen Grund, warum man diesen Platz Uggle-Halbinsel nennt.»
Olsson blickte wieder übers Wasser, die Nebel waren noch da, aber der Zauber war gebrochen. Die Landzunge streckte ihre Silhouette immer noch einige hundert Meter weit weg in den See, und der Mond balancierte über den Baumspitzen am anderen Ufer, auch wenn die Wasserfläche seinen Schein nicht länger reflektierte.
Er verstand jetzt, was sie da gesehen hatten: Die feuchte Luft über dem See kondensierte ganz einfach zu Nebel, wenn die Lufttemperatur bis zu einem bestimmten Grad

gesunken war. Daran war nichts Geheimnisvolles, das konnte man mit einfacher Schulphysik erklären.
Auf Leo Sarks Halbinsel wurde nun ein kleiner, umherirrender Lichtschein sichtbar, der auf dem großen Grundstück langsam zur Spitze der Landzunge wanderte.
Er bewegte sich flackernd und ruckweise, gleichzeitig aber behutsam und bestimmt. Es sah beinahe aus, als ob der kleine Lichtpunkt hin und wieder innehielt, um etwas zu sich hin zu locken.
Harry griff nach Olssons Arm und hielt ihn krampfhaft fest. Er schien vollständig außer sich zu sein. Olsson befürchtete einen Moment lang, er hätte einen Herzanfall, aber dann entspannte er sich ein wenig und sank in seinen Stuhl zurück. Immer noch starrte er auf den tanzenden Lichtpunkt.
«Mein Vater hat das auch gesehen», sagte er beinahe flüsternd.
Olsson hockte sich vor ihn hin und blickte ihm fragend in die Augen.
«Was ist mit dir los, Harry?», fragte er vorsichtig.
Da bemerkte er jemanden, der sich seinen Weg durch die Büsche bahnte.
Aus dem Nichts tauchte Jörgen Åman auf. Es spritzte um seine Füße, als er durchs flache Wasser zu einem Kahn lief, der halb auf der Seite lag. Mit einem einzigen Stoß machte er ihn flott und sprang hinein.
Dann ruderte er mit aller Kraft auf das eigenartige Licht zu, bis er in den Nebelschwaden verschwunden war.

KAPITEL 2

Olsson schielte auf den Tachometer und ging vom Gas weg. Die Autobahn zwischen Ängelholm und Malmö hatte ihren höchsten Punkt auf den Hügeln bei Glumslöv, und als er die Kuppe passiert hatte, wurde sein alter Diesel-Volvo auf der langen Strecke hügelabwärts immer schneller.

Rechts glitzerte der Öresund, und im Südwesten konnte man die Hochhäuser der nördlichen Vororte von Kopenhagen am blauen Horizont erkennen. Es war ein schöner Vormittag, und nichts deutete darauf hin, dass der Rest des Tages anders werden sollte.

Tatsächlich spürte Olsson eine gewisse Neugierde, obwohl er sich zwei Tage lang Vorwürfe gemacht hatte, dass er sich hatte überreden lassen, an Klügers Brückenbesichtigung teilzunehmen. Er empfand es als willkommene Erleichterung, alle unausgepackten Kisten und Kartons hinter sich lassen zu können. Außerdem hatte er einen Hintergedanken, der letztlich alle Gewissensbisse verstummen ließ und mit einer bestimmten Person zu tun hatte, die sich im Augenblick in Malmö befand.

Cecilia Cederberg arbeitete wieder für einige Monate in ihrer alten Zeitungsredaktion, und er hoffte, sie in ein nettes Restaurant locken zu können, wenn er den Ausflug auf den Sund hinter sich hatte.

Dass das erheblich angenehmer werden würde als das eigenartige Krebsessen, war gar keine Frage. Er hatte noch nie so viele Aggressionen und Merkwürdigkeiten gleichzei-

tig erlebt. Jeder schien dort etwas gegen jeden gehabt zu haben.
Und Harry Landman war von irgendetwas beinahe zu Tode erschreckt worden und wiederholte fast gebetsmühlenartig, dass Unheil drohte und sie sich vor dem Wasser in Acht nehmen sollten.
Jörgen Åman war schließlich von seiner Rudertour zurückgekommen, hatte aber alle Fragen abgewimmelt. Das geheimnisvolle Licht stamme von einem Angler, behauptete er mit Nachdruck.
Er erwies sich als ein ruhiger und friedlicher Mensch mit einem Schuss Selbstironie, und Olsson fand ihn spontan sympathisch. Aber er war sich ganz sicher, dass Åman log.
Als Olsson die Schranktür noch einmal geöffnet hatte, war der Raum nicht mehr leer gewesen. Auf dem einsamen Bügel hatte ein dunkler langer Mantel, irgendein orientalisches Modell, gehangen, verdreckt und an der Unterkante so feucht, dass sich auf dem Fußboden eine Wasserpfütze gebildet hatte.
Olsson warf einen Blick in den Rückspiegel. Eigentlich hatte er keine Lust, die triste Gesellschaft wiederzusehen, und wenn er es sich richtig überlegte, bedauerte er es, trotz allem nicht zu Hause geblieben zu sein.
Langsam näherte er sich Malmö, das merkte er an dem dichter werdenden Verkehr. Nur wenige Minuten später fuhr er an der gläsernen Fassade des großen Zeitungshauses vorbei in Richtung Stadtzentrum. Er wusste nicht genau, wie er fahren sollte, entschied sich aber, nahe an der Bahnstrecke zu bleiben, und ordnete sich rechts ein.
Das Glück blieb ihm treu, als er einige Sekunden lang vor einer roten Ampel vor dem Savoy halten und sich orientieren konnte. So weit kannte er sich in Malmö aus, er bog

nach links ab und landete mitten auf Stortorget, wo er zufrieden Kramers weißen spitzen Turm und den dicken Karl X. Gustav auf seinem Pferd betrachtete.

Ein Blick auf die Uhr sagte ihm, dass er noch viel Zeit hatte. Die konnte er an sich gut brauchen, denn noch war er nicht in Kalendegatan, und er hatte keine Ahnung, in welche Richtung er gehen musste.

Er suchte nach einem Parkscheinautomaten und hatte gerade einen silbergrauen Blechkasten mitten auf dem Platz entdeckt, als ihm eine sonderbare Person ins Auge fiel.

Der Mann ging mit erstaunlich schnellen und zielsicheren Schritten über den Platz von einem Papierkorb zum anderen und untersuchte ihren Inhalt gründlich. Plötzlich fand er etwas, fischte es routiniert heraus und verstaute es in einer seiner bereits randvollen Plastiktüten. Olsson fühlte sich an das Klischee eines Pariser Clochards aus einem Film der fünfziger Jahre erinnert.

Aber das war Jahrzehnte her, und Olsson begriff, dass er einen der Obdachlosen vor sich hatte, wie sie in den Großstädten immer häufiger zu finden waren, seit die Arbeitslosigkeit und die Demontage des Sozialstaats auch Schweden erfasst hatten. Er fühlte sich eigenartig beschämt, wie er den Mann bei seiner Suche im Müll beobachtete, es kam ihm vor, als ob er jemanden heimlich in seinem privaten Elend begaffte. Und er stellte fest, dass alle anderen vorbeiliefen, so als ob es zum guten Ton gehörte, den Mann in seiner erniedrigenden Tätigkeit einfach zu übersehen.

Als er an ihm vorbeikam, wollte Olsson ihm wenigstens ein bisschen menschliche Aufmerksamkeit entgegenbringen, und sei sie noch so gering. Er hielt ihn an und fragte höflich nach dem Weg zu Kalendegatan.

Ein schmales, wettergegerbtes Gesicht mit hellblauen Augen drehte sich schnell zu ihm um, aber eine Antwort erhielt er nicht. Olsson hatte den Eindruck, als ob der Mann eine Art Honorar für seine Auskunft haben wollte, und steckte die Hand in die Tasche. Er fand ein Zehnkronenstück und hielt es ihm hin.
Aber der kräftige blaue Blick ging durch ihn hindurch, als ob er Luft wäre. Der Obdachlose machte einen Schritt um ihn herum und hastete weiter. Olsson stand betroffen mit der Münze in der Hand da, als er hinter sich eine Stimme hörte.
«Das hat keinen Zweck, der hat völlig abgeschaltet.»
Er drehte sich um, und da stand vor ihm ein langhaariger und ungepflegter Mann in den Dreißigern, zweifellos Alkoholiker. Er machte eine Geste mit dem Zeigefinger an die Stirn, um seine Worte zu unterstreichen.
«Das ist Morgensen, der spricht nicht», erklärte er.
Selbst nahm er gern den Zehner und zeigte Olsson dafür den Weg.
«Einfach durch die Passage, da ist es dann gleich rechts.»
Olsson folgte seinem Zeigefinger zu einem runden Portal, an dem zwei vergoldete Löwen ein Schild bewachten, das ihm verkündete, er würde jetzt in die Löwenpassage treten. Linker Hand war eine Apotheke, in teurem Edelholz gehalten, und der Boden der langen, gepflegten Passage bestand aus diagonal karierten Fliesen.
Rechts auf Kalendegatan erkannte er bereits von weitem die kleine Gruppe, die sich vor dem Ausstellungsraum des Öresundkonsortiums versammelt hatte. Als er näher kam, sah er die Meereswellen in der glänzenden Fassade, wo eigenartige Gummifische ihre Köpfe und Schwänze herausstreckten.

Lisa Berghagen winkte ihm zu, ausnahmsweise keine Zigarette zwischen den Fingern.
«Hallo!»
Er sah, dass alle Teilnehmer des Krebsessens da waren, alle außer Jörgen Åman und Urban Sunesson. Hans Klüger war ebenfalls nicht zu sehen, aber Lisas Bruder erklärte, warum.
«Er hatte noch da draußen zu tun, aber er ist mit dem Auto auf dem Weg hierher.»
Er schüttelte Olsson die Hand und machte einen deutlich weniger selbstgerechten Eindruck, als es neulich der Fall gewesen war. Vielleicht war sein überhebliches Auftreten dem Alkohol geschuldet, oder er hatte sich in der neuen Gesellschaft unsicher gefühlt.
Olsson nickte den anderen zu. Er stellte fest, dass Harry Landman zur Feier des Tages einen Schlips trug und sein kariertes Jackett angezogen hatte. Die Gattin des unberechenbaren Ivan hatte einen blauen Fleck an der Stirn, den sie erfolglos überzuschminken versucht hatte.
Es hupte und in einem weißen VW-Bus saß Klüger und gestikulierte. Im Gegensatz zu Berghagen wirkte er eigenartig angespannt und nervös.
«Wir müssen rechtzeitig beim Boot sein, damit wir es nicht verpassen», sagte er aufgeregt. Er bat sie einzusteigen, und Olsson drängte sich hinein an die Seite von Ivans Dame. Obwohl der Bus viel Platz bot, landete sie beinahe auf seinem Knie, und er blickte besorgt zu ihrem eifersüchtigen Mann, gleichzeitig stellte er aber dankbar fest, dass sie heute einen hohen Polokragen trug.
Der Bus schlängelte sich schnell durch das Zentrum der Stadt und fuhr dann über ebenes Gelände. Wasser schimmerte hinter dem Gras und den Buschgruppen. Die riesige

Wiese war von Leuten bevölkert, die die unterschiedlichsten Sportarten ausübten. Olsson wunderte sich über eine Gruppe Footballspieler mit blitzenden Helmen und grotesken Schulterschützern, die in einer Ecke aufeinander losgingen.

«Limhamn Griffins», sagte Berghagen und lächelte. Er hatte Olssons Reaktion auf den ungewöhnlichen Anblick bemerkt. «Die sind Schwedischer Meister.»

Olsson bekam gerade noch ein Schild mit der Aufschrift *Sundlink Contractors* zu sehen, bevor Klüger zum Wasser hin abbog. «Gleich sind wir da», teilte er mit. Es schien so, als ob er immer noch befürchtete, sie würden das Boot nicht rechtzeitig erreichen.

Sie fuhren an etwas vorbei, das aussah wie ein Weiler aus willkürlich zusammengestellten Bürocontainern, und Berghagen beschrieb einige wichtige Komponenten in dem komplizierten Zusammenspiel bei diesem Projekt. Es gab sowohl schwedische als auch dänische Generalunternehmer und Consultingfirmen aus mehreren Ländern. Auch die Arbeiter draußen auf den Kränen und Plattformen waren ein buntes Gemisch aus aller Herren Länder.

Endlich bremste Klüger, aber er schien nicht gelassener geworden zu sein. Er trieb seine kleine Schar in eine Arbeitsbude, in der an den Wänden aufgereiht Dutzende von unförmigen Schuhen standen und eine lange Reihe von grellgelben Schutzhelmen an Kleiderhaken hingen.

«Umziehen!», kommandierte Berghagen fröhlich. «Schutzhelme und Arbeitsschuhe mit Stahlkappen! Schwimmwesten gibt es bei der Klappe dort.»

Er zeigte auf eine Öffnung an der Seitenwand, von wo aus ein freundlicher übergewichtiger Mann ihnen zugrinste. Ein riesiger Schäferhund lag neben ihm, aber der sah aus,

als ob er keiner Fliege etwas zuleide tun könnte. Er beobachtete sie nur uninteressiert, bevor er sich mit einem erleichterten Schnauben wieder seinen Träumen hingab.
Uno Berghagen ging mit gutem Beispiel voran. Er tauschte seine feinen rotbraunen Schuhe gegen die militärähnlichen unförmigen Stiefel aus. Die wollten überhaupt nicht zu seiner eleganten italienischen Anzughose passen, aber er streifte sich ungerührt die rote Schwimmweste über das Jackett, rückte den Schlips zurecht und krönte diesen Aufzug mit dem gelben Helm.
«Den Rest übernimmt die Arbeitsschutzversicherung», erklärte er sarkastisch. «Aber ihr müsst darauf achten, dass die Schwimmwesten richtig zugeknöpft sind.»
Er nickte dem dicken Mann zu und ging ihnen durch die dem Eingang gegenüber liegende Tür voran. Hans Klüger stand bereits auf dem Kai, offenbar war er einen anderen Weg gegangen, aber auch er trug die vorgeschriebene Schutzkleidung.
Er winkte sie zu einem zwölf Meter langen Arbeitsboot. Das hatte ein kleines Ruderhaus vorn und ein langes schmales Achterdeck. Aus dem offenen Ruderhaus hörten sie Funkverkehr, der Bootsführer hantierte an seinen Hebeln, und sie glitten rückwärts vom Kai weg.
Olsson blickte interessiert in das Ruderhaus, zwei Radarschirme waren eingeschaltet, und er registrierte eine ungewöhnlich große Zahl von Navigationsinstrumenten. Kein Zweifel, der Brückenbau verlangte Genauigkeit bei der Navigation des Arbeitsbootes.
Sie umfuhren eine Mole und waren bald im offenen Wasser. Der Sund lag glitzernd vor ihnen, eine schwache Brise machte keinen Wellengang, aber die blanke Wasseroberfläche kräuselte sich wie gewelltes Blech.

Er hörte den Bootsführer mit einer Funkstation sprechen, die sich Port Control nannte, und begriff, dass die gut durchgeplante Organisation ihre eigene Funkzentrale hatte, um den dichten Verkehr im Baugebiet regeln zu können. Sie hielten sich auf südwestlichem Kurs, aber da kam ein neuer Anruf.

«Eli, hier Port Control. Ihr nehmt Kurs auf Petter?»

«Port Control, hier Eli. Richtig, wir fahren Besucher.»

«Könnt ihr einen Mann von Ulf abholen?»

«Verstanden, kein Problem.»

Er legte das Ruder hart backbord und machte eine scharfe Drehung nach Süden. Olsson entdeckte ein paar kantige Silhouetten weiter draußen im Wasser. «Sollen wir dahinten hin?»

Der Bootsführer wandte sich zu ihm um und grinste ihn herausfordernd, aber nicht unfreundlich an.

«Sicher, das sind die Pfeiler. Der östliche ist Ulf und der westliche Petter.»

Olsson nickte. Er hatte über die so genannten Pylonen gelesen, und er wusste, dass die Bauarbeiter mit einem davon große Schwierigkeiten gehabt hatten. Zuerst hatte es Probleme mit der Verankerung am Boden gegeben, dann war etwas mit dem Beton gewesen. Als der Brückenpfeiler über die Wasseroberfläche hinausragte, hatte der Beton Risse, und sie waren gezwungen worden, acht Meter wieder abzureißen und neu zu gießen.

«Ist das der mit den Rissen?», wollte Olsson wissen und nickte zu der Plattform vor ihnen.

Der Bootsführer warf ihm einen fragenden Blick zu. Dann murmelte er: «Nein, das ist der andere, der westliche.»

Es schien, als ob das Thema hier nicht sehr populär war, und das war ja auch verständlich, er war sicher nicht der erste Neugierige. Trotzdem fand er, dass es keinen Grund für eine so gereizte Reaktion gab.

«Woran lag es, dass der Beton nur dort gerissen ist?», beharrte er. Er erinnerte sich, dass nur einer der Pylonen betroffen gewesen war.

«Genau das haben wir uns auch gefragt.»

Der Tonfall hatte etwas Bedeutungsvolles, das Olsson aufhorchen ließ. Wollte er andeuten, dass an den Problemen mit dem Brückenpfeiler etwas suspekt war?

«Wieso?», fragte er vorsichtig. Er war sich nicht sicher, worauf der wortkarge Bootsführer hinauswollte.

«Es ist viel zu viel darüber geredet worden, dass dieser Bau gestoppt werden soll», antwortete der Mann schroff.

Er drehte sich demonstrativ zu seinen Hebeln um, und Olsson begriff, dass er nichts weiter sagen würde. Sie waren beinahe bei der großen Arbeitsplattform angekommen, und er steuerte geschickt auf einen Anleger zu, von dem aus eine kurze Leiter zu einer Plattform aus dicken Holzbohlen führte. Er drückte den Steven direkt dagegen und hielt das Boot mit dem Gashebel fest, während ein Mann mit einem Karton unter dem Arm an Bord kletterte. Sie spürten, dass der Strom kräftig an der Seite des Bootes vorbeizog. Dann setzte der Bootsführer zurück und griff nach seinem Mikrophon.

«Port Control, hier Eli. Ich fahre jetzt zu Petter.»

Im Lautsprecher knisterte eine Bestätigung, und das Boot nahm neuen Kurs, direkt nach Westen. Der Mann schwieg weiterhin, und Olsson ging auf das Achterdeck hinaus. Dort hatte Klüger das Wort ergriffen und war mitten in einer Beschreibung der verschiedenen Phasen des Brückenbaus. Er wies auf Kopenhagen und machte eine Handbewegung durch die Luft, die einem imaginären Brückenbogen glich. Er fuhr mit seinem Vortrag eifrig fort und merkte nicht, dass sie sich der nächsten Plattform näherten. Erst als das Boot gegen den Anleger stieß, reagierte er und war als Erster auf dem Fallreep, dicht gefolgt von Berghagen. Mit einiger Mühe begann auch der Rest der Gesellschaft sich die steile Vorrichtung hinaufzubewegen. Olsson fragte sich im Stillen, wie man das denn bei Sturm und hoher See schaffen sollte, es musste gelinde gesagt eine riskante Angelegenheit sein.

Kaum war ihm der Gedanke durch den Kopf gegangen, als er ein Rufen hörte und Lisa mit einem Bein auf der Leiter und dem anderen auf dem Bootsdeck stehen sah. Die Bugwelle eines vorbeifahrenden Bootes hatte Eli ins Schaukeln gebracht, und Lisa hatte die Balance verloren. Einer der Arbeiter streckte ihr eine kräftige Hand entgegen, und unter dem Beifall seiner Kollegen zog er die zappelnde Frau auf sicheren Grund.

Olsson blickte umher, überall ragten Armierungseisen auf, Holzprofile für den Beton bildeten komplizierte Wände um den eigentlichen Brückenpfeiler herum, und es gab hier draußen sogar Baubuden. Wenn nicht das Wasser gewesen wäre, hätte es sich um eine beliebige Großbaustelle handeln können.

Klüger sammelte seine kleine Schar um sich und begann mit der Führung. Olsson war an dem Bau eigentlich nicht sehr interessiert, lief aber artig mit, schließlich war es trotz allem eine faszinierende Angelegenheit und die Aussicht auf das Wasser hinreißend. Zum Glück befand sich die Plattform nur wenige Meter über der Wasseroberfläche, er brauchte also keine Angst zu haben, dass ihm schwindlig wurde.

Zerstreut hörte er den Erklärungen des Deutschen zu, als

ihm ein Schlauch auffiel, der ins Wasser führte. Er wiegte langsam in der Strömung hin und her.
Olsson fragte einen Arbeiter, der gerade vorbeischlenderte, was das denn für ein Schlauch sei, aber der blickte ihn nur verwundert an.
«Das ist ein Taucherschlauch. Aber im Augenblick ist doch gar keiner unten?»
Der Mann wandte sich an zwei seiner Kollegen, die direkt daneben mit einer Kabelwinde beschäftigt waren, und die reagierten ebenso eigenartig. Sie stellten sich an den Rand der Plattform und starrten abwechselnd hinunter ins Wasser. Berghagen kam hinzu und fragte, was denn los sei, und Olsson erklärte es ihm.
«Sie sagen, das sei ein Taucherschlauch.»
Berghagen sah sich den pendelnden Schlauch an und nickte.
«Ja, so sehen die aus. Hier wird viel getaucht. Unterwasserarbeiten», fügte er hinzu.
«Aber warum schwingt der Schlauch hin und her? Irgendwas stimmt da nicht.»
Einer der Bauarbeiter fasste nach dem Schlauch und zog ihn zu sich heran. Er bot so wenig Widerstand, dass der Mann beinahe das Gleichgewicht verlor.
Er holte den Schlauch ein, und als dessen Ende an die Oberfläche kam, sahen sie alle, was geschehen war.
Der Schlauch war abgeschnitten, ebenso die Rettungsleine und alles andere.

KAPITEL 3

Der Bauarbeiter trommelte nachdenklich auf den abgerissenen Schlauch. Er sah aus, als ob er an einer scharfen Kante durchgescheuert war, aus der Öffnung war ein schwaches Gurgeln zu hören.

«Ist die Pumpe angestellt?»

Seine Kollegen drängten sich um ihn, einer ging zögernd zu einem komplizierten Gerät, das über ein System von Ventilen den beschädigten Schlauch mit einem Kompressor verband.

«Sieht so aus.»

Der Mann mit dem Schlauch in der Hand schien erschrocken. Er sah sich suchend um.

«Aber hier ist ja gar kein Maschinist!»

Einige andere Arbeiter in Overalls und mit Schutzhelmen standen neugierig herum. Einer sagte: «Ich hab mich schon gewundert, dass der Kompressor lief und keiner dabei war.»

Alle Augen wandten sich ihm zu. Er kratzte sich verlegen am Hinterkopf, bevor er weitersprach. «Der lief schon heute Morgen, als ich kam, aber ich habe mir nichts dabei gedacht, ich hatte ja meine Arbeit zu tun.»

«Aber im Augenblick haben wir doch gar keine Taucharbeiten.» Das war der Mann, der immer noch den zischenden Schlauch in der Hand hielt.

Berghagen hatte die ganze Zeit schweigend danebengestanden, aber jetzt winkte er Klüger zu sich. Der Deutsche

war kaum angekommen, als Berghagen sich schon auf ihn stürzte.
«Weißt du, wer hier für das Tauchen verantwortlich ist?»
Klüger starrte auf den Schlauch und schüttelte den Kopf. Nein, das wusste er nicht. Aber auf der Plattform musste doch jemand sein, der wusste, ob zurzeit getaucht wurde?
Berghagen sah verlegen aus, er schien über einen Einfall nachzudenken. Dann wandte er sich wieder an den Deutschen.
«Weißt du, wo Jörgen Åman ist?»
«Der hat heute frei.»
Das erklärte also, warum er nicht bei den anderen dabei gewesen war, dachte Olsson. Er begriff, dass die Männer nicht sicher waren, ob es sich um einen Unfall handelte, und er stellte eine Frage: «Kann man auch allein nach unten gehen? Ohne Hilfe des Maschinisten, meine ich?»
Klüger starrte ihn entrüstet an. «Das ist gegen die Vorschrift!»
Der deutsche Akzent und sein bürokratisches Auftreten lösten allgemeines Gelächter aus, aber einer der Arbeiter wusste Bescheid.
«Natürlich geht das, wenn man es schafft, sich den Helm aufzusetzen. Aber warum sollte das jemand wollen?»
Olsson zuckte mit den Schultern, das wusste er natürlich auch nicht.
Einer der Männer ging hinüber zu dem komplizierten Aggregat und stellte es ab. Man einigte sich darauf, dass es vermutlich versehentlich angestellt worden war, und der Schlauch war wohl vorher schon beschädigt gewesen und ins Wasser gerutscht, als die Druckluft ihn bewegt hatte. Auf Petter war im Augenblick überhaupt kein Tauchpersonal anwesend.

Klüger beendete schließlich seinen Vortrag über den Pfeilerbau, und Eli kam von einer anderen Tour auf dem Wasser zurück und drückte den Steven gegen den Anleger. Die Motoren brummten auffordernd, es war Zeit, sich auf den Weg zur zweiten Etappe der Führung zu machen, dem gigantischen Saugbagger Castor.

Von der Plattform aufs Boot zu steigen kam ihnen einfacher vor als umgekehrt. Sogar Lisa Berghagen schaffte es ohne Schwierigkeiten, und die neugierig zuschauende kleine Gruppe von Bauarbeitern machte sich wieder an die Arbeit.

Ihr Bruder Uno sah immer noch nachdenklich aus, und Olsson konnte das Gefühl nicht loswerden, dass trotz allem irgendwas mit den Tauchgeräten nicht stimmte. Der westliche Pfeiler war ja schon früher von Misshelligkeiten betroffen gewesen, und er erinnerte sich an die Andeutungen des Schiffsführers. Vielleicht war der abgeschnittene Schlauch ganz einfach Sabotage? Auch wenn es sich um eine kleine Sache handelte, die keinen größeren Schaden verursachte, so konnte es doch zu Unruhe und Verzögerungen führen. So etwa hatten die Aktionen gegen den Tunnelbau auf Hallandsåsen auch ausgesehen.

Eli hielt jetzt Kurs Nordwest, und Klüger hatte wieder mit seinen Ausführungen begonnen, diesmal über den großen Bagger, der wie eine riesige Raumstation im Sonnenschein vor ihnen lag.

Um eine runde weiße Kommandobrücke mit auffälligem roten Dach erhoben sich blaugraue Stahlkonstruktionen in einem Durcheinander aus Türmen, Masten und Pfeilern. Es sah aus wie von Steven Spielberg konstruiert, und Hans Klüger erklärte, dass die Maschine wie ein riesiger Zahnarztbohrer funktionierte. Ein gewaltiger Arm an einem

Ende des Baggers wurde auf den Meeresboden gesenkt, an dessen Ende rotierte ein drei Meter großer Bohrkopf mit enormen Sägezähnen. Mit ungefähr 5000 PS grub er sich in den harten Boden und brach eine neue Fahrrinne an der Kante der alten Flintrinne.

Der deutsche Ingenieur schien darüber selbst begeisterter als seine Zuhörer, und Olsson konnte sich kaum verkneifen, über die undankbare Gesellschaft zu schmunzeln. Lisa sah immer noch skeptisch aus, Ivan schien mit seinen Gedanken ganz woanders zu sein, und seine Gattin hatte sich an der Reling zurückgelehnt und sonnte sich mit geschlossenen Augen. Der blaue Fleck über ihrem Auge war in dem scharfen Licht noch deutlicher zu sehen.

Nur Seved Sunesson zeigte ungeteiltes Interesse an dem technischen Wunderwerk. Er unterbrach Klüger hin und wieder mit Fragen zu verschiedenen Details, und die beiden unterhielten sich gerade darüber, wie das zermahlene Geröll durch eine Rohrleitung befördert wurde und zur Aufschüttung einer künstlichen Insel diente, als Landman langsam den Kopf schüttelte.

«Man soll den Meeresboden in Frieden lassen», sagte er. «Es sterben viel zu viele, wenn man Brücken baut. Ich habe gelesen, dass sie das einkalkulieren, dagegen helfen die besten Sicherheitsmaßnahmen nichts.»

Olsson schwieg. Es stimmte, bei größeren Brückenbauten verunglückten immer einige Menschen tödlich. Das war aber auch nicht weiter verwunderlich bei so vielen Leuten und Maschinen in einem so gefährlichen Umfeld. Als Eli mit einem leichten Ruck an der Seite von Castor anlegte, erklärte Klüger mit kaum verborgenem Stolz, dass es Unbefugten normalerweise verboten sei, den Bagger zu betreten, es heute aber eine Ausnahme gab, weil er ihr Führer war.

«Wir kommen gerade richtig, um beobachten zu können, wenn der Schneidearm angehoben wird», rief er begeistert.
Obwohl die Zähne des Bohrkopfes aus halbmeterlangen Stahlmeißeln bestanden, die so dick waren wie der Oberschenkel eines kräftigen Mannes, war man gezwungen, alle paar Stunden den ganzen rotierenden Kopf hochzuheben, um abgenutzte Teile auszutauschen. Offensichtlich hatte Klüger die Besichtigung so geplant, dass sie diesen technischen Höhepunkt miterleben durften.
Castor hatte richtige Treppen mit Handläufen an beiden Seiten, und es war kein Problem, an Bord zu kommen. Ganz vorn hatte das Fahrzeug eine hufeisenförmige Serviceplattform, wohin Klüger seine Auserwählten führte.
Olsson kam sich wie auf einem Schulausflug vor, lief aber brav im Gänsemarsch den schmalen Gang entlang. Er konnte sehen, wie der enorme Arm inmitten des Hufeisens schräg ins Wasser lief.
Sie hatten sich gerade an dem massiven Geländer an der Außenseite der Plattform aufgereiht, als kräftige Hydraulikwinden in Gang gesetzt wurden und der Arm sich zu bewegen begann. Das Wasser brodelte, und Olsson sah etwas Großes direkt vor seinen Füßen hochkommen. Neben ihm stand Klüger mit leuchtenden Augen und erwartungsvoller Miene.
Dann konnte man den Bohrer selbst an der Wasseroberfläche sehen. Er sah aus wie ein urzeitliches Monster mit enormen Stacheln in schräg gestellten Reihen.
Aber festgeklemmt zwischen den Stacheln hing ein menschlicher Körper mit Gesichtsmaske und rotem Taucheranzug. Wie ein großer Widerhaken hatte sich einer der Stacheln quer durch ihn hindurchgebohrt.

Er lag auf dem Rücken mit ausgestreckten Armen, die Beine waren in einem unnatürlichen Winkel vom Rumpf weggedreht. Aus dem Loch in seinem Bauch quollen die Eingeweide.
Das groteske Gerät hob sich rigoros aus dem Wasser und war schon in Augenhöhe direkt vor Olsson, nur einen Meter von ihm entfernt.
Er hörte, wie eine Frau schrie, aber er selbst brauchte nur eine Sekunde, um den Schock zu überwinden.
Dann drehte er sich zu Klüger um, der wie paralysiert dastand, und rief ihm zu:
«Lassen Sie die Maschine anhalten!»
Der Deutsche zuckte zusammen und starrte Olsson verständnislos an. Dann begriff er. Er gestikulierte zur Kommandobrücke und war so aufgeregt, dass er vergaß, schwedisch zu sprechen. *«Hören Sie sofort auf!»*
Er reckte beide Arme in die Luft, und im Fenster der Kommandobrücke erschien ein Gesicht. Der große Stahlarm erzitterte, und dann standen die Winden still.
Der untere Teil des großen Bohrkopfes befand sich immer noch im Wasser, aber der makabre Fang hing an der oberen Seite und war so nahe bei Olsson, dass er nur die Hand hätte ausstrecken müssen, um ihn zu berühren. Das Wasser glänzte auf dem roten Anzug, und er sah, dass der schwarze Taucherschlauch und ein Teil vom Darm des Unglücklichen sich um die Stahlzähne gewickelt hatte.
Ein Offizier, vielleicht der Schichtführer, kam eine Leiter heruntergeklettert und rannte auf die hufeisenförmige Plattform hinaus. Als er den übel zugerichteten Körper sah, blieb er abrupt stehen. Er warf Klüger einen schnellen Blick zu und wollte gerade etwas sagen, als Olsson ihm zuvorkam.

«Rufen Sie die Polizei. Und sehen Sie zu, dass die anderen hier wegkommen.»
Er nickte in Richtung auf die verschreckte kleine Schar, die sich am Geländer drängte. Lisa hatte das Gesicht mit den Händen verdeckt, und ihr Bruder war trotz seiner Sonnenbräune blass geworden, aber er konnte sich offenbar nicht losreißen von dem grauenhaften Anblick.
Der Schiffsoffizier blickte Olsson einen Augenblick an, so als ob er etwas überlegte, dann nickte er zustimmend und führte die kleine Gruppe wortlos weg. Sie folgten ihm dankbar, froh, den Platz verlassen zu können, nur Berghagen drehte sich noch einmal um und warf einen langen Blick zurück.
Olsson und Klüger blieben allein und wussten nicht recht, was sie tun sollten. Irgendwie schien es gefühlskalt, den Körper einfach dort hängen zu lassen, vielleicht sollten sie ihn auf die Plattform heben?
Olsson überlegte einen Moment. Er wusste, dass er nichts anrühren durfte, aber andererseits konnte es wichtig sein, möglichst schnell den Zustand des Körpers zu untersuchen. Auch wenn es äußerst unwahrscheinlich schien, so konnte der Mann vielleicht doch noch am Leben sein. Mit Sicherheit aber nicht mehr lange.
Er entschied sich und streckte sich vornüber. Der Kopf des Tauchers war von einer schwarzen Haube bedeckt, die mit dem Anzug verschweißt war, und über dem Gesicht saß eine Maske aus grauem Gummi, einer Gasmaske nicht unähnlich. Sie saß fest über dem Kopf und war durch breite gekreuzte Bänder rund um den Nacken gesichert, aber Olsson griff fest um das Atemventil, das am Kinn angesetzt war, und riss die Maske los. Wasser lief heraus, und dann war das Gesicht zu sehen.

Jörgen Åmans Augen waren gebrochen und aus den Höhlen getreten, aber etwas rührte sich in einem Mundwinkel, und es schien einen Augenblick lang so, als ob er tatsächlich noch am Leben war. Es sah aus, als ob er auf einem Stück Lakritz kaute, aber dann verstand Olsson, was es war.
Ein schwarzer Egel hatte sich an der Lippe festgesaugt und bewegte sich in der frischen Luft hin und her. Angewidert ließ Olsson die graue Tauchermaske fallen und hörte im gleichen Moment ein Krachen hinter sich.
Er drehte sich um, und da lag Klüger bewusstlos auf dem Stahlboden der Plattform.

KAPITEL 4

Mit zwei großen Schritten war Olsson bei dem leblosen Körper.

Klüger lag gefährlich nahe am Rand der Plattform, und er griff zu, als das eine Bein bereits von der geriffelten Stahlplatte glitt. Der Mann war noch schwerer, als er gedacht hatte, und er musste alle seine Kräfte aufbieten, damit der stämmige Deutsche nicht ins Wasser rutschte.

Er hatte ihn gerade richtig in den Griff bekommen, indem er einen Arm des Bewusstlosen um seinen Nacken legte, als er unerwartet Hilfe bekam. Berghagen griff nach dem anderen Arm.

Mit vereinten Kräften zogen sie Klüger auf sicheren Boden und waren gerade dabei, ihn in eine Seitenlage zu drehen, als Olsson bemerkte, dass sich seine Augen bewegten. Ein Ruck ging durch Klügers Körper, dann setzte er sich mit erstauntem Gesichtsausdruck aufrecht hin.

«Warum … wo bin ich …?»

Dann schien ihm die Situation wieder bewusst zu werden, und er starrte zu dem stachelbewehrten Bohrkopf, in dem Åman durchbohrt wie eine groteske Christusfigur hing.

«Das darf nicht sein …»

Er nahm seinen Kopf in die Hände und begann, seinen Oberkörper hin und her zu wiegen. Olsson begriff, dass er unter Schock stand, und machte Berghagen ein Zeichen, mit anzupacken. Vorsichtig geleiteten sie ihn von der Plattform weg und hinunter zu Eli, wo der Rest der Gruppe bereits an Bord gegangen war und schweigend dastand.

Sie machten im Ruderhaus Platz für Klüger, jemand fand eine Decke, und darin eingewickelt, sank er auf einen Sitz neben dem Fahrstand. Er schien nicht ansprechbar zu sein, und sie ließen ihn in Ruhe.

Umso mehr sagte Uno Berghagen. Er erkundigte sich immer wieder, was der Mann auf dem Bagger erzählt hatte, als er mit der Polizei sprach. War er wirklich sicher, dass ihm keine Einzelheiten über das Unglück herausgerutscht waren?

«Journalisten hören ständig den Polizeifunk ab», erklärte er entschuldigend. «Dies hier ist nichts für die Öffentlichkeit.»

Olsson wurde aus dem übertrieben eleganten PR-Chef nicht richtig schlau. Natürlich war es seine Aufgabe, der Allgemeinheit ein so positives Bild wie möglich von der Öresundbrücke zu vermitteln, aber ein Unfall war nun einmal ein Unfall. Gerechterweise konnte niemand dafür verantwortlich gemacht werden, und was spielte es dann für eine Rolle, wie viel darüber in den Zeitungen stand?

«Je weniger geschrieben wird, desto besser», sagte Berghagen, der Olssons Gedanken gelesen hatte. «Und je mehr pikante Details die Zeitungen herausbekommen, desto mehr schreiben sie.»

Er schien sich seiner peinlichen Wortwahl nicht bewusst zu sein, und die anderen schwiegen geniert. Aber Olsson war etwas eingefallen.

Es war doch Åmans freier Tag gewesen, trotzdem war er draußen gewesen und außerdem ohne Hilfe getaucht. Vielleicht war er auf etwas aufmerksam geworden, was mit den Vorgängen an dem westlichen Pfeiler zu tun hatte? Ohne

Zweifel war es eigenartig, dass nur dort Probleme beim Bau auftraten. Und der durchgetrennte Schlauch, den sie da an der Plattform gesehen hatten, musste wohl zu Åmans Ausrüstung gehört haben.

Aber konnte er tatsächlich bei der Plattform verunglückt und bis hierher abgetrieben worden sein?

Vorsichtig fragte er Elis Bootsführer, was er denn glaubte, und bekam einen eigentümlichen Blick zur Antwort. «Na klar, heute herrscht ja eine starke Strömung. Durchaus möglich, dass der Körper ein ganzes Stück abgetrieben wurde.»

Olsson nickte. Wenn er sich recht erinnerte, war die Stromrinne um Eli herum von der Plattform weg in Richtung auf den Bagger verlaufen.

Aber dass der Körper direkt vor Castor getrieben worden sein sollte, war trotz allem ein Zufall, und dass er sich genau in dem Moment in den scharfen Zähnen verfing, als man den rotierenden Bohrkopf anhielt, war ganz einfach Glück. Nur wenige Sekunden früher, als er in vollem Gange gewesen war, und Åman wäre zu Baggergut zermahlen und nie wieder gefunden worden.

Berghagen schien abzuwarten, und Olsson kam die Idee, er wüsste mehr, als er sagen wollte. Vielleicht sogar, womit Åman sich beschäftigt hatte? Sabotage an dem Brückenbau bedeutete für die Öffentlichkeitsarbeit eine wahre Katastrophe.

Ein Boot kam näher, es erinnerte an ein Lotsenboot, hatte aber das Emblem der Feuerwehr von Malmö am weißen Rumpf. Nach einem schnellen Anlegemanöver kamen zwei Polizisten an Bord von Eli geklettert. Sie stellten einige kurze Fragen und verschwanden hinauf zu dem toten Taucher. Kurz darauf kam einer von ihnen zurück und gab dem Skipper Anweisungen.

«Fahren Sie zurück zu dem westlichen Pfeiler. Wir wollen uns den Schlauch dort ansehen!»
Er blieb an Bord, während sich sein Kollege zusammen mit dem Bootsführer offenbar um Åmans Leiche kümmerte. Auf dem Weg zur Plattform ging er schnell und summarisch ihre unterschiedlichen Zeugenaussagen durch. Eigentlich waren es nur Olsson und Berghagen, die den abgerissenen Schlauch von nahem gesehen hatten, außerdem Klüger, der aber immer noch nicht in der Lage war, Fragen vernünftig zu beantworten.
Eli nahm den gleichen Anlegeplatz wie vorher, und Olsson kletterte zum zweiten Mal die Leiter hinauf, diesmal mit Berghagen und einem Polizisten auf den Fersen.
Die Nachricht von Åmans Tod schien sich blitzartig verbreitet zu haben. Die Bauarbeiter hatten mit der Arbeit aufgehört und standen niedergeschlagen in einer Gruppe zusammen. Sie murmelten etwas und nickten hinüber zu Olsson. Er erkannte den Mann wieder, der den beschädigten Schlauch aus dem Wasser gezogen hatte.
Der Polizist arbeitete schnell und zielsicher. Olsson musste ihm die Stelle zeigen, an der er bei seiner Entdeckung gestanden hatte.
«Und von hier aus hört man das Taucheraggregat?» Olsson überlegte. Jetzt war es auf dem Platz beinahe ganz still, alle Arbeiten waren unterbrochen. Aber als sie zum ersten Mal ankamen, war der Lärm von den Maschinen und das Klappern der Werkzeuge in vollem Gang gewesen.
«Möglicherweise hörte man es, aber es wurde von dem Krach der anderen Maschinen übertönt.»
«Ich verstehe.»
Der Polizist schrieb etwas in seinen Block, dann bedankte er sich und winkte den nächsten Mann zu sich heran.

«Wir laden Sie später zu einer ausführlicheren Zeugenvernehmung», fügte er hinzu, als er Olssons fragendes Gesicht sah. «Dies ist nur eine erste Maßnahme.»
Olsson begriff, was er meinte. Es mussten Dutzende von Personen vernommen werden, und die Polizei wollte sich natürlich ein schnelles Bild davon machen, wer etwas zu sagen hatte und wer nicht. Trotzdem war er ein wenig enttäuscht darüber, dass er keine Gelegenheit bekommen hatte, darauf hinzuweisen, dass Åman eigenartigerweise seine Freizeit darauf verwandte, bei genau dem Pfeiler zu tauchen, der von den Problemen betroffen war.
Er ging auf die Gruppe der wartenden Arbeiter zu. Die besprachen leise irgendetwas, und er war kaum bei ihnen angelangt, als einer bereits fragte: «Waren Sie das, der ihn gefunden hat?»
Olsson wusste eigentlich nicht, was er darauf antworten sollte, halb und halb war das richtig, obwohl er ja nicht der Einzige gewesen war. Wenn man es genau nahm, so war es der Bagger Castor, der den grauenhaften Fund gemacht hatte. Er zuckte mit den Schultern und erklärte, wie es gewesen war. «Ich stand am nächsten dran.»
Die Antwort schien den Männern zu genügen, denn es folgte sogleich die nächste Frage: «Hatte er einen Helm auf? Einen großen runden, mit einem großen Fenster?»
Das war einer der Männer, mit denen er vorhin gesprochen hatte. Seine Antwort schien wichtig zu sein, und er merkte den Übrigen an, wie gespannt sie darauf warteten.
«Nein, ich fand, das sah eher nach einer Gasmaske aus», erklärte Olsson zögernd. Er schüttelte sich immer noch bei der Vorstellung, wie das Wasser herausgelaufen war und Åmans gebrochene Augen ihn angestarrt hatten.
«Eine Aga-Maske», stellte der Mann trocken fest.

Es schien so, als ob er seine Theorie untermauert bekommen hatte, aber Olsson konnte sich die Frage nicht verkneifen, welche Bedeutung die Ausrüstung des Toten denn hätte. Wenn sowohl der Luftschlauch als auch die Rettungsleine gerissen waren, hätte er doch sowieso ertrinken müssen?

«Ja, das ist klar», bestätigte einer der Männer. «Wir haben allerdings überlegt, ob er allein gewesen ist oder nicht. Den Helm ohne Hilfe aufzusetzen ist sehr schwer, bei der Aga-Maske ist das eine ganz andere Sache. Aber normalerweise wird hier draußen mit Helm getaucht», fügte er nachdenklich hinzu.

Olsson verstand, was er meinte. Aber ihm fiel ein, dass Åman einen ziemlich unförmigen Taucheranzug angehabt hatte. Brauchten Taucher denn dabei keine Hilfe? Und wie sollte er Luft kriegen, wenn keiner das Aggregat bediente?

«Das Aggregat arbeitet selbständig, es muss nur angestellt werden», erläuterte der Mann, «und den Anzug kann man sich auch allein anziehen, man braucht lediglich einen hervorstehenden Nagel, in den man die Öse des Reißverschlusses einhängt, dann bewegt man sich, bis der zugezogen ist.»

Er drehte sich auf und ab, um zu zeigen, was er meinte. Es sah beinahe wie ein moderner Tanz aus.

«Geeignete Stifte dafür haben wir hier draußen genügend», fügte er hinzu und zeigte auf die Armierungseisen, die wie ein Spalier aus rostigen Zinken aus einer Betonwand ragten.

Die anderen stimmten ihm zu. Dass Åman eine Aga-Maske statt eines Taucherhelms trug, deutete darauf hin, dass er allein gearbeitet hatte. Aber was er da unten zu tun gehabt hatte, konnte sich immer noch keiner vorstellen.

Das weiße Boot der Feuerwehr erschien, sie hatten wohl jetzt Jörgen Åmans Leiche an Bord, und ihre Untersuchungen auf dem Bagger waren abgeschlossen. Sie gingen wieder bei Eli längsseits und unterhielten sich eine Weile mit dem Bootsführer. Dann kam ein weiterer Polizist die steile Leiter heraufgeklettert und ging auf Olsson zu.
«Wir bringen jetzt alle Besucher zurück», sagte er kurz angebunden.
Olsson verstand, dass sie jetzt ihre Befragungen bei den Arbeitern fortsetzen und die bereits Verhörten nicht dabeihaben wollten. Erfahrungsgemäß wurde es immer unruhiger und schwieriger, je mehr Leute auf einem Haufen beieinander waren, und außerdem wurden dann die Zeugenaussagen weniger zuverlässig, so als ob größere Gruppen sich gegenseitig zu Übertreibungen und Gerüchten geradezu ermunterten.
Er folgte der Aufforderung des Polizisten und nickte den Bauarbeitern zum Abschied zu. Als er auf Elis Achterdeck geklettert war, stellte er zu seinem Erstaunen fest, dass nur der Schiffsführer an Bord war.
«Ihr sollt mit dem da weiterfahren», sagte er knapp und zeigte mit dem Daumen auf das Feuerwehrboot. Es hörte sich so an, als ob er nicht sehr erfreut darüber war, von anderen Leuten Anweisungen zu bekommen, seien sie nun Polizisten oder nicht.
Olsson kletterte über eine kräftige Reling und trat in eine geräumige Kajüte. Da saß der Rest der Gesellschaft, und vor ihnen auf dem Boden lag ein großer schwarzer Plastiksack mit einem langen Reißverschluss. Klüger starrte darauf, er schien sich immer noch in einer anderen Welt zu befinden.
Viel wurde nicht gesprochen. Das Boot war schnell und

brachte sie bis ins Zentrum. Es legte am Kai nahe am Hauptbahnhof an, und ihnen wurde an Land geholfen. Dann setzte das weiße Boot sofort wieder zurück, verschwand mit seiner makabren Last und ließ einem Streifen schäumenden Kielwassers hinter sich.

Sie gingen immer noch schweigend über Mälarbron hinauf zu Stortorget. Bei der Löwenpassage blieben sie stehen, und Berghagen verabschiedete sich.

«Tja, so hatten wir uns das eigentlich nicht vorgestellt, aber ...»

Olsson konnte sich des Eindrucks nicht erwehren, dass er ihnen beinahe mehr Glück bei einem zweiten Ausflug hätte wünschen wollen, sich aber im letzten Moment zurücknahm. Und vielleicht ging es Lisa Berghagen ebenso, denn sie starrte ihren Bruder mit hochgezogenen Augenbrauen an. Aber sie sagte nichts, und der blonde Hüne verschwand in der Passage.

Die Übrigen blieben einige Minuten stehen, ohne recht zu wissen, was sie sagen sollten, dann verschwand einer nach dem anderen zu seinem Auto, und plötzlich war Olsson allein mit Klüger und Sunesson.

Beiden war klar, dass der Deutsche nicht imstande sein würde, mit dem Auto nach Hause zu fahren, und Olsson ging davon aus, dass Sunesson ihm anbieten würde, ihn mitzunehmen. Aber der Journalist räusperte sich und sah verlegen aus.

«Ich fahre nicht nach Hause, sondern ich muss nach Kopenhagen.»

Die Enttäuschung musste Olsson deutlich anzusehen gewesen sein, denn Sunesson erklärte entschuldigend: «Ich treffe mich dort mit meiner Frau, wir müssen mit dem Abendzug nach Berlin. Tut mir Leid, Martin.»

Olsson seufzte. Er konnte Klüger in dem Zustand, in dem er sich befand, nicht allein lassen. Aus dem geplanten Treffen mit Cecilia wurde also nichts, aber das war vielleicht gut so. Nach dem, was geschehen war, sehnte er sich sowieso nicht nach einem gemütlichen Restaurantbesuch.
Er hievte Klüger ins Auto, der dort apathisch saß, während sie aus Malmö hinaus und auf die Autobahn nach Norden fuhren. Das regelmäßige Dieselgeräusch des Volvo versetzte ihn wie üblich in eine Art meditative Ruhe. Bei Landskrona, wo ein ganzer Wald von Windkraftanlagen langsam seine großen Propeller in der schwachen Brise drehte, kam ihm eine Idee.
Es gab ja eine ganz andere Erklärung dafür, dass Jörgen Åman allein getaucht war. War es denn sehr abwegig, wenn er gar nicht daran gewesen war, Sabotage aufzudecken, sondern umgekehrt darin verwickelt war?
Er schaute zu Klüger hinüber. Der musste Åman doch am besten kennen, aber ihn jetzt zu fragen schien aussichtslos. War seine Reaktion im Übrigen nicht ein wenig zu heftig gewesen? Natürlich hatte die Leiche schrecklich ausgesehen, aber der Mann schien immer noch völlig verstört, obwohl seitdem doch einige Stunden vergangen waren.
Er konzentrierte sich auf das Fahren, trotzdem nahm er versehentlich die Abfahrt Ängelholm-Nord. Zur Strafe musste er zwei Rondelle durchfahren und kam auf die alte Landstraße, die am Flugplatz von Ängelholm vorbeigeht. Der Umweg war nicht weit, aber er musste langsam fahren, die Straße schlängelte und wand sich durch das hügelige Gelände, und die Dunkelheit setzte ein, als sie in den dichten Buchenwald kamen, der ihnen das letzte Tageslicht nahm. Der Weg wurde immer schmaler, dann blinkte das schwarze Wasser zwischen den Bäumen, und er erkannte

die Einfahrt zu Sunessons umgebautem Haus. Daran fuhr er vorbei, weit war es nicht mehr zu Leo Sarks Landzunge, aber die Augustnacht war hereingebrochen, und er musste sich ein schmales, holperiges Sträßchen entlangquälen, bevor er Klüger bei dem Märchenschloss absetzen konnte.
Der Deutsche saß in sich zusammengesunken da, und es hatte etwas Pathetisches, als er wie ein Schlafwandler aus dem Auto stieg.
«Sind Sie sicher, dass Sie allein zurechtkommen?», fragte Olsson vorsichtig.
Ein deutsches *Ja* war die Antwort, dennoch begleitete er ihn bis an die Treppe und wartete, bis er eingetreten war.
Er fühlte sich erleichtert, als die Tür endlich geschlossen war, aber auf dem Weg zu seinem Auto warf er einen Blick hinüber zu Uggle Udde und stellte fest, dass Licht in Sunessons Haus brannte.
Verwundert setzte er sich ins Auto. Seved und seine Frau waren doch in Kopenhagen, wer war dann in dem Haus? Er durchdachte die Sache auf dem kurzen Stück zwischen den beiden Landzungen und entschied, dass es besser sei, einmal mehr als einmal zu wenig nachzusehen. Und als er an die Abzweigung kam, nahm er Gas weg und bog ab.
Zwei Autos standen dicht am Haus, ein Golf und ein alter VW-Bus mit durchgerosteten Kotflügeln. Er registrierte sie flüchtig, als er durch die Einfahrt auf den Nebeneingang zuging und an der Küchentür klopfte. Niemand rührte sich, daher ging er ums Haus herum und auf die Veranda. Die Tür stand offen, und er trat ein, denn er hörte Stimmen aus einem der Zimmer.
«Hallo, ist jemand zu Hause?»
Die Stimmen verstummten augenblicklich, und eine Se-

kunde später erschien ein kahl geschorener Kopf in der Türöffnung.
«Ja, ist was?»
Olsson hatte Urban Sunesson völlig vergessen. Auch wenn er in Lund studierte, konnte er ja manchmal zu Hause sein. Und dass er seine Freunde mitbrachte, war auch nichts Besonderes.
«Ich kam zufällig vorbei», erklärte er vage.
Aber er brauchte gar keine nähere Erklärung abzugeben, Urban kam ihm schnell zuvor.
«Vater ist nicht zu Hause, er ist in Kopenhagen.»
Er schien nervös zu sein und hielt die Tür hinter sich zur Hälfte geschlossen. Olsson wollte sich gerade umdrehen und weggehen. Da wurde die Tür plötzlich von der anderen Seite geöffnet, und ein bärtiges Gesicht schaute Urban über die Schulter.
«Ist das Jörgen?»
Als der Bärtige Olsson erblickte, duckte er sich sofort, es sah beinahe so aus, als ob er sein Gesicht verbergen wollte. Und Urban trat schnell einen Schritt vor und schloss die Tür hinter sich.
Aber Olsson konnte noch sehen, dass um den großen Tisch eine ganze Gruppe von jungen Leuten saß. Vor sich auf der Tischplatte hatten sie eine Landkarte ausgebreitet, und zwei von ihnen, die deutlich älter als die anderen zu sein schienen, drehten ebenso wie der Bärtige ihre Gesichter weg, als ob sie nicht erkannt werden wollten.
Urban bemerkte Olssons Blick und entschuldigte sich verlegen, er hörte sich beinahe wie sein Vater an. «Wir haben eine Versammlung, das ist die Umweltgruppe.»
Er sah so ertappt aus, dass Olsson nichts mehr einfiel.
Olsson nickte zum Abschied und wandte sich zur Terras-

sentür. Als er sie hinter sich schloss, hörte er, wie Stimmen drinnen wieder aufgeregt zu sprechen begannen.
Er setzte sich ins Auto und steckte sich eine seiner immer seltener gerauchten Zigaretten an. Er hatte so gut wie aufgehört, aber manchmal spürte er immer noch das Verlangen nach seinen alten filterlosen Commerce.
Licht schimmerte schwach zwischen den Bäumen auf der anderen Landzunge, und als er die Scheinwerfer einschaltete, schwang ein heller Streifen über das dunkle Wasser. Harry Landmans eigentümliche Prophezeiungen fielen ihm ein und das, was er an diesem Tag erlebt hatte. Er konnte den Anblick des toten Gesichtes, als er die Gummimaske abgenommen hatte, nicht verdrängen und überlegte, was Åman eigentlich auf seiner ungewöhnlichen Rudertour an dem Abend nach dem Krebsessen vorgehabt hatte.
Er fuhr die kurvenreiche Strecke bis Hjärnarp und von dort auf kürzestem Weg nach Ängelholm. Erst als er auf Storgatan war, hielt er an. Dort stieg er aus, ging auf das niedrige gelbe Haus zu und steckte den Schlüssel ins Türschloss.
Er trat in sein neues Zuhause und blickte auf all die unausgepackten Kisten und Kartons, die auf dem Fußboden und an den Wänden der drei Zimmer standen.

KAPITEL 5

Olsson blätterte lustlos in der Morgenzeitung. Das Frühstück war glücklich überstanden, und das Brennen im Mund nach dem mit Tabasco gefüllten Ei ließ nach. Die Zeitung hatte er bereits einmal durchgeblättert, jetzt suchte er ohne große Hoffnung nach etwas Lesbarem, um sich noch eine kurze Schonfrist zu genehmigen.

Noch einmal überflog er den Artikel über das Unglück an der Brückenbaustelle und stellte fest, dass Berghagens Rechnung aufgegangen war. Der Artikel war kurz, um nicht zu sagen mager im Hinblick auf das Ereignis.

Offensichtlich waren keine spektakulären Einzelheiten an die Öffentlichkeit gelangt, und der Verfasser des Artikels hatte sicherheitshalber die Unfallstatistiken anderer großer internationaler Bauprojekte angeführt, um zu beweisen, dass die Öresundbrücke eine geringere Unfallbilanz aufwies als der Durchschnitt. Olsson vermutete eine effektive PR-Abteilung hinter der Auswahl von aufgeführten Fakten, Berghagen beherrschte seinen Job offenbar.

Deutlich schlimmer sah es für die Bahn beim Umgang mit der öffentlichen Meinung aus. Diesen Schluss musste man ziehen, wenn man die Artikel überflog. Beinahe täglich erschienen Berichte über die Demonstrationen und Proteste gegen den Giftskandal beim Tunnelbau, die Presse hatte die ständigen Aktionen sogar *Intifada von Båstad* getauft.

Der heutige Artikel handelte davon, dass einige Personen nachts das Wachpersonal mit Hilfe von Neujahrsraketen

abgelenkt hatten und danach mehrere Kanister mit einer übel riechenden Flüssigkeit direkt in die Ventilatoren gegossen hatten, die die Arbeiter drinnen im Tunnel mit frischer Luft versorgten. Eine erste Untersuchung hatte ergeben, dass die stinkende Brühe aus einer Mischung von Schweinejauche und verfaultem Hering bestand.
Die örtliche Polizei deutete an, dass Landwirte möglicherweise an dem Attentat beteiligt sein könnten, weil Schweinejauche ein alltägliches Düngemittel war, musste aber zugeben, dass es darüber hinaus keinerlei Spuren der Täter gab.
Die Art der Berichterstattung ließ Olsson vermuten, dass sowohl die Polizei als auch der Journalist bei diesem Vergehen ein Auge zudrückten. Und das war nicht verwunderlich, denn die Wut der Bevölkerung in der Gegend war groß. Nicht nur waren Hunderte von Tonnen an Giftstoffen im Boden versickert, das Grundwasser war durch Drainagen abgeleitet worden, sodass Brunnen ausgetrocknet und wertvolles Ackerland verdorben worden waren, vielleicht für immer.
Olssons eigener Bauernhof, den er vor einigen Jahren gekauft hatte, nachdem er gegen seinen Willen in den Vorruhestand entlassen worden war, hatte übrigens auch unter dem giftigen Tunnelwasser zu leiden gehabt.
Eines Morgens hatte er festgestellt, dass seine kleine Schafherde auf steifen Beinen wie betrunken umhergewankt war. Als zwei der Tiere umgefallen waren und nicht mehr aufstehen konnten, hatte er zuerst angenommen, sie wären an Scabies, der nicht minder gefürchteten Schafsvariante von BSE, erkrankt.
Aber der Tierarzt, der bereits Fälle an anderer Stelle beobachtet hatte, stellte grimmig fest, es handele sich um Rho-

ca-Gil, ein Mittel, mit dem man nicht nur Wasser daran hinderte, durch Risse im Erdreich in Tunnel einzusickern, sondern das auch ein hervorragendes Nervengift darstellte. Zum Umzug zurück in die Stadt hatte er sich in dem Augenblick entschlossen, als er mit ansehen musste, wie seine Schafe zum Notschlachten verladen wurden.
Um die Wahrheit zu sagen, hatte die Einsamkeit auf dem Hof ihm schon vorher zu schaffen gemacht. Er hatte festgestellt, dass er immer verschlossener und lethargischer geworden war, es schien ihm, als ob sich seine Konturen verwischten.
Irgendwie war ihm das gemächliche Leben ebenso wie seine lange Krankenhauszeit vorgekommen, er hatte eine große Lustlosigkeit an sich selbst entdeckt, als ob das Leben ihm nichts mehr abverlangte, wenn er nichts mehr vom Leben erwartete. Er fühlte sich in eine Art Gleichgültigkeit versetzt, die ihn an das langweilige Vegetieren im Krankenhausbett erinnerte.
Trotzdem war er sich nicht ganz sicher, ob sein schneller Entschluss, das Angebot zum Tausch seines Hofes auf Hallandsåsen gegen das gelbe Haus mitten in Ängelholm anzunehmen, richtig gewesen war.
Irgendetwas mit dem Umzug machte ihm Sorgen, er wusste selbst nicht genau, was. Aber er konnte sich nicht dazu durchringen, all diese Kisten und Kartons auszupacken, die er vorher mit so viel Eifer eingepackt hatte. Widerwillig ging er in eins der drei Zimmer und sah sich um.
Mangels Gesellschaft hatte er seine schon vorhandene Lesefreudigkeit ausgeweitet. Schlimmer aber war, dass er begonnen hatte, Bücher zu kaufen, statt sie in der Bibliothek zu leihen. Infolgedessen stand ihm jetzt die immense Arbeit des Einräumens von zwanzig Regalmetern Büchern

bevor, die sich unsortiert in einem widerwärtigen Haufen von Kartons vor ihm stapelten.
Die Bücherregale standen bereits an einer Innenwand, und er machte sich selbst Mut, indem er sich vorstellte, wie gemütlich der Raum mit den Büchern an ihrem Platz und dem Lesesessel daneben aussehen würde. Größeren Tatendrang brachte das aber auch nicht mit sich. Stattdessen fiel ihm plötzlich ein, dass die Tabascosoße beim Frühstück ausgegangen war und er unverzüglich losgehen und eine neue Flasche der hellroten Flüssigkeit kaufen müsste.
Erleichtert wandte er dem leeren Bücherregal den Rücken zu und ging durch den Flur hinaus auf Storgatan. Er hatte sich immer noch nicht daran gewöhnt, dass das Stadtleben direkt vor seiner Haustür begann, und blickte neugierig auf die Autos und die vielen Leute. Mit festen Schritten ging er durch die Fußgängerzone, in der man tapfer versuchte, den Fassaden ihr kleinstädtisches Aussehen zu erhalten, und erreichte sein Ziel, den Supermarkt mit dem missverständlichen Namen Klein-Brännborns.
Was an den voll gestopften Regalen klein sein sollte, begriff er nicht, er brauchte eine ganze Weile, bis er den Tabasco gefunden hatte, und wie jedes Mal ärgerte er sich darüber, dass es ihn nur in lächerlich kleinen Flaschen gab.
Vorsichtshalber nahm er gleich eine ganze Hand voll mit und stellte sich in die Schlange an der Kasse. Er ignorierte den fragenden Blick der Kassiererin und ging nach Hause.
Sein Haus lag auf dem kurzen Stück von Storgatan, das zum Fluss hin führte und das lange Zeit eine Art ruhige Sackgasse gewesen war. Nun aber befand sich dort Systembolaget, der staatliche Alkoholladen, und die Gasse belebte sich. Alte Handwerksgeschichte wurde ausgegraben, bald

wies jede Hausfassade stolz ein Kupferschild mit einer Art historischer Abhandlung auf.
Jede außer der, die Olsson gehörte. Sein Haus war eingezwängt zwischen zwei farbenfrohen Häusern, die beide Innenhöfe und Anbauten hatten, er selbst hatte lediglich einen engen Platz für seinen Diesel-Volvo. Ihm kam es beinahe vor, als ob er einen Schuhanzieher brauchte, wenn er durch die schmale Einfahrt in den kleinen Hof hinter seinem Schlafzimmer fuhr.
Seine Laune verschlechterte sich sofort wieder, als er durch die Tür trat und den Stapel der Umzugskartons vor sich sah. Er hatte sich gerade entschlossen loszulegen, als das Telefon klingelte.
Er griff nach dem Hörer wie nach einem rettenden Strohhalm.
«Martin Olsson.»
Eine halbe Sekunde verging, dann meldete sich eine weibliche Stimme.
«Hier ist die Polizei.»
«Polizei?»
«Ja, hier spricht Aspirantin Assarsson. Ich rufe wegen der Vernehmung an. Passt es vielleicht noch vor dem Mittagessen?»
Das hörte sich eher nach einem Befehl als nach einer Frage an, die Stimme klang sehr bestimmt. Aber Olsson begriff nichts, sie musste sich verwählt haben.
«Vernehmung? Welche Vernehmung?»
«Sie waren doch Zeuge eines Todesfalles.»
Endlich schaltete er. Der Polizist in Malmö hatte ihm ja angedeutet, dass einige Zeugen ausführlicher vernommen werden sollten, und er selbst hatte sich doch ein wenig gewundert, dass er keine Gelegenheit bekommen hatte, seine

Ansichten über Jörgen Åmans eigentümliches Tauchen zu äußern. Aber dass sie so schnell arbeiten würden, damit hatte er nicht gerechnet.
«Noch vor dem Lunch? Ich glaube nicht, dass ich es so schnell bis runter nach Malmö schaffe.»
Ein paar Sekunden blieb es still. Dann kam die Stimme zurück, sie hörte sich recht kühl an. «Hier ist die Polizei in Ängelholm.»
«Die Polizei in Ängelholm?»
Olsson merkte, dass er sich wie ein Papagei anhörte, aber er fühlte sich überrumpelt. Was um Gottes willen hatte die Ängelholmer Polizei mit dem Unfall auf der Bauplattform unten bei Malmö zu tun?
«Polizeimeister Brodin möchte gern, dass Sie so schnell wie möglich herkommen», antwortete die Stimme. Sie schien genug von seiner widerspenstigen Art zu haben, denn sie fuhr fort: «Sie können selbst mit ihm sprechen.»
Es knackte im Hörer, und ehe Olsson etwas sagen konnte, war sie weg. Stattdessen hörte er einen tiefen Atemzug, als ob jemand Anlauf nähme, und dann ertönte eine wohl bekannte Stimme.
«Folke Brodin.»
Olsson schien es, als ob er das Lächeln durch die Leitung hören könnte. Der Polizeichef von Ängelholm hatte die Angewohnheit, seine Umgebung ständig anzulächeln, unabhängig davon, ob er guter Laune war oder mitten in einem seiner ebenso heftigen wie unberechenbaren Wutausbrüchen.
Er wollte gerade seinen Namen sagen, aber Brodin kam ihm zuvor.
«Da gibt es offenbar ein Problem, kannst du deine Arbeit nicht unterbrechen?»

Olsson blickte auf seine Kartons und zögerte mit der Antwort.
«Na ja, ich bin beim Auspacken.»
Er hörte, wie Brodin tief durchatmete, merkte, dass seine Antwort wohl nicht ganz passend war, und beeilte sich hinzuzufügen: «Ich bin in die Stadt umgezogen.»
Brodins Stimme wurde säuerlich, er hasste es, wenn belanglose Dinge seinen Zeitplan durcheinander brachten. Schnelligkeit bei den Ermittlungen war bei ihm eine Art Manie, intern sprach man von Brodins Doktrin und meinte damit sein Prinzip, stets schnelle Festnahmen zu erreichen, auch wenn sie sich später als Fehler herausstellten. Böse Zungen behaupteten, die Methode sei entwickelt worden, nachdem eine Leiche unentdeckt mehrere Tage lang im Kofferraum eines Autos gelegen hatte, das direkt vor dem Polizeigebäude in Ängelholm geparkt stand.
«Deine Umzugskartons laufen wohl kaum weg, oder?»
Das tut der Ertrunkene ja wohl auch nicht, überlegte Olsson still für sich. Aber er erinnerte sich an den Tonfall seines früheren Chefs und wusste, wann es besser war, den Mund zu halten. Außerdem hatte er eigentlich nichts dagegen, das noch nicht begonnene Auspacken zu unterbrechen, ganz im Gegenteil.
«Na klar kann ich eine Weile Pause machen», antwortete er vorsichtig. «Wann soll ich kommen?»
«Am besten sofort.»
Einen Moment überlegte er, ob er zu Fuß zum Polizeigebäude an Klippanvägen gehen sollte, das konnte er in fünfzehn Minuten schaffen, aber dann fiel ihm ein, dass Ängelholm eine Hochburg der Autofahrer war. Die Stadt hatte nicht nur die höchste Zahl an Autos per Einwohner, man benutzte es auch leidenschaftlich. Ein Fußgänger außer-

halb der verkehrsberuhigten Zonen der Innenstadt machte sich sofort verdächtig, sofern er nicht einen Trainingsanzug und Joggingschuhe trug.
Er entschloss sich also, wie alle anderen den Wagen zu nehmen, und fuhr mit einer gewissen Mühe seinen großen Volvo aus der schmalen Einfahrt.
Storgatan war eine Einbahnstraße in die falsche Richtung und er musste um den halben Block fahren. Aber das machte nichts, mit dem Auto war er in zwei Minuten oben beim Polizeirevier.
Die aluminiumgraue Fassade gab sich wie immer große Mühe, einen eventuellen Besucher einzuschüchtern, aber er riss sich zusammen und klingelte am Türtelefon. Die metallene Stimme des Lautsprechers war wenig einladend, aber Olssons Selbstbewusstsein hatte noch nicht gelitten, als er in die Eingangshalle trat. Der Wachhabende empfing ihn mit einem misstrauischen Blick hinter seiner Panzerglasscheibe, Brodin hatte jedoch offenbar klare Anweisungen gegeben, denn er hatte kaum seinen Namen gesagt, als eine junge Polizistin neben ihm auftauchte.
«Aspirantin Assarsson», stellte sie sich kurz angebunden vor. «Hier lang.»
Er kannte den Weg zu Brodins Büro gut, aber er wusste auch, dass die Vorschrift verlangte, jeden Besucher abzuholen und wieder am Eingang abzuliefern.
Dem fügte er sich und folgte ihr die Treppen hinauf und bis an eine Tür, an der sie mit einem leicht wütenden Gesichtsausdruck klopfte.
«Hier ist er!», sagte sie und drehte sich auf dem Absatz um, ohne Olsson oder Brodin eines Blickes zu würdigen.
Der lächelnde Polizeichef saß hinter seinem Schreibtisch, und Olsson wunderte sich überhaupt nicht, dass sein stän-

diger Schatten, der kleine Kriminaltechniker Larsson, an seiner Seite war. «Du musst entschuldigen», begann Brodin unvermutet, hörte sich jedoch nicht so an, als ob er es sonderlich ernst meinte.

Olsson begriff, dass er auf die unwirsche Polizeiaspirantin anspielte. Er hatte gehört, dass durch die Rationalisierungsmaßnahmen bei der Polizei die meisten Chefsekretariate abgeschafft worden waren, und ihm fiel ein, dass es die gleiche Polizistin gewesen war, die ihn vorher angerufen hatte. Er konnte sich vorstellen, dass Brodin, um die Sparmaßnahme zu kompensieren, ganz einfach ihren Aufgabenbereich umdefiniert hatte. Wenn seine Vermutung richtig war, lebte sein alter Chef gefährlich, die Polizeigewerkschaft war dafür bekannt, energisch vorzugehen, wenn es um Gleichstellungsfragen ging.

Aber das kümmerte ihn nicht, ihn interessierte viel mehr, herauszubekommen, weshalb Brodin ihn hergebeten hatte. Er konnte sich immer noch nicht vorstellen, warum der Taucherunfall bei Malmö in Ängelholm bearbeitet wurde. Sofern es nicht ganz einfach darum ging, Informationen entgegenzunehmen und weiterzuleiten. Aber dann hätten sich wohl kaum Brodin selbst und Larsson mit der Sache befasst.

Gerade wollte er fragen, als Brodin den Kopf schräg legte und die Mundwinkel hochzog.

«Du wunderst dich, dass du hierher gebeten wirst?»

Olsson nickte, aber Brodin ließ ihn nicht zu Wort kommen, sondern fuhr einfach fort.

«Wie du dir denken kannst, ist der Fall an uns abgegeben worden. Der Grund dafür ist, dass der Tote ...»

Er machte eine kurze Pause und blickte auf ein Blatt in einer grünen Mappe auf seinem Schreibtisch.

«… dass der Tote, Jörgen Åman, nicht an der Baustelle des westlichen Pfeilers im Öresund ertrunken ist.»

Er blickte auf und betrachtete Olsson neugierig. Brodin hatte ein Faible für Überraschungseffekte und war mit dem Resultat zufrieden. Olsson starrte verblüfft zurück.

«Passten die Schläuche nicht zueinander?», entfuhr es ihm. Er dachte an den abgerissenen Taucherschlauch bei der Bauplattform und das verworrene Durcheinander an dem Zacken neben Åmans Körper. Ganz verwundert vergaß er, dass Brodin nicht dort gewesen war und demzufolge nicht wissen konnte, worauf er hinauswollte.

Aber Brodin hatte sich offenbar kundig gemacht. Er lächelte triumphierend und schwelgte einen Moment in seiner Antwort. Seiner Stimme war die Zufriedenheit anzumerken.

«Klar doch, wie die Faust aufs Auge.»

Olsson verstand nichts. Wenn es der gleiche Schlauch war, so konnte es doch keinen Zweifel darüber geben, dass das Unglück an der Bauplattform geschehen war? Eine andere Erklärung gab es nicht.

Brodin wühlte in seiner Mappe und zog ein Foto heraus, das er Olsson reichte. Es sah aus wie eine Art Science-Fiction-Bild voller unregelmäßiger Sterne.

«Was soll denn das darstellen?»

Brodin schien die Situation zu genießen. *«Staurastrum sexangulare»,* erläuterte er mit Betonung auf jeder Silbe.

«Was ist das?»

«Ein Plankton, das nur im Süßwasser lebt. Jörgen Åmans Lungen waren voll davon.»

KAPITEL 6

Olsson drehte die blaue Fotografie nachdenklich hin und her. Auch wenn der Öresund kein offenes Meer war, so war er jedenfalls mit dem Kattegatt und dem Großen Belt verbunden und das Wasser, das durch den engen Meeresarm zwischen Dänemark und Schweden floss, definitiv Salzwasser.

«Du meinst also …»

«Dass jemand ihn verfrachtet hat, ja», ergänzte Brodin, «und deshalb ist der Fall an uns abgegeben worden.»

Er lächelte erwartungsvoll, so als ob er auf eine Erwiderung wartete, aber Olsson konnte ihm immer noch nicht ganz folgen.

Der tote Åman war doch erst gestern Nachmittag gefunden worden, wie konnten sie dann jetzt schon solche Fakten herausgefunden haben? Und weshalb hatten sie überhaupt seinen Lungeninhalt untersucht? Auch wenn es sich um einen Aufsehen erregenden Unglücksfall gehandelt hatte, so gab es doch keinen Anlass, daran zu zweifeln, dass er draußen an der Baustelle ertrunken war.

«Wie seid ihr denn darauf gekommen, dass er obduziert werden müsste?», fragte er verwundert.

Larsson, der kleine Techniker mit dem Spitzbart, hatte bis jetzt geschwiegen, aber nun mischte er sich plötzlich ins Gespräch ein.

«Im Gesicht des Toten hatte sich ein Blutegel festgesaugt, und ein Polizist schlug Alarm», sagte er und blinzelte Ols-

son zu. «Egel gehören normalerweise nicht zur Salzwasserfauna, jedenfalls nicht in unseren Breiten.»
Olsson konnte sich gut an das unappetitliche Tier erinnern, und wenn er einen Moment überlegte, so war ihm natürlich klar, dass es ein Süßwasserlebewesen war. Er hätte selbst reagieren müssen, als er den sich windenden Wurm in Åmans Mundwinkel sah, aber er war völlig selbstverständlich davon ausgegangen, dass der Unfall mit dem Brückenbau zusammenhing, und daher überhaupt nicht misstrauisch geworden.
«Du bist es doch gewesen, der ihm die Tauchermaske abgenommen hat?», stellte Brodin säuerlich fest.
Auf dem Weg zur Polizeiwache hatte sich Olsson entschlossen, seinen Verdacht zur Sprache zu bringen, demzufolge der Taucherunfall und die anderen Vorgänge draußen an dem westlichen Pfeiler miteinander zusammenhingen, aber jetzt wusste er nicht, was er sagen sollte. Der Obduktionsbefund hatte seine Theorie vollständig umgeworfen.
«Ich kann nur nicht verstehen, weshalb das eine Erklärung dafür sein soll, dass der Fall nun in Ängelholm bearbeitet wird», wandte er ein und versuchte das Thema zu wechseln.
Er klopfte mit dem Finger auf das Foto mit dem gezackten Plankton und sah, dass Larsson gerade antworten wollte, als Brodin ihm zuvorkam.
«Darauf kommen wir gleich noch, aber ich ziehe es vor, wir halten uns an die Reihenfolge und besprechen eins nach dem anderen.» Das Lächeln war unverändert, aber Olsson kannte den Tonfall und bemerkte, dass Brodins Gesichtsfarbe sich eine Nuance verändert hatte. Für einen Moment hatte er die Empfindlichkeit seines ehemaligen Chefs in Fragen der Rangordnung vergessen. Er schwieg diploma-

tisch und legte sicherheitshalber die blaue Fotografie vor sich auf den Schreibtisch.
«Wie ist das nun da draußen auf der Plattform passiert?»
Brodin fixierte ihn mit einem stechenden Blick, und Olsson überlegte einige Sekunden. Dann berichtete er so genau wie möglich von dem Besuch auf der Brückenbaustelle, von dem Augenblick an, in dem die Gesellschaft an Bord des Arbeitsbootes gegangen war, bis zu dem Moment, als die Polizei sie am Kai am Bahnhof abgesetzt hatte. Brodin hörte besonders aufmerksam zu, als er von dem Gespräch mit den Bauarbeitern über die verschiedenen Tauchermasken erzählte.
«Das heißt doch, derjenige, der Åman dort hingebracht hat, wusste, was er tat», murmelte er. Er hatte den Blick auf die Zimmerdecke gerichtet und die Hände hinter dem Kopf gefaltet.
Olsson war sich nicht sicher, was er meinte, hielt es aber für besser, nicht zu fragen, und Brodin murmelte weiter laut vor sich hin.
«Das Luftaggregat lief also schon morgens?»
Das hörte sich nicht so an, als ob er eine Antwort erwartete, und Olsson und der kleine Techniker saßen schweigend da. Dann schien er fertig überlegt zu haben, drehte sich überraschend auf seinem Stuhl herum und lächelte Olsson an.
«Ich habe gehört, dass du bei einem Krebsessen warst?»
Olsson war zwar die plötzlichen Einwürfe des exzentrischen Polizeichefs gewöhnt, aber jetzt war er doch perplex. Was in aller Welt hatte das mit dem Fall zu tun? Brodin nahm seine verdutzte Miene mit einer gewissen Befriedigung zur Kenntnis, sein Lächeln wurde breiter, er legte den Kopf schräg.

«Åman war auch bei dem Krebsessen am Västersjön dabei, und er wohnte nicht weit davon entfernt. Am gleichen See.»

Olsson begriff immer noch nicht, aber Larsson kam ihm zu Hilfe. Er wippte nachdrücklich mit seinem kleinen Bart.

«Jörgen Åman ist in Västersjön ertrunken.»

Endlich ging Olsson ein Licht auf. Deshalb hatte man die Ermittlungen also an Ängelholm abgegeben.

Bei aller Polizeiarbeit gilt das Prinzip, den Quellen und dem tatsächlichen Geschehen so nahe wie möglich zu kommen, und daher verlegte man die Ermittlungen am besten in die Nähe des eigentlichen Tatortes oder Unglücksplatzes. Und Västersjön gehörte zu Brodins Revier.

In dem neuen System war Helsingborg zwar Zentrale für das neue große Polizeigebiet, das sowohl Ängelholm als auch die Dörfer auf der Bjärehalbinsel umfasste, und theoretisch hätte eine Ermittlungsgruppe dort eingerichtet werden müssen, aber in diesem Fall war davon keine Rede. Von Brodin war nicht zu erwarten, dass er zugab, seinem Bereich mangele es an Kompetenz. Da machte er sich trotz seiner Position lieber selbst an die Feldarbeit.

Nur eine Sache verstand Olsson immer noch nicht. Wie hatten sie es geschafft, den Ort des Unfalls herauszufinden? Dass Åman in Västersjön wohnte, musste ja nicht heißen, dass er dort ertrunken war, auch wenn er Süßwasser in den Lungen gehabt hatte.

«Habt ihr einen Augenzeugen für das Ertrinken?», fragte er vorsichtig.

Brodin blickte ihn mit eigenartiger Miene an. Es schien plötzlich, als ob er in Gedanken ganz woanders war.

«Ich glaube nicht, dass derjenige, der Åman transportiert hat, an Zeugen interessiert war», antwortete er abwesend.

«Der einzige Grund, warum man sich so viel Mühe macht, ist doch, dass man etwas verbergen will, nicht etwas aufdecken.»
«Ich hab natürlich geglaubt, ihr hättet einen», gab Olsson zu und errötete. «Weil ihr so sicher seid, was den Tatort angeht», ergänzte er.
«Du hast unsere Zeugen schon gesehen», sagte Brodin. Er hatte seinen mokanten Ton wieder gefunden und nickte zu der Fotografie mit den gespreizten Sternen.
Zum zweiten Mal kam Larsson zu Hilfe. Er blinzelte ihm wie einem hilflosen Schuljungen zu.
«Genau diese Art von Plankton ist typisch für nahrungsarme Seen», erklärte er.
«Und Västersjön ist so einer?»
Larsson nickte eifrig. Er fuhr fort, offensichtlich ermuntert davon, dass der Schüler schnell begriff.
«Das ist ein See mit klarem Wasser, davon gibt es hier in Skåne nicht viele. Nicht einmal Rossjön nebenan hat solches Plankton.»
Das hörte sich bestechend an, zwischen den beiden Seen Västersjön und Rossjön befand sich nur ein wenige hundert Meter breiter Streifen Land, und wenn es möglich war, die Herkunft des Planktons so genau zu bestimmen, musste der Fall wohl klar sein. Aber Larsson fuhr mit seinen Erläuterungen fort.
«Natürlich gibt es noch andere Seen, die theoretisch infrage kommen könnten. Aber im Hinblick auf die anderen Zusammenhänge ist Västersjön nahe liegend.»
Dem stimmte Olsson zu. Das erklärte auch Brodins Interesse an dem Krebsessen. Und an jenem Abend waren zweifellos einige merkwürdige Dinge geschehen.
Brodin hatte geduldig ihrem Gespräch zugehört, über-

nahm jetzt jedoch wieder das Kommando. Er hielt eine Hand hoch und streckte einen Finger nach dem anderen vor, dabei zählte er seine Fakten auf. Er glich einem Schiedsrichter beim Boxen, der einen Knockout auszählt.

«Åman ertrinkt im Süßwasser, jemand macht sich die Mühe und transportiert ihn raus zum Öresund, zieht ihm einen Taucheranzug an und arrangiert einen fiktiven Taucherunfall, indem er einen Schlauch abreißt und das Luftaggregat anstellt.»

Er machte eine kurze Pause und überlegte, bevor er weitersprach. Dann lehnte er sich vor und suchte Olssons Blick.

«Dieser Jemand ist außerdem sorgfältig genug und so mit dem Tauchen vertraut, dass er eine Ausrüstung wählt, die so aussieht, als ob Åman allein getaucht ist, ohne Maschinenführer. Kann man sich wirklich vorstellen, dass alle diese Maßnahmen ergriffen werden, um einen simplen Unfall zu vertuschen?»

Das war eine rhetorische Frage, und Olsson konnte sich schon vorstellen, worauf er hinauswollte.

«Was wir hier aufzuklären haben, ist kein Unfall, sondern Mord!»

Es wurde still in dem Zimmer, sogar Brodin schien über seine eigenen Worte nachzudenken, aber dann räusperte er sich und fuhr fort: «Was ist bei dem Krebsessen eigentlich passiert?»

Olsson fragte sich, wie Brodin wohl davon erfahren hatte, behielt das aber für sich. Stattdessen erzählte er von den vielen Merkwürdigkeiten und den Sprachfetzen, die er mitbekommen hatte. Er merkte, dass Brodin hin und wieder einen Blick in seine Unterlagen warf, als ob er irgendetwas verglich, und er begriff, dass jemand anderes bereits in der gleichen Sache vernommen worden war.

Es schien, als ob Brodin mit seinen Ausführungen zufrieden war, denn er stellte keine Zwischenfragen. Aber als Olsson fertig war, fragte er: «Wie gut kennst du diese Leute?»

Olsson zuckte mit den Schultern, Harry und Seved waren eigentlich die Einzigen, die er näher kannte. Die anderen hatte er an jenem Abend zum ersten Mal gesehen, abgesehen von Urban natürlich. Und von dem eifersüchtigen Ivan und seiner Frau kannte er nicht einmal den Nachnamen.

Wenn Brodin enttäuscht war, so zeigte er es jedenfalls nicht. Er notierte etwas in seinen Unterlagen, dann blickte er wieder auf

«Nur noch eine Sache. Als du Åman die Tauchermaske abgenommen hast, wurde sie dabei irgendwie beschädigt?»

Olsson sah ihn verwundert an und schüttelte den Kopf.

«Nein, wieso?»

Brodin antwortete nicht. Er schien in Gedanken versunken zu sein, und an seiner Stelle sagte Larsson:

«Das Rückventil für die Atemluft war kaputt, sowohl das Wasser aus Åmans Lungen als auch das aus dem Magen waren bis in den Schlauch geflossen.»

«Aus dem Magen?», wiederholte Olsson, ohne richtig zu wissen, was er sagte. Ihm fiel ein, dass er ein herausragendes Teil der Gesichtsmaske angefasst hatte, aber soweit er sich erinnern konnte, hatte er nicht den Eindruck gehabt, etwas beschädigt zu haben.

«Ja, es gibt einen Muskel im Hals, der erschlafft nach dem Tod, und dann läuft das Wasser in den Magen statt in die Lungen. Natürlich nur, wenn man im Wasser liegt», fügte er belehrend hinzu. «Und er war ja eindeutig vorher ertrunken …»

Brodin hatte sich in seine Lieblingsstellung zurückgelehnt, mit hinter dem Kopf gefalteten Händen. Er schien mit der Zimmerdecke zu sprechen, als er Larssons Ausführungen unterbrach. «Nein, mit dieser Maske konnte man nicht tauchen.» Er schüttelte resigniert den Kopf. Es sah aus, als ob er mit seinen Gedanken weit weg wäre. «Kann mir jemand sagen, warum er so nachlässig mit seiner Tauchermaske umgegangen ist, wenn er in allen anderen Dingen so sorgfältig gewesen war?»

Dann schien er in die Welt der Sterblichen zurückzukehren. Er nahm die Hände aus dem Nacken und legte sie auf die Armlehnen seines Stuhls, so als ob er Anstalten machte aufzustehen. Er lächelte Olsson zu und gab ihm damit zu verstehen, dass das Gespräch beendet war. «Ich ruf jemanden, der dich abholt.»

Er streckte die Hand nach der veralteten Haussprechanlage aus und wollte gerade einen Knopf drücken, als er innehielt, sein Gesicht verdunkelte sich, als ob ihm etwas Unangenehmes eingefallen sei. Dann wandte er sich wieder an Olsson, seine Stimme klang beinahe flehentlich. «Könntest du dir vorstellen, allein rauszufinden?»

«Aber sicher!»

Olsson nickte. Er hatte Aspirantin Assarsson in guter Erinnerung und verstand Brodins Dilemma. Und den Weg kannte er, es war ja kaum mehr als zwei Jahre her, dass er selbst auf dem gleichen Flur gearbeitet hatte.

Brodin sah sichtlich erleichtert aus, er erlaubte sich sogar ein Dankeschön. Dann vertiefte er sich in seine Papiere, und Olsson, der diese ungewöhnliche Art, auf Wiedersehen zu sagen, noch kannte, stand mit einem kurzen Gruß zu Larsson hinüber auf, als er ihn mit dem selbstgefälligen Chef allein ließ.

Vielleicht hatte derjenige, der Jörgen Åmans Körper transportiert hatte, ganz einfach keine andere Tauchermaske als die beschädigte finden können, überlegte Olsson, als er die schwere Eingangstür des Polizeigebäudes hinter sich zuschlug.

Vielleicht hatte der gar nicht gemerkt, dass das Rückventil nicht funktionierte, es war recht unwahrscheinlich, dass er es ausprobiert hatte, bevor er die Maske über das Gesicht des Toten zog. Und übrigens konnte die Maske auch später kaputt gegangen sein, der Bohrkopf des Baggers war mit dem toten Körper nicht gerade behutsam umgegangen.

Die Statoil-Tankstelle lag dicht neben dem Polizeigebäude. Während er tankte, durchsuchte er sein Gedächtnis. Er hatte Brodin nichts von seinem Gespräch mit Seved Sunesson oder von dem Zusammentreffen mit Urbans Umweltgruppe gesagt. Einerseits wollte er Seveds Vertrauen nicht enttäuschen, und andererseits fand er, dass das nichts mit dem Fall zu tun hatte.

Die *Båstad-Intifada* bewegte sich nicht ganz im legalen Bereich, die vielen Aktionen waren aber eher ärgerlich als gefährlich, und er selbst stand auf der Seite der Aktivisten. Sowohl die Bahn als auch die Baufirmen bekamen, was sie verdienten.

Die frühere Tankstelle war zu einem Lebensmittelladen umgebaut worden, und er musste sich in eine lange Schlange von Kunden einreihen, die alles Mögliche von Milchpackungen bis zu Fleischklößchen auf das Band legten. Er wunderte sich stets über die bizarre Mischung aus Brot und Benzin und brauchte eine Weile, bis er in einem Regal im Hintergrund eine Flasche Motoröl für seinen Volvo fand.

Der Anblick all der Lebensmittel hatte ihn hungrig gemacht, und ihm wurde klar, dass die Mittagszeit lange vorbei war. Einen Moment überlegte er, ob er zurück in die Tankstelle gehen und sich eine heiße Bockwurst kaufen sollte, aber dann hatte er eine bessere Idee.

Er brauchte weniger als eine Viertelstunde, um an Viarp vorbei nach Förslöv zu kommen. Dort wies ein Schild darauf hin, dass sich links der Förslöv Bygdegård befand. Olsson parkte schräg auf dem Platz vor dem weißen Gebäude. Hier standen schon ein paar Autos, fast alles Firmenwagen, denn der Mittagstisch des Hauses lebte zum überwiegenden Teil von den vielen Subunternehmern und Handwerkern aus den Dörfern der Bjärehalbinsel.

Er trat in das Lokal mit den rot karierten Tischdecken und grüßte gewohnheitsmäßig das Mädchen hinter der Selbstbedienungstheke. Das Tagesmenü bestand heute aus Kohlrouladen, und er brauchte erst gar nicht nach der Flasche mit Tabascosauce und der Karaffe mit Eiswasser zu fragen.

Das eine oder andere Gesicht an den Tischen kannte er. Aber die allermeisten waren Bauarbeiter, der Tunnelbau hatte einen seiner Ausgänge ganz in der Nähe, und über das Dichtungsmittel Rhoca-Gil konnte man sagen, was man wollte, den Appetit schien es jedenfalls nicht zu beeinflussen.

Olsson aß seine tabascogetränkten Kohlrouladen, und nachdem er sich einen Kaffee geholt hatte, stand sein Entschluss fest.

Die jungen Leute aus der Umweltgruppe von Urban Sunesson hatten weder besonders gefährlich noch umstürzlerisch ausgesehen, trotz ihrer Heimlichtuerei. Aber so einfältig war er nun auch wieder nicht, als dass er nicht mitbekommen hätte, womit sie beschäftigt gewesen waren. Die Landkarte auf dem Tisch und die Zeitungsüberschriften am Tag danach über das Attentat an den Frischluftventilatoren sprachen für sich selbst, da musste man nur zwei und zwei zusammenzählen. Und da er es sowieso vermieden hatte, darüber zu sprechen, konnte er auch gleich mal hinauffahren und nachsehen, was sie da angestellt hatten. Irgendwie fühlte er sich beinahe ein wenig mitschuldig.

Er setzte sich in den Volvo und nahm den altgewohnten Weg hinauf nach Hallandsåsen. Hinter der engen Bahnunterführung bei Förslöv bog er rechts, nach Båstad ab, bei Kvinnoböske wieder rechts, und dann folgte er der schmalen, kurvenreichen Straße in den Wald.

Das Buchenlaub bildete ein dichtes Dach über ihm, und er fuhr weiter, bis vor ihm ein gefängnisähnlicher Zaun zwischen den Bäumen auftauchte. Dahinter rumpelten gelbe Schaufellader mit riesigen Rädern zwischen den enormen Abraumhalden und den traurigen Wohnwagen mit ihren Fernsehantennen auf dem Dach hin und her.

Er rollte langsam am hohen Zaun entlang, bis ein großes Schild mit einer Kartenskizze und einer publikumswirksamen Zeichnung der geplanten Sprengungen anzeigte, dass er bei dem so genannten Zwischenschlag angekommen war, einem Arbeitstunnel, der in den eigentlichen Haupttunnel durch Hallandsåsen führte.

Die Baufirma hatte einen lehmigen Schotterplatz neben der Straße zu einer Art Aussichtsplatz über den Tunnelbau hergerichtet. Das Schild mit der Karte prahlte mit den enormen Massen von Geröll, die täglich abgefahren wurden, allerdings zu einer Zeit, bevor der Giftskandal eingetreten war. Jetzt trug die große Tafel eher dazu bei, die Wut

der Bevölkerung über die trockengefallenen Brunnen und die vergifteten Felder zu steigern.
Gleich nachdem er die Autotür aufgemacht hatte, roch Olsson den fürchterlichen Gestank. Vor ihm an der anderen Seite des Zauns öffnete sich eine riesige Grube mit einer breiten Fahrspur, die direkt auf die Tunnelöffnung in dem Berg zuführte. Zwei große Ventilatoren, die über Schläuche frische Luft in die unterirdischen Räume bliesen, brummten dumpf. Hier also hatte das nächtliche Attentat stattgefunden.
Erleichtert trat Olsson auf den klebrigen Lehmschotter. Abgesehen von dem atemraubenden Gestank, der über dem ganzen Gebiet lag, schien an den Geräten nichts beschädigt zu sein. Er blieb einen Moment stehen und besah sich die Belüftungsanlage, die hoch oben auf einem steilen Hang montiert war. Ihm imponierten die Aktivisten, die es bis dahinauf geschafft hatten, das ähnelte den waghalsigen Unternehmen der Greenpeace-Leute.
Er ging zum Auto zurück und schloss ab. Dann machte er sich zu Fuß auf den Weg am Zaun entlang. Er kam aus dem Wald heraus auf eine offene Weide, die mit einzelnen Wacholderbüschen und kleinen Bäumen bewachsen war. So aus der Nähe sah man deutlich die enormen Ausmaße des Tunnelbaus, durchaus vergleichbar mit der Brückenbaustelle, die er am Tag vorher besichtigt hatte.
Es schien so, als ob das späte 20. Jahrhundert eine Großmannssucht bei einer Gruppe von Leuten ausgelöst hätte, die um jeden Preis ein Mammutprojekt nach dem anderen durchdrücken wollte, unabhängig davon, ob die Bevölkerung einverstanden war oder nicht. Olsson fand, dass es sich dabei um eine moderne Art von Pyramidenbau handelte. War es vielleicht der bevorstehende Jahr-

tausendwechsel, der in den Köpfen spukte, oder auch ein Versuch, sich ebenso unsterblich zu machen wie die Pharaonen?

Er machte sich auf die Suche nach einer Stelle, wo ein unansehnliches Rohr aus einem der Abraumhaufen durch den Zaun ragte. Ein dünnes, aber regelmäßiges Wasserrinnsal kam daraus hervor, floss zu einer grauen Lache, dann weiter in ein anderes Rohr und von dort hinaus in einen kleinen Bach.

Olsson blieb stehen und betrachtete nachdenklich das Wasser, mit dem das Gift aus dem Tunnel gekommen war. Knapp einen halben Kilometer weiter hatten seine Schafe davon getrunken, direkt aus dem Bach.

Auf dem Weg zurück zum Auto kam er an zwei Stahlcontainern vorbei, ebenso aluminiumgrau glänzend wie das Polizeigebäude in Ängelholm, aber an der Seite waren Warnschilder angebracht, die darauf hinwiesen, dass sie Sprengmaterial enthielten. Vor einem der Container lagen Reste von farbenfrohen dünnen Elektrokabeln, offenbar Stücke von Leitungen, die zu Zündern geführt hatten.

Ohne recht zu wissen, warum, bückte er sich und nahm eines davon hoch. Gerade wollte er sich aufrichten, als er in dem kurzen Gras einen metallenen Gegenstand entdeckte. Das war eine kleine blinkende Hülse, ungefähr so lang und so dick wie eine Zigarette.

Er war ganz bestimmt kein Experte auf diesem Gebiet, aber er sah sofort, worum es sich dabei handelte: eine Sprengkapsel, groß genug, um eine Hand abzureißen oder im schlimmsten Fall den Kopf eines spielenden Kindes.

Er wusste nicht, was er mit dem lebensgefährlichen Ding

anfangen sollte. Mitnehmen wollte er es nicht, aber er konnte es auch nicht einfach liegen lassen. Es war ihm unbegreiflich, wie an einem Arbeitsplatz eine solche Schlamperei vorkommen konnte.
Er entschied sich für einen Kompromiss und legte die Kapsel auf das Dach eines der Container, dann ging er hinunter zum Haupteingang des Zaunes. Ein riesiger Radlader fuhr gerade durch das Tor, und er stoppte ihn mit einem Handzeichen.
Der Fahrer öffnete eine Tür und starrte ihn fragend an. Er hatte dicke Ohrenschützer gegen den Lärm des Dieselmotors, und Olsson musste schreien, um sich Gehör zu verschaffen.
«Wer verwaltet hier das Sprengmaterial?»
Aber er hörte trotzdem nichts, und Olsson musste die schmale Leiter hinaufsteigen und sich in die Fahrerkabine vorbeugen.
«Wer ist hier der Vorarbeiter?»
Der Mann hinter dem Lenkrad hob die eine Ohrenklappe, um hören zu können, was er sagte. Er sprach mit finnischem Akzent. «Dahinten!»
Das war alles. Er zeigte mit einem kräftigen Finger auf ein paar grüne Baracken, vor denen mehrere Personenwagen geparkt standen. Olsson hob eine Hand zum Dank, sprang von dem riesigen Fahrzeug ab und ging entschlossenen Schritts auf eine Tür zu, an der ein Schild mit der Aufschrift *Büro* hing.
Er klopfte mit der Faust, wartete aber nicht ab, sondern stieß die Tür auf. Drinnen roch es nach Zigarettenqualm und Kaffee, und ein Mann in hellem Pullover blickte überrascht von seinem Schreibtisch hoch, auf dem sich Zeichnungen und Blaupausen stapelten.

«Sind Sie hier verantwortlich?», fragte Olsson, bevor der Mann noch den Mund aufmachen konnte.
Er merkte selbst, dass er sich anhörte, als ob er immer noch Polizist war, und vielleicht war es dieser Tonfall, der den Mann am Schreibtisch überrumpelte, denn statt gegen die plötzliche Störung zu protestieren, antwortete er nur mechanisch. «Ja, weshalb …?»
Er zögerte mit der Antwort, und Olsson nutzte den Zeitgewinn.
«Wissen Sie, dass Sie draußen Sprengmaterial rumliegen haben?»
Der Mann warf ihm einen eigenartigen Blick zu. «Was wissen Sie denn davon?»
«Ich habe da oben im Gras gerade eine Sprengkapsel gefunden!»
«Sind Sie Journalist?»
Nein, aber Polizist, hätte Olsson beinahe gesagt. Er war immer noch empört über die lebensgefährliche Schlamperei, oder war es vielleicht die Wut über den Umweltskandal an sich, die ihn gepackt hatte?
Aber er entspannte sich und beschrieb etwas ruhiger, was er an welcher Stelle gefunden hatte.
«Ich hab sie auf den Container gelegt», schloss er, und der Mann, der jetzt die Höflichkeit selbst geworden war, bedankte sich erleichtert.
«Ich gehe gleich mal rauf!»
Er stand auf und nahm ein Schlüsselbund aus der Schublade. Olsson sah ihn noch den Hügel hinauf verschwinden, als er selbst zu seinem Auto zurückging.
Fast tat es ihm Leid, dass er so barsch aufgetreten war, aber ebenso wie die übrigen Anwohner hatte er sowohl für die Bahn als auch für die Baufirmen, die in ihrem Auftrag ar-

beiteten, wenig übrig. Irgendwann mussten die lernen, Rücksicht auf die Bevölkerung zu nehmen, egal wie groß ihre Projekte waren.
Rückwärts fuhr er von dem Parkplatz des missglückten Aussichtspunktes auf die Straße und den gleichen Weg zurück, den er gekommen war. In Förslöv angekommen, bog er nach rechts ab, überquerte die Bahnschienen und fuhr in Richtung Vejbystrand weiter. Nach knapp fünf Kilometern sah er die bunten Holzhäuser an der nördlichen Ortseinfahrt.
Er bog in den Postweg ab und parkte genau vor dem Rudiment des alten Postamtes. Es gab noch das gelbe Schild und eine Angestellte hinter dem Schalter, der Rest war zu einem Wettbüro mit direktem Anschluss an die Lottozentrale geworden.
Er kontrollierte, ob er den Schlüssel bei sich hatte, und als er aus dem Auto stieg, sah er die Briefkästen mit ihren nummerierten Fächern durch die Glasscheibe der Tür schimmern. Aber dort wollte er nicht hin. Er ging mit schnellen Schritten über eine kleine Rasenfläche und auf eines der flachen grauen Mietshäuser zu. Beim ersten Eingang blieb er stehen, trat ein, stieg die schmale Treppe in den zweiten Stock, den obersten des Hauses, hinauf und steckte den Schlüssel in eine Tür, auf deren Namensschild C. Cederberg zu lesen war.
Cecilias Wohnung als klein zu bezeichnen war stark untertrieben, sie war eng wie die Kajüte eines Segelbootes. Er musste sich mit vorsichtigen Schritten bewegen, um nicht gegen Möbelstücke zu stoßen oder eine Vase umzuwerfen.
Glücklich durchquerte er das einzige Zimmer und trat in die winzige Küche. Dort ging er zum Kühlschrank und

nahm einen Zettel, der mit einem kleinen Magneten an der Tür befestigt war.
Er erledigte die erbetenen Aufgaben eine nach der anderen. Als er damit fertig war, heftete er den Zettel wieder an seinen Platz und überlegte einen Moment. Dann öffnete er die Kühlschranktür und lüftete eine Weile, ehe er sie wieder schloss.
Der Nachmittag war beinahe vorüber, er hatte sich zu lange bei der Tunnelbaustelle aufgehalten. Trotzdem blieb er noch eine Zeit lang in der kleinen Wohnung. Er ging zurück in das einzige Zimmer und setzte sich auf das Bett. Die Sonne schien durch die Jalousie, und er dachte an sein erstes Zusammentreffen mit Cecilia. Damals hatte sie in der heißen Sonne geschwitzt und krampfhaft versucht, abweisend auszusehen.
Er wusste immer noch nicht, wie interessiert sie eigentlich an ihm war, aber das lag an sich auch an ihm. Er hatte mehrmals im entscheidenden Augenblick gezögert, meist aus Angst, sich lächerlich zu machen, schließlich war er zwanzig Jahre älter, aber auch weil er nicht recht wusste, was er ihr denn zu bieten hatte. Er war ehemaliger Polizist im Vorruhestand und beinahe sechzig und sie eine Journalistin, die gerade Karriere machte.
Sie hatte sich nach vielem Hin und Her zu dem Job in Malmö überreden lassen, und er war der Meinung, das sei eine gute Idee gewesen. So hatten beide die Möglichkeit, darüber nachzudenken, worauf sie sich da einließen, aber das sagte er nicht laut. Vielleicht überschätzte er sich ja nur selbst, wenn er glaubte, dass sich da zwischen ihnen mehr entwickelte als eine Freundschaft.
Aber er hatte es als eine Geste genommen, als sie ihn bat, sich während ihrer Zeit in Malmö um die Wohnung zu

kümmern, und dagegen hatte er nichts, ganz im Gegenteil. Er fühlte sich hier wohl, das kleine voll gestopfte Zimmer vermittelte ihm eine vage Vorstellung von Spannung und Abenteuer.

Er hatte die Pflichtaufgabe dieser Woche erfüllt, andere Pflichten warteten an anderer Stelle. Mit einem Seufzer stand er auf und machte sich widerwillig auf den Weg zu seinen Umzugskartons, gönnte sich allerdings den Umweg über Magnarps Hafen. Er hatte Glück, ausnahmsweise gab es im Kiosk Vanilleeis, und mit einer Waffel in der Hand ging er an der Mole entlang. Das Wasser dort schimmerte grün und war voller Quallen. Der Herbst war nicht mehr fern.

Er war rechtzeitig zu den Lokalnachrichten zu Hause und schaltete den Fernseher ein, stellte den Ton aber so leise wie möglich, um die aufdringliche Stimme des Nachrichtensprechers nicht hören zu müssen. Hin und wieder blickte er zu dem Bild, um festzustellen, ob es etwas gab, was ihn interessierte. Es ging wieder mal um den Tunnelbau durch Hallandsåsen, aber davon hatte er heute schon genug gehabt.

Er hatte gerade die erste Reihe von Büchern in das Regal gestellt und begann mit der zeitraubenden Arbeit, sie nach dem Alphabet zu sortieren, als er mit einem Auge zum Fernseher schielte. Auf dem Schirm erschien ein Bild mit einem Gesicht, das er recht gut kannte.

Das war der bärtige Freund von Urban Sunesson, den er in der Türöffnung gesehen hatte.

Olsson griff nach der Fernbedienung und stellte den Ton lauter. Den größten Teil des Beitrags hatte er verpasst, hörte aber bestürzt jede Silbe im letzten Satz des Reporters: «… der Festgenommene, der den Angaben der Polizei in Ängelholm zufolge verdächtigt wird, Sprengmaterial von der Tunnelbaustelle durch Hallandsåsen gestohlen zu haben, scheint mehrere Komplizen gehabt zu haben. Er hat allerdings noch kein Geständnis abgelegt.»

KAPITEL 7

Olsson starrte entgeistert auf den Bildschirm, wo inzwischen schon die Wetterkarte der Region gezeigt wurde. Aber die Worte des Meteorologen gingen zum einen Ohr hinein und zum anderen wieder hinaus. Konnte er Urban und seine Freunde wirklich so unterschätzt haben?

Soweit er wusste, waren terroristische Methoden eher in rechtsextremistischen Kreisen zu Hause. Dass Neonazis Einbrüche verübten, um an Waffen und Sprengstoff zu kommen, war heutzutage nichts Besonderes, aber die Umweltaktivisten bedienten sich gewöhnlich anderer Mittel.

Sein schlechtes Gewissen, weil er bei Brodin nichts davon gesagt hatte, erwachte wieder. Genau genommen wusste er ja kaum etwas über Urban Sunesson. Bestimmt machte der nicht den Eindruck eines gefährlichen Terroristen, trotz seines provozierenden Auftretens. Aber der Schein konnte natürlich trügen. Eigentlich hatte er keine Ahnung, was das für Leute gewesen waren, die er da draußen in dem Haus auf der Uggle-Halbinsel gesehen hatte. Lag es vielleicht daran, dass er selbst unwillkürlich in der Sache mit ihnen übereinstimmte und sich deshalb eingeredet hatte, sie seien harmlos? Seved hatte ihn doch gewarnt, dass sie vielleicht mit ernsthafteren Dingen beschäftigt sein könnten.

Andererseits musste die Festnahme des Bärtigen nicht bedeuten, dass er schuldig war. Olsson wusste nur zu gut von Brodins Manie, Verdächtige schnellstens festzunehmen. Wenn es der Polizei geglückt war, den Mann wegen des harmlosen Attentats an den Ventilatoren zu erwischen, konnte der Rest, auch die Mitteilung an die Presse, sehr gut eine reine PR-Maßnahme sein, um die Effektivität der Polizei in Ängelholm hervorzuheben.

Tatsache aber blieb: Offensichtlich war in das Lager mit dem Sprengmaterial eingebrochen worden. Deshalb hatte er auch die Kapsel vor dem Container gefunden. Ihm stellte sich die Frage: Wie viel von dem, was er wusste, sollte er Brodin erzählen?

Wusste er denn eigentlich so viel? Wenn er recht überlegte, blieben nur seine eigenen Schlussfolgerungen, die er vortragen konnte. Eine Hand voll Leute, die sich eine Landkarte ansahen, bedeuteten tatsächlich gar nichts.

Er war mit dem ersten Buchkarton gerade zur Hälfte fertig, als das Telefon klingelte. Pflichtschuldigst seufzte er, legte das Buch aus der Hand und war froh, dass niemand hören konnte, wie falsch das klang.

«Martin Olsson», meldete er sich munter und hoffte auf ein langes Gespräch, gerne mit einer bestimmten Person, die sich vorübergehend in Malmö befand.

Aber statt der ungezwungenen neckischen Stimme hörte er ein undeutliches Geräusch. Dann kratzte etwas am Hörer, und Hans Klügers Stimme war mit ihrem deutschen Akzent klar und deutlich zu hören.

«Ist da Martin Olsson?», fragte er, als ob er vorher nicht zugehört hätte. Olsson bejahte, und Klüger fuhr in seiner umständlichen Art fort. «Ich möchte mich sehr für die Unterstützung vor ein paar Tagen bedanken.»

Geduldig wartete er auf Olssons Widerspruch, das sei doch nicht der Rede wert gewesen. Aber als die Höflichkeitsfloskeln ausgetauscht waren, senkte er die Stimme. «Es gibt da etwas, das ich Ihnen erklären muss.»

Er hörte sich eigenartig an, als ob er sich gleichzeitig genierte und aufgeregt wäre, und Olsson wartete unsicher darauf, was nun kommen würde.
«Ah, ja?»
Die deutsche Stimme zögerte. Dann hörte er ein Räuspern.
«Ich möchte eigentlich nicht am Telefon ...»
Wieder schwieg der andere, und Olsson begriff, dass Klüger darauf wartete, dass er ihm anbot, sich irgendwo mit ihm zu treffen. Er blickte sich zwischen seinen Umzugskartons um. Die standen im Großen und Ganzen so da wie am Morgen, er konnte sich in dem Zimmer kaum bewegen. Dann sah er aus dem Fenster. Es dämmerte bereits.
«Ich kann zum Västersjön rauskommen», sagte er resignierend, «aber erst in etwa einer Stunde.»
Die Erleichterung war Klügers Stimme anzumerken. Er sprach so schnell, dass die Grammatik ausnahmsweise holperig wurde.
«Schön wäre das. Sehen wir uns dann?»
Olsson bejahte und legte den Hörer auf. Dieser Tag begann ihm lang vorzukommen, obwohl er mit dem, was er eigentlich vorhatte, gerade erst angefangen hatte. Aber er gab Brodin Recht, die Umzugskartons liefen nicht weg. Leider, hätte er gern hinzugefügt.
Er zog sich in die Küche zurück, in der Gott sei Dank nichts mehr auszupacken war. Tief bückte er sich in die Kühltruhe und holte eine Packung Fleischklößchen heraus, bei denen sein frisch eingekaufter Tabasco Verwendung finden konnte. Eine Hand voll Spaghetti musste als Ergänzung herhalten, und dann natürlich das Eiswasser.
Beim Kaffee fühlte er sich genügend gestärkt, um sich auf den Weg zu machen. Er warf einen schuldbewussten Blick

hinter sich, als er die Tür schloss und hinausging, um den Volvo durch das Nadelöhr auf Storgatan hinauszubugsieren.
Die Straßen waren um diese Tageszeit leer, und er schaffte es schnell bis in den Wald. Als er an der Uggle-Landzunge vorbeikam, blickte er kurz zu Seveds Haus hinüber, aber es war dunkel, und er sah auch keine Autos auf dem Grundstück stehen.
Er fuhr den schmalen Weg weiter zur nächsten Landzunge. Irgendwo auf halber Strecke leuchteten weiße Reflexe, und er musste wegen eines Hindernisses langsamer fahren: ein schmaler Buckel, der quer über die Fahrbahn ging. Sein Volvo schaukelte in der Querrinne, und es schien ihm, als ob der Wagenboden über den Asphalt schabte. Aber der Dieselmotor brummte weiter, und nach zwei Minuten bog er ab auf die Zufahrt zu Leo Sarks Haus.
Man konnte die Hand nicht vor Augen sehen, dicke Wolken jagten über den Himmel, und der bleiche Mond, der hin und wieder durchkam, hatte keine Leuchtkraft. Olsson tastete sich aus dem Auto hin zu der hohen Treppe und fluchte laut, als er sich die Zehen an der untersten Stufe stieß. Hans Klüger hätte zumindest daran denken können, die Außenlampe anzumachen, wenn er sich nun schon die Mühe machte, bis hier herauszufahren, um mit ihm zu sprechen!
Sein Befremden nahm zu, als auf sein mehrmaliges Klingeln niemand an die Tür kam. Er versuchte es mit kräftigem Klopfen, aber das Ergebnis war das gleiche. Er drückte den massiven Türgriff herunter und musste feststellen, dass die Tür fest verschlossen war.
Olsson trat einen Schritt zurück und reckte sich, damit er die Fenster der Längsseite des Hauses sehen konnte, aber die waren alle dunkel.

Vorsichtig ging er die Treppe wieder hinunter und an der Hauswand entlang auf die andere Seite. Aber auch dort konnte er nichts anderes als dunkle Fenster sehen. Offenbar war niemand zu Hause, aber Klüger hatte sich am Telefon gelinde gesagt aufgeregt angehört. Konnte ihm etwas zugestoßen sein?

Er tastete sich bis zu einer Verandatür vor und versuchte, durch eine Scheibe hineinzusehen, aber natürlich umsonst. Drinnen war es ebenso dunkel, und er konnte nichts erkennen.

Olsson überlegte einen Moment, ob er versuchen sollte, irgendwie in das Haus hineinzukommen, ließ es dann aber. Der Deutsche war zwar in einem schlechten Zustand gewesen, als er ihn hier abgesetzt hatte, aber am Telefon hatte er keineswegs krank geklungen. Und außerdem fiel ihm ein, dass er ja nicht kontrolliert hatte, ob hier ein Auto herumstand oder nicht. Vielleicht war Klüger trotz allem irgendwohin gefahren?

Er verließ die Veranda ebenso vorsichtig, wie er sie betreten hatte, aber als er sich umdrehte, warf er zufällig einen Blick hinüber auf die Spitze der Landzunge. Zu seinem Erstaunen sah er dort ein schwaches Licht, das am Ufer blinkte. Es war kaum richtig zu erkennen, aber es leuchtete definitiv irgendwo da unten zwischen den Bäumen.

Nur wenige Sekunden überlegte er. Dann tastete er sich zurück zu seinem Auto und öffnete das Handschuhfach. Da lag die kleine schwarze Taschenlampe. Er drehte am äußersten Ende und schaltete einen schmalen Lichtstrahl ein. Aber der war beinahe gelbrot und flackerte, wenn er die Hand bewegte.

Die fast leere Batterie war keine große Hilfe, als er sich auf den Weg in den leeren schwarzen Raum machte, der zwischen dem Auto und dem kleinen Lichtpunkt drüben am Wasser war. Ihm fiel das geheimnisvolle Licht ein, auf das Jörgen Åman in der Nacht nach dem Krebsessen zugerudert war. War das nicht genau an der Biegung zu sehen gewesen?

Die Strecke war länger, als er glaubte, der Boden uneben und holperig, und wenn es irgendwo einen Pfad gab, so hatte er ihn verpasst. Die schwache Lampe in seiner Hand richtete mehr Schaden als Nutzen an, der Lichtstrahl erreichte kaum den Boden vor seinen Füßen, nahm ihm aber sein Sehvermögen in der Dunkelheit.

Er überlegte, ob er sie nicht lieber ausschalten sollte, als er plötzlich zusammenzuckte. Er war nicht allein. In der Dunkelheit direkt vor ihm standen drei menschliche Umrisse.

Sie tauchten so plötzlich auf, dass er Seitenstiche bekam und einen elektrischen Schlag im Nacken spürte. Das Herz begann Adrenalin zu pumpen, aber er konnte sich nicht vom Fleck rühren. Schreckensbleich starrte er auf die drei, die nur wenige Meter von ihm entfernt waren.

Sie bewegten sich lautlos und gingen in einer Reihe hintereinander. Es sah aus, als ob sie etwas trügen, aber sie waren ebenfalls stehen geblieben und rührten sich jetzt ebenso wenig wie Olsson.

Es dauerte mehrere Sekunden, dann gab er sich einen Ruck und richtete den Strahl seiner Taschenlampe auf den Ersten. Zu seinem Entsetzen grinste ihn ein rostigbrauner Schädel an, und er erkannte spitze Rippen unter einem angedeuteten Gewehrkolben.

Einen Augenblick lang setzte sein Bewusstsein aus. Aber dann begriff er, streckte die Lampe aus und klopfte auf das marschierende Skelett. Es klang nach Metall auf Metall. Er war direkt auf Leo Sarks Skulpturen gestoßen.

Er brauchte eine Weile, um sich zu beruhigen, und atmete tief durch, bis sein Herz wieder normal schlug. Dann überlegte er, ob er zum Auto zurückgehen sollte, aber das schwache Licht leuchtete immer noch drüben am Ufer, deshalb riss er sich zusammen und begann, sich weiter durch die Dunkelheit zu tasten. Aber er ging langsamer und war mehr auf der Hut als vorher.

Glücklicherweise fand er einen schmalen Weg, dem er folgte, und nach nur wenigen Metern sah er, wo das Licht herkam. Direkt am Ufer schimmerte die Silhouette eines kleinen kreisrunden Bauwerks. Leo Sark hatte sich auf der Spitze der Landzunge ein Gartenhäuschen gebaut.

Aber konnte das wirklich Klüger sein, der da draußen in der Dunkelheit saß und sich versteckt hatte?

Olsson ging näher heran und entdeckte tatsächlich einen Körper durch die Fenstersprossen. Aber diesmal war er auf der Hut. Leo Sark würde ihn nicht zweimal zu Tode erschrecken.

Das Licht in dem Häuschen war nicht stärker als seine Taschenlampe, trotzdem sah er, dass die Frau da drin keinen Rücken hatte, stattdessen öffnete sich ein großes Loch in dem ebenholzfarbenen Körper.

Olsson lächelte und ging auf die Vorderseite. Das war Leo Sarks Version der Huldra, einer Waldfee, geschaffen aus einem vom Wind umgeworfenen Baum, die dort in dem Häuschen Wache hielt. Aber sie war allein, von Klüger keine Spur.

Der Weg zurück war weniger abenteuerlich. Jetzt hatte er den Pfad gefunden, und an den hielt er sich. Vorsichtshalber ging er die Treppe hinauf und klingelte ein letztes Mal, aber das Signal klang ebenso verlassen wie vorher. Und ein Auto stand auch nicht vor dem Haus.

Erst als er in seinem Volvo saß, fiel ihm ein, dass er selbst Klüger von Malmö hierher gebracht hatte. Wenn dessen Auto noch in Malmö war, wie war er dann vom Västersjön weggekommen?
Einen Augenblick lang kam ihm wieder der Gedanke, dass dem Deutschen etwas zugestoßen sein könnte und er trotz allem noch im Haus war. Aber dann fiel ihm ein, dass es draußen schon dämmrig gewesen war, als der Deutsche angerufen hatte, und er logischerweise mindestens eine Lampe eingeschaltet haben musste. Jetzt war es jedoch stockdunkel, was nur bedeuten konnte, dass er nicht zu Hause war.
Olsson gab sich mit dieser Überlegung zufrieden und war froh, als er an den ersten Straßenlaternen in Ängelholm vorbeifuhr. Zum ersten Mal, seit er umgezogen war, fand er sogar, dass das gelbe Haus auf Storgatan einladend aussah.
Er machte eine Ausnahme und goss sich einen ordentlichen Whisky als Schlummertrunk ein. Dann unternahm er einen letzten Versuch, Klüger anzurufen, aber niemand nahm ab.
Mehr als das konnte er wirklich nicht tun. Mit gutem Gewissen entschied er sich, die Sache zu vergessen, und ging ins Bett.
Aber er lag noch lange wach, und in dieser Nacht kam die Huldra zu Besuch.

Olsson wachte zeitig auf, und obwohl das Morgenlicht alle unbehaglichen Gedanken vertrieb, stand er auf und wählte die Nummer von Leo Sarks Anwesen. Niemand meldete sich, und als er es eine Stunde später nach dem Frühstück nochmals vergeblich versucht hatte, fasste er einen Entschluss.

Bis nach Västersjön waren es siebzehn Kilometer. Die Sonne spiegelte sich im Wasser zwischen den Baumstämmen, als er in die letzte Abfahrt einbog. Schon von weitem sah er, dass bei dem hellblauen Haus kein Auto stand, und auch auf sein Klingeln meldete sich niemand. Er wiederholte seinen Rundgang vom Abend vorher, und jetzt hatte er bessere Sicht in die Zimmer. Einen Hans Klüger sah er aber immer noch nicht.
Er ging hinunter ans Wasser zu dem Gartenhäuschen. Dort brannte immer noch Licht, und er begann sich zu wundern, warum Klüger die Lampe dort überhaupt einschaltete. Und warum hatte er sie brennen lassen, als er alle anderen Lampen ausgeschaltet hatte?
In dem hellen spätsommerlichen Licht wurden alle diese Detailfragen allerdings nebensächlich. Von der bedrohlichen Stimmung des gestrigen Abends war nichts mehr da, er blickte zu den rostigen Skeletten, die ihren ewigen Marsch auf der Stelle fortsetzten, während die Korrosion sie langsam, aber sicher auffraß. In hundert Jahren würden sie verschwunden sein und mit ihnen der Militarismus. Das jedenfalls hoffte der Künstler.
Olsson ging zum Haus zurück und stand eine Weile ratlos da, es war verlockend, die ganze Sache einfach zu vergessen. Der Deutsche machte sich offenbar nichts aus ihm, warum sollte er sich dann Gedanken machen? Und was hätte er im Übrigen noch tun können?
Er zuckte mit den Schultern und wandte sich von dem märchenhaften Haus ab, aber auf dem Weg zurück ging ihm wieder die deutliche und korrekte Stimme aus dem Hörer durch den Kopf.
Hans Klüger hatte sich sehr drängend, ja beinahe bittend angehört. Tatsächlich war er ja auch von den Ermittlungen

in einem Mordfall betroffen, es war sein Mitbewohner, den man mit dem falschen Wasser in den Lungen gefunden hatte. Es war nicht auszuschließen, dass Klüger selbst in Gefahr war. Vielleicht sollte er trotz allem Brodin über das Verschwinden in Kenntnis setzen?

Darüber musste er nicht lange nachdenken. Auf dem Heimweg kam er in Ängelholm sowieso am Polizeirevier vorbei, also bog er in Klippanvägen ab und hielt vor dem metallglänzenden Eingang.

Die Lautsprecherstimme hörte sich diesmal beinahe freundlich an. «Gehen Sie einfach rauf!»

Olsson blickte sich nach einer Begleitung um, sah aber keine und trat verwundert durch die Tür, die mit einem leichten Klick durch den Öffner im Empfang aufgegangen war.

Auf den Fahrstuhl verzichtete er und ging die Treppe hinauf, war aber noch nicht weit gekommen, als er ein neues Beispiel der Charmeoffensive der Ängelholmer Polizei miterleben durfte.

In Brodins Flur traf er auf ein bekanntes Gesicht. Aspirantin Assarsson kam ihm mit einem Lächeln auf den Lippen entgegen. Sie blieb stehen, als sie auf gleicher Höhe waren, heute strahlte sie wie eitel Sonnenschein.

«Wollen Sie in den Besprechungsraum?»

Olsson war sowohl von ihrer Verwandlung als auch von der Frage verblüfft. Wie um Himmels willen war es Brodin gelungen, sie nach ihrer demonstrativen Unfreundlichkeit gestern in so gute Laune zu versetzen? Und was meinte sie eigentlich mit Besprechungsraum?

«Ich will nur kurz mit Brodin sprechen», antwortete er unsicher. Sie sah ihn mit hellblauen Augen an, dann wies sie auf die bekannte Tür.

«Da drinnen ist er!»
Ihre Stimme hatte etwas Triumphierendes, und Olsson blickte ihr nach, als sie den Flur hinunterging, während er gleichzeitig an Brodins Tür klopfte.
Die Antwort war ein Geräusch, das er als eine Aufforderung zum Eintreten deutete. Er öffnete die Tür, und sofort hatte die Charmeoffensive ein Ende.
Brodin saß hinter seinem Schreibtisch, und auch wenn das ewige Lächeln seine Mundwinkel wie zwei Klammern hochhielt, sah er doch eher wie eine Gewitterwolke aus. Larsson war wie üblich ebenfalls anwesend, aber er hockte mit düsterer Miene in einem der Besuchersessel.
«Was willst du?», fuhr Brodin ihn an.
An einer Antwort schien er nicht interessiert zu sein, aber Olsson, der früher schon gelegentlich dabei gewesen war, wenn dem cholerischen Polizeichef etwas gegen den Strich ging, nahm das nicht persönlich. Er schloss vorsichtig die Tür hinter sich, bevor er zu sprechen begann.
«Gestern Abend wurde ich von Hans Klüger angerufen, und es schien so, als ob er mir etwas Wichtiges sagen wollte.»
Brodin stierte Olsson wortlos an, aber Olsson ließ sich nicht abschrecken, sondern fuhr ungerührt mit seinem Bericht über die beiden Besuche draußen an Västersjön fort.
«Und jetzt ist er verschwunden», schloss er. «Ich dachte, das wäre für die Ermittlungen nicht unwichtig.»
Er überlegte noch, ob er nicht gleich auch seinen Verdacht wegen der Dynamitdiebstähle oben auf Hallandsåsen erwähnen sollte, aber er wusste ja immer noch nicht, ob Urbans bärtiger Freund nun schuldig war oder nicht. Und er hatte keine Lust, der Umweltgruppe unnötig etwas zu unterstellen.

Aber Brodin starrte ihn immer noch steif an. Es schien so, als ob er nicht wüsste, wie er sich ausdrücken sollte, aber dann öffnete er endlich den Mund.

«Ich schlage vor, dass du das der Fahndungsleitung erzählst», sagte er trocken.

Olsson starrte zurück. Was meinte er denn damit nun wieder? Er hatte jedoch kaum den Mund geöffnet, als Brodin fortfuhr:

«Es ist eine Kommissarin aus Malmö raufgekommen, die die Ermittlungen übernommen und einen Besprechungsraum für uns eingerichtet hat.»

Die Stimme triefte plötzlich vor Bosheit, und Olsson begriff nun, was da geschehen war. Die neue Einteilung der Regionen hatte Skåne zu einem einzigen Bezirk gemacht, und offenbar war Brodin von der Leitung des Landeskriminalamtes in Malmö kaltgestellt worden.

«Wie heißt er denn?», rutschte es Olsson heraus, ehe er nachdenken konnte.

«Es ist eine Kommissarin», antwortete Brodin mit einem Lächeln, das gekünstelt wirkte, «… und sie heißt Margret Kellerman.»

Der kleine Techniker Larsson, der die ganze Zeit über schweigend dagesessen hatte, bewegte sich in seinem Stuhl. Dann meldete er sich überraschend zu Wort.

«Ihre Kollegen in Malmö nennen sie Kommissarin Maigret», sagte er und blinzelte Olsson zu.

Der wusste nicht, was er sagen sollte. Dass Brodin in seinem eigenen Amt heruntergestuft wurde, war das Letzte, das er sich hatte vorstellen können. Aber er war doch wohl immer noch Mitglied der Fahndungsgruppe?

Er konnte nicht so direkt fragen, wollte aber vorsichtig wissen, ob er mit seiner Aussage über Klügers Verschwinden wirklich woanders hingehen sollte. Die Antwort machte ihn nicht viel klüger.

«Da drüben nehmen sie alle Hinweise entgegen», erklärte Brodin und zeigte vage auf den Flur jenseits der geschlossenen Tür. Danach nahm er sich wie gewohnt einen Stapel mit Unterlagen vor und begann darin zu blättern.

Olsson kannte diese Geste und ging hinaus auf den Korridor. Ganz richtig entdeckte er ein Schild mit der Aufschrift *Fahndungsraum* an einer Tür schräg gegenüber der von Brodin.

Aber als er gerade darauf zugehen wollte, wurde die Tür geöffnet, und heraus trat Hans Klüger.

KAPITEL 8

Der Deutsche machte den Eindruck, als ob er in seiner Kleidung geschlafen hätte. Der Anzug war zerknittert, und er selbst sah hohläugig aus, mit dünnen dunklen Bartstoppeln im kompakten Gesicht.

Er blickte Olsson an, aber wenn er auch nur ein ganz klein bisschen schuldbewusst war, weil er ihn unnötig hinaus in die Dunkelheit zu Leo Sarks Landzunge gelockt hatte, so zeigte er es mit keiner Miene. Trotz seines schlampigen Aussehens grüßte er korrekt, beinahe zu höflich, und verschwand gemächlichen Schritts den Flur hinunter. Aspirantin Assarsson war wie ein guter Geist aus dem Nichts aufgetaucht und hielt ihm die Fahrstuhltür auf.

Olsson blieb vor dem Fahndungsraum stehen und sah dem ungleichen Paar fassungslos nach. Wie lange hatte Klüger sich bei der Polizei aufgehalten? Es sah ja beinahe so aus, als ob sie ihn über Nacht dabehalten hätten. Aber warum hätten sie das tun sollen? Es konnte sich kaum um eine normale Zeugenaussage handeln, sondern er war möglicherweise wegen irgendetwas verdächtigt worden.

Weiter kam er mit seinen Gedanken nicht, denn er wurde von klappernden Schritten aus dem Fahndungsraum unterbrochen, und als er sich umdrehte, stand eine Frau in der Tür. Sie hatte kastanienbraunes wallendes Haar, einen Mund mit dunkelroten vollen Lippen und musterte Olsson mit einem fragenden Blick.

Sie sagte nichts, aber sie trug Polizeiuniform, und Olsson

sah an den Schulterklappen die Dienstgradabzeichen eines Kommissars. Damit war ihm klar, wen er vor sich hatte.

«Martin Olsson», stellte er sich vor und streckte die Hand aus. «Ich habe hier gearbeitet», fügte er hinzu und bereute seine Worte sogleich, als er merkte, wie dumm sie sich anhörten. Aber die Frau schien das überhaupt nicht als belanglos zu empfinden. Sie legte den Kopf schräg und sah ihn prüfend an.

«So, Sie sind also Martin Olsson? Ich habe schon von Ihnen gehört.»

Dann reichte sie ihm die Hand, die sorgfältig manikürt und weich war. Eine dünne Goldkette blitzte um das Handgelenk. «Margret Kellerman.»

Sie hatte eine tiefe, sinnliche Stimme, die aber entschlossen klang und zu ihrem Namen passte. Sie hielt seine Hand fest und bat ihn hereinzukommen. Dabei hörte sie sich so an, als ob sie einen Klienten begrüßte.

Sie machte eine Geste ins Zimmer, und er trat unsicher über die Schwelle, blieb aber gleich an der Tür stehen. Margret Kellerman folgte ihm dichtauf und wäre beinahe gegen seinen plötzlich sich vor ihr auftürmenden breiten Rücken geprallt.

Als sie sich an ihm vorbeidrängte, sah er die hohen Absätze und nahm einen schwachen Duft von Parfüm wahr. Der dunkelblaue Rock war kürzer, als die Kleiderordnung es vorschrieb, und ebenso wie die Bluse hüllte er ihre Figur geschmeidig ein. Olsson war klar, dass sie sich die Uniform von einem Schneider hatte ändern lassen. Sie schien um die vierzig zu sein.

Olsson blieb stehen und sah sich um. Der Raum war so eingerichtet, dass er an ein Klassenzimmer erinnerte, was er ja eigentlich auch war. Hier fand die Weiterbildung statt mit endlosen Computerkursen und den sich ständig wiederholenden Belehrungen über immer neue Vorschriften und Anweisungen. Der Wandel zum Fahndungsraum bestand im Großen und Ganzen darin, dass einige Tische zu größeren Rechtecken zusammengestellt worden waren und hier und da Stapel mit Mappen und Fotografien herumlagen.

Aber im Augenblick fanden hier drin weder Ausbildung noch Ermittlungen statt. Soweit Olsson sehen konnte, waren sie in dem Zimmer allein.

Margret Kellerman setzte sich salopp auf einen Tisch, der wie ein Lehrerpult vor einer großen Schreibtafel stand, und schlug die Beine übereinander. Sie streckte die Knöchel in den hochhackigen Schuhen aus und sah ihn auffordernd an.

Olsson wusste plötzlich nicht, was er sagen sollte. Er war ja hergekommen, um von Klüger zu berichten, und offenbar hatte er sich vergeblich herbemüht. Er kam sich gelinde gesagt dumm vor. Aber ehe er etwas sagen konnte, kam Margret Kellerman ihm zuvor.

«Schön, dass Sie so schnell kommen konnten.»

Die tiefe Stimme sprach weiter, bevor er etwas erwidern konnte.

«Ich weiß, dass Sie die ganze Sache bereits mit Folke Brodin durchgegangen sind, aber es wäre mir sehr recht, wenn Sie es hier noch einmal ebenso ausführlich wiederholen könnten. Sie wissen ja …»

Den Rest des Satzes ließ sie in der Luft hängen, und er begriff, dass sie wohl auf das anspielte, was er eben im Raum gegenüber erklärt hatte. Wie konnte Brodin es geschafft haben, sie über seinen Verdacht, Klüger sei etwas zugestoßen, zu informieren? Und warum wollte sie das Gleiche noch einmal von ihm hören, wenn der Deutsche gerade hier gewesen war?

«Aber Klüger …»

Weiter kam er nicht. Sie winkte abwehrend mit der sorgfältig manikürten Hand.

«Ja, ich weiß. Wir haben ihn erst jetzt vernehmen können, er kam vor einer Stunde und sah wirklich nicht gesund und munter aus. Die Aussage war dann auch entsprechend unergiebig.»

Sie machte eine resignierende Geste mit den Handflächen. Aber dann lächelte sie Olsson plötzlich an.

«Ihre war umso zuverlässiger. Man merkt doch, wann man es mit Profis zu tun hat.»

Endlich wurde ihm klar, was sie meinte. Sie hatte von Brodin natürlich eine Zusammenfassung seiner früheren Zeugenaussage verlangt, und nun wollte sie die Einzelheiten sozusagen direkt von der Quelle erfahren. Deshalb war er erwartet worden. Sie musste jemanden gebeten haben, ihn anzurufen und herzubeordern, als er nicht zu Hause war. Plötzlich fiel ihm ein, dass Aspirantin Assarsson auch davon ausgegangen war, dass er auf dem Weg in den Fahndungsraum war.

Er seufzte, ging zum Pult und nahm sich einen Stuhl. Margret Kellerman zog die Augenbrauen ein wenig hoch, blieb aber auf ihrer Tischplatte sitzen.

Als Olsson den Fahndungsraum verließ, war beinahe eine Stunde vergangen. Er spürte Margret Kellermans Augen den ganzen Weg den Flur hinunter in seinem Rücken, widerstand aber der Versuchung, sich umzudrehen.

Er hatte wie ein Schuljunge beim Abfragen der Hausaufgaben dagesessen, vor sich Margret Kellerman auf dem Katheder. Er konnte nicht sagen, ob das eine bewusste Vernehmungstechnik war oder nicht, aber er fühlte sich einerseits verlegen und andererseits von ihrer physischen Nähe angezogen.

Vielleicht empfand sie es auch so, dass ihrer beider Geplänkel wohl ein klein wenig zu intim gewesen war. Als er seinen Bericht von dem eigenartigen Krebsessen und der Brückenbesichtigung, die so traurig endete, abgeschlossen hatte, war eine kurze peinliche Stille eingetreten. Olsson war nicht entgangen, dass sie ihm nachgeschaut hatte. Er erreichte das Ende des Flurs genau in dem Moment, als der Fahrstuhl hielt und Brodin heraustrat. Hinter sich hörte er, wie Margret Kellerman die Tür schloss, vermutlich hatte sie Brodin ebenfalls gesehen.

Der kompromittierte Polizeichef musterte Olsson mit hochgezogenen Mundwinkeln und abschätzigem Blick.

«Das hat aber gedauert. Du hast sicher eine Menge zu erzählen gehabt?»

Olsson merkte, dass er beinahe rot wurde, und versuchte schnell das Thema zu wechseln.

Er war immer noch unsicher, ob er sein Gewissen erleichtern und erzählen sollte, was er über Urban Sunesson und seine Umweltgruppe wusste, und nahm die Chance wahr, Brodin darauf anzusprechen. Er versuchte so zu klingen, als ob er die Frage nur nebenbei stellte.

«Dieser Kerl, den ihr wegen des Dynamitdiebstahls festgenommen habt …?»

Brodins Gesichtsausdruck änderte sich. Die Frage schien ihm unangenehm zu sein.

«Petar Savin? Den haben wir aus Mangel an Beweisen laufen lassen.»

Das hatte Olsson schon vermutet. Er selbst brauchte jetzt

kein schlechtes Gewissen zu haben, im Gegensatz zu Brodin. Der Verdächtige war in der Öffentlichkeit bloßgestellt worden, die Medien mussten unter Umständen Schadensersatz leisten, während Brodin den PR-Effekt eingeheimst hatte.

Aber Olsson hütete sich natürlich davor, so etwas laut zu äußern.

«Petar?», fragte er stattdessen. «Eigenartiger Name.»

«Ja, aus Serbien», murmelte Brodin. «Sein Vater ist im Krieg gefallen.»

An seiner Stimme war zu hören, dass er kein Interesse daran hatte, weiter über diese Angelegenheit zu sprechen, und bevor Olsson weitere Fragen stellen konnte, lächelte er ihn großmütig an und eilte den Korridor entlang.

Olsson zuckte mit den Schultern und entschloss sich zu gehen. Auf dem letzten Treppenabsatz stellte er erstaunt fest, dass Klüger immer noch da war. Er saß auf einer Bank an der Tür und sah aus, als ob er auf jemanden wartete. Olsson überlegte einen Moment, ob er ihn auf den gestrigen Abend ansprechen sollte, als er jedoch den hohläugigen Blick des Deutschen sah, ließ er es bleiben. Er nickte nur freundlich und wollte vorbeigehen.

Aber als Klüger Olsson entdeckte, stand er mit einem Ruck auf. Es sah so aus, als ob er dort gesessen und gedöst hätte und ihm in diesem Moment etwas Wichtiges eingefallen wäre.

«Entschuldigen Sie, gestern, das war ein Missverständnis», sagte er.

Olsson blickte ihn an. Er sah wirklich elend aus in seinem zerknitterten Anzug, und er tat Olsson ein wenig Leid.

«Sie wollten gestern mit mir über irgendetwas reden?», fragte er diplomatisch.

«Das will ich immer noch. Aber nicht hier.»
«Wo sollen wir denn hingehen?»
Klüger sah ihn mit seinen unglücklichen Augen verunsichert an, und Olsson kam plötzlich eine Idee.
«Haben Sie schon was gegessen?»
Das kantige Gesicht des Deutschen bekam Falten auf der Stirn. Der erwachsene Mann musste offenbar darüber nachdenken.
«Nein, das habe ich ganz bestimmt nicht.»
Olsson warf einen Blick auf seine Uhr. Die Mittagszeit war beinahe vorbei, er hatte sowieso nicht den Eindruck, als ob Klüger gern in ein voll besetztes Restaurant gegangen wäre. Sollten sie es vielleicht in der Cafeteria der Bibliothek versuchen? Da war viel Platz zwischen den Tischen, und häufig fand man ein stilles Eckchen.
Klüger nickte zustimmend, und Olsson nahm ihn am Arm und führte ihn durch die Eingangstür. Erst als sie vor dem Volvo standen, reagierte er.
«Ich habe da drüben meinen eigenen Wagen.»
Er machte sich los und zeigte auf die Statoil-Tankstelle, aber Olsson sah ihn verwundert an.
«Wie ist der denn hierher gekommen?»
«Jemand hat mich gestern bis Ängelholm mitgenommen», sagte er, «von da bin ich mit dem Zug weiter nach Malmö gefahren.»
Er schwieg einige Sekunden, dann fügte er beinahe entschuldigend hinzu:
«Heute Nacht habe ich im Auto geschlafen.»
Olsson wusste nicht, was er dazu sagen sollte, der erschöpfte Mann machte einen so hilfsbedürftigen Eindruck, dass er keine Wut mehr wegen seiner nächtlichen Fahrt und der unnötigen Sucherei empfand. Es schien beinahe so, als ob

der andere sich gar nicht bewusst wäre, dass er eine Verabredung nicht eingehalten hatte.
«Finden Sie zur Bibliothek?», fragte er stattdessen.
Klüger nickte wieder, und Olsson wartete, bis er zu seinem Wagen gegangen war, ehe er den Volvo anließ und dem weißen Saab folgte.
Er hatte den Eindruck, als ob Klüger bereits öfter zur Bibliothek gefahren wäre, denn er mied den ständig vollen Parkplatz am Markt und bog zur Kirche hinunter ab. Und richtig, auf Norra Kyrkogatan in Richtung Bibliothek fanden sie mehrere freie Plätze genau vor dem schwarzen Metallzaun des Kirchhofs.
Sie gingen an einer eigenartigen Skulptur vorbei, die wohl zwei große weibliche Brüste darstellen sollte, und kamen an die Glasfassade der Bibliothek. Olsson hielt Klüger die Tür auf und musste den derangiert wirkenden Mann die Treppe hinauf in den ersten Stock und zur Cafeteria beinahe vor sich herschieben.
Es gab Pasteten mit irgendeinem Fleischinhalt, und nach einem Blick auf seinen apathischen Gefährten bestellte Olsson ihm ein Glas Bier dazu. Er selbst begnügte sich mit Kaffee. Und der Tisch ganz hinten in der Ecke am Fenster war frei.
Klüger aß mit abwesender Miene. Wenn ihm daran gelegen war, Olsson etwas zu erzählen, so zeigte er das jedenfalls nicht. Oder war es vielleicht der Hunger, der ihn alle anderen Kümmernisse vergessen ließ?
Olsson wartete geduldig, während er gleichzeitig den Platz unter ihnen beobachtete. Wenn das hervorstehende Eckhaus, an dem das rote Hotelschild des Continental immer noch hing, nicht gewesen wäre, hätte er sein neues Zuhause sehen können. Ein Würstchenstand mit roten dänischen

Pølser in einer Ecke des überfüllten Parkplatzes machte ein gutes Geschäft mit einer kinderreichen Familie, ansonsten war der Platz für einen Augustnachmittag erstaunlich leer. Er war mit seiner Pastete schnell fertig. Zu seinem Verdruss gab es hier keinen Tabasco, daher versuchte er es mit einer dicken Schicht schwarzem Pfeffer. Aber das Resultat entsprach nicht seinen Erwartungen, der Pfeffer reizte nicht den Gaumen, sondern die Nase.

Als Klüger den letzten Schluck seines Biers ausgetrunken hatte, schien es ihm etwas besser zu gehen, das Essen war ihm gut bekommen. Aber sein Blick war immer noch matt und abwesend.

«Was wollten Sie eigentlich von mir?», fragte Olsson, der meinte, dass es jetzt an der Zeit war, zur Sache zu kommen.

Er wusste eigentlich nicht, was er erwartet hatte, aber zu seinem Erstaunen sah er, wie sich die Augen des Deutschen langsam mit Tränen füllten. Und die Antwort war ebenso überraschend.

«Nichts. Ich wollte nichts.»

Klüger schüttelte den Kopf und schien sich jetzt zusammenzureißen. Dann sagte er mit sachlicher, fester Stimme: «Es war ein Versehen, dass ich angerufen habe.»

Er stand auf und wollte gehen. Dann schien ihm einzufallen, dass er gegessen und getrunken hatte, und er griff nach seiner Brieftasche. «Wie viel bin ich schuldig?»

Er legte einen Hundertkronenschein auf den Tisch, drehte sich hastig um und wandte sich der Treppe zu. Olsson ließ ihn gehen. Offensichtlich beschäftigte ihn etwas, über das er nicht sprechen wollte, und wenn er nicht wollte, konnte man ihn nicht dazu zwingen.

Aber nachdem er den halben Weg hinter sich hatte, blieb

er plötzlich stehen, als ob er etwas vergessen hätte. Er drehte sich um und blickte Olsson an. In seiner Stimme lag Bedauern, und es hörte sich so an, als ob er es auch so meinte.

«Gestern ist etwas geschehen. Ich konnte nicht da draußen bleiben.»

Er musste Olsson angesehen haben, dass der ihm nicht glaubte, denn er kam zögernd zurück an den Tisch. Er sah aus, als ob er nach Worten suchte, die richtigen aber nicht fand.

«Was ist denn geschehen?» Olssons Stimme klang skeptisch mit einem Anflug von Ungeduld.

Aber der Deutsche sah ihn dankbar an, die Frage schien ihn auf die richtige Spur gebracht zu haben.

«Ich habe Angst bekommen», sagte er.

Diese offenherzige und direkte Antwort ließ Olsson aufhorchen. Aber er begriff den tieferen Sinn nicht, meinte er Angst davor, mit jemandem zu sprechen? Oder war es etwas anderes, was ihm Angst eingejagt hatte?

Klüger bemerkte Olssons Zögern und deutete es offenbar so, dass er sich nicht verständlich genug ausgedrückt hatte, denn er wiederholte, was er gerade gesagt hatte.

«Ich habe Angst bekommen und bin weggefahren. Es tut mir Leid.»

Plötzlich stand der abwesende Ausdruck ihm wieder ins Gesicht geschrieben, er senkte die Stimme und sprach vor sich hin:

«Ich habe ihn gehört, als es dunkel wurde.»

Olsson wartete auf eine Fortsetzung, aber es kam keine. Er sah, dass der Deutsche zu zittern begann, und fragte behutsam:

«Was haben Sie gehört?»

«Er war im Atelier, ich hörte die Schritte und wie er herumsuchte. Irgendwas hatte er da zu kramen.»
Olsson begriff gar nichts, aber Klüger sprach weiter, es hörte sich so an, als ob er im Traum redete.
«Mein Großvater stammte aus Rumänien, der hat mir davon erzählt, als ich ein Kind war.»
Dann packte er Olsson am rechten Arm, beinahe flehentlich fuhr er fort: «Glauben Sie, es ist Jörgen, der keine Ruhe findet?»
Olsson starrte ihn an. Wollte der kräftige Deutsche hier schon wieder zusammenbrechen? Die Angst stand ihm ins Gesicht geschrieben.
«Wollten Sie darüber mit mir sprechen?»
Olsson versuchte die Frage so vorsichtig wie möglich zu stellen, gleichzeitig löste er behutsam den Griff um seinen Arm. Er hielt die Hand des Deutschen weiter fest und sah ihm forschend in die Augen.
Aber da schien es, als ob Klüger plötzlich aufwachte. Er trat einen Schritt zurück, seine Stimme klang beinahe gekränkt.
«Nein, das war etwas ganz anderes. Ich hätte nicht anrufen sollen!» Der Deutsche drehte sich abrupt um und ging mit schnellen Schritten wieder auf die Treppe zu. Aber dieses Mal blieb er nicht stehen, sondern verschwand hinunter zum Ausgang.

Olsson blieb eine ganze Weile sitzen und sah ihm nach. Dann ging er zum Tresen und holte sich noch einen Kaffee. Langsam war er die ganze Geschichte richtig leid, er war weder Polizist noch Sozialarbeiter und hatte zu dem, was er gesehen hatte, ausführlich ausgesagt. Sogar zweimal.

Musste er sich überhaupt um einen Menschen kümmern, den er ganz zufällig getroffen hatte und der sich beinahe hysterisch benahm? Er hatte im Laufe der Jahre viele geschockte Zeugen gesehen, aber Klüger war offenbar einem Zusammenbruch nahe.

Trotzdem fühlte er sich auf eigenartige Weise unangenehm berührt von dem wiederholten Hinweis, es sei ein Missverständnis gewesen, ihn anzurufen. Im Tonfall hatte so etwas wie eine Anklage durchgeklungen, er konnte nur nicht verstehen, was es war.

Er überlegte, ob er sich nochmals an die Polizei wenden und sie über Klügers Zustand informieren sollte, entschloss sich aber, es nicht zu tun. Bereits einmal hatte er sich vergeblich bemüht, und im Übrigen war es wirklich nicht seine Angelegenheit. Klüger hatte sowohl Kollegen als auch einen Vorgesetzten, die eingreifen konnten, wenn es nötig wurde.

Die Tische um ihn herum füllten sich langsam, es war Kaffeezeit, und die Cafeteria der Bibliothek war ein beliebter Ort, nicht nur bei Lesern. Er leerte seine Tasse und war dabei, seinen Platz für jemand anderen frei zu machen, als ihn eine bekannte Stimme ansprach.

«Sie müssen sich mit dem Aufbruch nicht so beeilen, nur weil ich komme!»

Er blickte auf, und es dauerte eine Sekunde, bis er Margret Kellerman erkannte. Sie hatte sich umgezogen, trug jetzt Zivil, statt der Uniformbluse hatte sie eine dunkle weinrote Polobluse an. Aber sie trug immer noch den kurzen dunkelblauen Rock und die hochhackigen Schuhe. In der Hand hielt sie ein dickes Buch.

Olsson wurde ein wenig verlegen, er grüßte verwundert zurück, wusste aber nicht, ob er gehen oder dableiben sollte. Er fand, dass Margret Kellerman ihn mit ihrem Blick

musterte, bevor sie sich ihm gegenüber niederließ. Das Buch legte sie auf den Tisch.
«Ich habe Sie gesucht», begann sie mit ihrer dunklen Stimme. «Am Empfang hatten sie mitgekriegt, dass Sie auf dem Weg in die Bibliothek waren.»
Er wusste nicht, was er darauf sagen sollte. Vom Polizeirevier bis zur Bibliothek waren es nur wenige Minuten, trotzdem kam es ihm eigenartig vor, dass sie sich die Mühe machte, ihm hierher nachzufahren.
«Ich dachte, ich könnte zwei Fliegen mit einer Klappe schlagen», fuhr sie fort, als ob sie seine Gedanken gelesen hätte.
Sie drehte das Buch um, und er sah, dass es ein Lehrbuch für Taucher war. Er begriff jedoch immer noch nicht, dass sie deswegen selbst hergefahren war, sie hätte das Buch auf dem Dienstweg anfordern oder jemand herschicken können.
Margret Kellerman war offenbar bewandert in der Kunst des Gedankenlesens, denn sie verzog das Gesicht ein wenig, blickte ihn an und sagte ironisch:
«Ich hab mir gedacht, ich mache mich ein wenig schlau, ohne dass jemand es sieht.»
Olsson begann zu verstehen, es hätte natürlich ein gewisses Aufsehen erregt, wenn die neue Leiterin der Fahndung ihre Tätigkeit damit begann, ihre Unkenntnis offen zu zeigen und Lehrbücher anzufordern. Er wusste genau, wie unter den Kollegen geklatscht wurde, und konnte sich vorstellen, dass das für eine Frau besonders unangenehm sein musste.
«Tauchen?», fragte er nur und öffnete das Buch auf gut Glück.
«Ja. Folke Brodin hat mit großem Nachdruck darauf

hingewiesen, dass mit der Tauchermaske etwas nicht stimmte. Aber er will nicht mit der Sprache heraus, was er meint.»

Olsson nickte. Es war typisch für Brodin, dass er mit seinen Erkenntnissen hinterm Berg hielt, bis er den bestmöglichen Nutzen daraus ziehen konnte. Und er konnte sich sehr gut vorstellen, dass Brodin aus reinem Prestigedenken heraus versuchen würde, den Fall direkt vor der Nase der Kommissarin zu lösen.

Er selbst hoffte nur, dass Margret Kellerman nicht hergekommen war, um ihn in einen Machtkampf zwischen den beiden Polizeichefs hineinzuziehen. Ihm wurde klar, dass sie auch unkonventionell war, aber eben auf ihre eigene Art und Weise.

«Was wollen Sie von mir?»

Er hörte selbst, dass das unfreundlicher klang, als es gemeint war, aber sie schien nicht darauf einzugehen.

«Erst mal Kaffee», antwortete sie und lächelte.

Sie stand auf, aber Olsson kam ihr zuvor und ging zum zweiten Mal an die Theke.

«Ich wusste nicht, ob Sie ihn schwarz haben wollen oder mit Milch», brummte er verlegen, als er sah, wie sie auf den kleinen Berg aus Zuckerstücken und kleinen Milchpackungen blickte.

Sie nahm ihre Kaffeetasse, ohne darauf zu antworten, und pustete auf das schwarze Getränk, bevor sie daran nippte.

«Zwei Dinge sind es. Oder eigentlich drei», fügte sie hinzu.

«Ah ja, und welche sind das?»

Er wartete. Sie schien einen Augenblick ihre Gedanken zu ordnen, während sie fasziniert beobachtete, wie er die ganze Milch und fast alle Zuckerstücke in seinem Kaffee ver-

schwinden ließ. Dann blickte sie ihn mit einer Miene an, die schwer zu deuten war.
«Die Flure des Polizeigebäudes sind hellhörig.»
Olsson wurde wieder verlegen. Er wusste nicht, worauf sie hinauswollte.
«Ich habe zufällig gehört, wie Sie mit Folke Brodin gesprochen haben.»
Olsson merkte, dass er ein wenig errötete. Er versuchte sich daran zu erinnern, worüber sie sich unterhalten hatten, aber so weit er sich entsinnen konnte, war es nur Brodin gewesen, der irgendwelche abschätzigen Andeutungen über die attraktive Kommissarin gemacht hatte.
Er überlegte vergebens, was er zu seiner Verteidigung vorbringen könnte, aber Margret Kellerman fuhr ungerührt fort.
«Ich hörte, wie Sie nach dieser Tunnelgeschichte gefragt haben. Meinem Eindruck nach wissen Sie mehr darüber, als Sie sagen wollen.«
Olsson fühlte sich ertappt. Beinahe glaubte er jetzt wirklich, sie könnte Gedanken lesen, oder war es eine Art von Spürsinn?
«Was hat das mit dem Mord zu tun?», entfuhr es ihm. Er merkte zum zweiten Mal, wie barsch seine Worte klangen, er hatte keinesfalls die Absicht, unhöflich zu werden.
Aber Margret Kellerman sah ihn nur nachdenklich an.
«Gegen den Brückenbau hat es ja auch eine ganze Reihe von Aktionen gegeben. Und es scheint so, als ob die gleichen Personen an beiden Objekten aktiv sind.»
Auf die Idee war Olsson schon beim ersten Mal gekommen, als er den abgerissenen Schlauch draußen auf der Brückenbaustelle gesehen hatte. Und es fiel ihm plötzlich ein, dass er nie seinen Verdacht geäußert hatte, es gäbe ei-

nen Zusammenhang zwischen den vielen Problemen am westlichen Pfeiler und Jörgen Åmans Tod. Nach den Aufsehen erregenden Obduktionsresultaten war ihm das überholt vorgekommen.

«Aber Åman ist ja nicht an der Brückenbaustelle ertrunken», wandte er ein.

«Sicher nicht, aber manchmal können Dinge komplizierter sein, als sie aussehen.»

Sie sah ihn auffordernd an, auf die gleiche Weise, wie sie es während der Aussage in dem Fahndungsraum getan hatte. Als er jedoch keine Anstalten machte, etwas zu sagen, fuhr sie mit ihrer dunklen Stimme fort.

«Es gibt bereits wilde Gerüchte. Wir haben beinahe alle Bauarbeiter auf der Brückenbaustelle vernommen, und im Großen und Ganzen hat jeder dort seine eigene Theorie, in was Åman verwickelt war. Da wird von Sabotage bis Rauschgiftschmuggel spekuliert. Oder umgekehrt, dass er solchen Sachen auf der Spur war.»

Olsson nickte, so etwas hatte er sich auch schon gedacht. Aber er war immer noch nicht bereit, auszuplaudern, was er bei Seved gesehen hatte. Er konnte sich nicht vorstellen, dass Urbans Gruppe sich etwas anderes hatte zuschulden kommen lassen als den Unfug oben am Tunnel. Und auch wenn er an Lisa Berghagens Andeutungen über schlechte Gesellschaft dachte, war es doch ein Unterschied, ob man Reifen zerschnitt und Jauche in Ventilatoren kippte oder Morde beging.

«Sind die Arbeiter denn irgendwie konkret geworden?», fragte er vorsichtig. Er hatte das unbehagliche Gefühl, als ob Margret Kellerman ihm ansah, dass er ihr etwas vorenthielt.

Sie überlegte. Es schien so, als ob sie eine Entscheidung treffen wollte und zu dem Schluss kam, dass sie Olsson et-

was bieten musste, um im Austausch dafür Informationen von ihm zu bekommen.
«Einige Leute haben gesehen, wie Åman draußen am Pfeiler herumhantierte. Und es hat eine große Auseinandersetzung zwischen Uno Berghagen und ihm gegeben, es sollen mehrere wichtige Computerprogramme verschwunden sein.»
Sie sah Olsson erwartungsvoll an, aber der gab nicht nach. Noch wies nichts darauf hin, dass die Umweltgruppe involviert war, jedenfalls nicht genug, damit er sie berechtigterweise hineinziehen durfte.
«Das ist nicht viel», sagte er nur.
Margret Kellerman presste ihre roten Lippen aufeinander. Es schien so, als ob sie aufgeben wollte.
«Das ist alles, was wir wissen.»
Sie trank einen Schluck Kaffee, bevor sie das Thema wechselte. Wenn sie unzufrieden war, so verbarg sie das jedenfalls geschickt.
«Das war Punkt eins», stellte sie mit einem ironischen Lächeln fest.
«Und was ist Punkt zwei?»
«Hans Klüger.»
Olsson nickte, entweder hatte Brodin von seiner missglückten Aussage über das Verschwinden des Deutschen gesprochen, oder – und das war wahrscheinlicher – sie glaubte, Klüger hätte ihm etwas anvertraut, was Brodin nicht wusste. Er musste nicht fragen, denn sie bestätigte die zweite Möglichkeit.
«Ich habe nicht viel aus ihm herausbekommen, aber vielleicht ist Ihnen das gelungen?»
Olsson begriff, dass der Kampf zwischen den beiden Polizeichefs begonnen hatte. Eigentlich hätte er es vorgezogen,

sich da herauszuhalten, aber er gab auf und erzählte ihr schließlich doch alles, vom ersten Telefonat bis zu Klügers abruptem Abgang.

«Ich kann seine Reaktion nicht begreifen», schloss er. «Es scheint fast so, als ob er dabei ist, völlig zusammenzubrechen.»

Aber Margret Kellerman schien darüber nicht sehr erstaunt zu sein.

«Das ist doch eigentlich nicht verwunderlich. Stellen Sie sich vor, Sie verlieren Ihren Partner auf diese Weise.»

«Seinen Partner?»

Sie blickte ihn überrascht an.

«Wussten Sie nicht, dass Jörgen Åman und Hans Klüger homosexuell sind? Sie hatten seit mehreren Jahren ein Verhältnis miteinander.»

Olsson sah sie verwundert an. Daran hatte er überhaupt nicht gedacht. Plötzlich erinnerte er sich, wie einsilbig der Deutsche bei dem Krebsessen geworden war, als die Frau mit dem tiefen Ausschnitt sich an Åman herangemacht hatte.

Bei näherem Hinsehen erklärte das ja eine ganze Menge, sowohl Klügers Suche nach ihm als auch deren Streit auf Deutsch. Und außerdem entfiel logischerweise der Mordverdacht gegen den eifersüchtigen Ivan, der Åman und seine aufdringliche Gattin unter diesen Umständen wohl kaum beim One-Night-Stand ertappt haben konnte.

Olsson war so in seine Gedanken vertieft, dass er nicht gemerkt hatte, wie Margret Kellerman ihr Buch genommen hatte und sich zum Aufbruch rüstete. Als sie aufstand, blickte er sie erstaunt an.

«Und der dritte Punkt?», fragte er.

Sie kniff nachdenklich ihren roten Mund zusammen und

blickte ihn mit halb geschlossenen Augen an, als ob sie sich etwas genau überlegte.
«Darüber reden wir das nächste Mal.»
Dann klapperte sie auf ihren hohen Absätzen elegant davon.

KAPITEL 9

Die Vormittagsreflexe der Sonne waren ebenso grell wie das Klingeln der Türglocke. Ein schmaler Schatten wurde in dem rhombenförmigen Glas der Haustür sichtbar, das gefärbte Rohglas gab ihm einen dunkelgelben Heiligenschein wie bei einer orthodoxen Ikone.

Aber es war nur das Gesicht von Harry Landman, das Olsson angrinste, als er die Tür öffnete.

«Also hier hast du dich verkrochen!», grüßte die schmächtige Gestalt. «Ich habe gehört, dass du in die Stadt umgezogen bist.»

Olsson grinste zurück. Er ließ ihn herein und zeigte mit der Hand auf die Küche.

«Du kommst genau richtig zum Kaffee, wie üblich.»

Harry ging mit seinem schaukelnden Gang durch die kurze Diele. Er warf einen Blick in das Zimmer, in dem die unausgepackten Umzugskartons immer noch fast die ganze Fläche einnahmen, sagte aber nichts dazu. In der Küche zog er einen Stuhl heran und ließ sich darauf plumpsen.

«Ich war in der Stadt», erklärte er wie zur Entschuldigung dafür, dass er so unangemeldet aufgetaucht war. «Da dachte ich, ich könnte mal nach dir sehen.»

Olsson kannte Harrys Art, seine wirklichen Gründe für sich zu behalten, und begriff, dass es alles andere als ein spontaner Einfall war, was ihn hergeführt hatte. Aber er ging nicht darauf ein, ihm Fragen zu stellen führte nur dazu, dass Harry sich in sein geistiges Schneckenhaus zurückzog.

«Ich bin mir noch nicht sicher, ob ich mich verbessert oder verschlechtert habe», sagte er stattdessen und machte mit der Hand eine Geste zu den übrigen Zimmern des Hauses.
«Verschlechtert!», stellte Harry ruhig fest. «Hier kannst du dich ja kaum rühren.»
Olsson zuckte mit den Schultern. Es war gut möglich, dass er Recht hatte, aber genau genommen hatte er keinen so großen Bedarf an Platz, weder im Haus noch draußen. Es waren nicht die äußerlichen Veränderungen, die ihn bekümmerten.
Er wandte Harry den Rücken zu und hob die Filtertüte aus der Kaffeemaschine. Vielleicht war jetzt der richtige Augenblick für eine Offensive gekommen.
«Das mit Jörgen Åman ist doch fürchterlich», begann er, obwohl er das Thema eigentlich meiden wollte. Und es zeigte sich, dass er ins Schwarze getroffen hatte.
Harry wurde plötzlich ernst, er hörte sich beinahe verlegen an.
«Übrigens», begann er, «der wohnte doch draußen bei diesem Künstler?»
«Ja sicher», antwortete Olsson, legte die Filtertüte weg und sah Harry an. Da war etwas in dessen Tonfall, was ihn stutzig machte.
«Ich war da draußen und habe was Komisches gesehen.»
Olsson schwieg, aus Erfahrung wusste er, dass es so am besten war, wenn Harry zu erzählen begonnen hatte.
«Es lagen jede Menge Metallklumpen im Gras, die sahen aus wie kleine Bleibarren.»
Er formte mit den Händen ein Rechteck von der Größe einer Zigarettenpackung.
«So groß ungefähr. Und die waren ganz nass.»

Olsson schwieg immer noch. Er wartete auf eine Fortsetzung, die aber nicht kam.
«Was meinst du damit?», rutschte es ihm raus.
Harrys Augen bekamen einen eigentümlichen Ausdruck. Er wiederholte das Gesagte, aber mit größerem Nachdruck.
«Die waren pitschnass, Wasser tropfte von ihnen runter.»
Er hörte sich an, als ob er ein Geheimnis verraten hätte, aber Olsson verstand immer noch nicht. Harry sah ihn mit dem gleichen eigenartigen Blick an, als er verdeutlichte.
«Es war sonnig an dem Tag. Das Gras war staubtrocken!»
«Aber die Metallstücke waren nass?»
Olsson hörte sich skeptisch an, aber Harry nickte bestätigend.
«Das war nicht normal. Weit und breit kein Mensch. Und du hast ja gesehen, was da passiert ist.»
Dann schwieg er. Olsson war klar, dass er die Ereignisse in der Nacht nach dem Krebsessen meinte. Er konnte sich an die eigenartigen Reaktionen gut erinnern. Nur was das mit den nassen Metallstücken zu tun haben sollte, konnte er nicht verstehen.
Aber plötzlich kam ihm ein Gedanke. Er setzte sich an den Tisch und fragte ohne Umschweife:
«An welchem Tag war das?»
Harry sah ihn verwundert an.
«Am Tag nach dem Krebsessen, wieso?»
«Am Sonntag also? Was hast du denn da draußen gemacht?»
Harry wand sich. Es schien so, als ob er der Meinung wäre, schon genug gesagt zu haben. «Was du alles wissen willst, ist das eine Art Verhör?»
Diesen Satz hatte Olsson schon früher gehört.

«Sonst sagst du ja nichts», antwortete er, obwohl er wusste, dass es genau umgekehrt war.
Erstaunlicherweise half das. Harry starrte auf den Tisch und brummelte widerwillig: «Ich wollte nur mal nachsehen, ob da irgendwas war. Ich hab doch selbst gesehen, wie das Licht am Wasser entlangirrte.»
Danach saß er schweigend und mürrisch da. Olsson sagte ernst: «Ich finde, dass müsstest du der Polizei melden.»
«Der Polizei, warum?»
Olsson zögerte, er wollte nicht zugeben, dass er mehr über Åmans Tod wusste. Brodin ging selbstverständlich davon aus, dass das Gesagte vertraulich blieb, und Olsson wusste, dass es für die Ermittlungen nicht gut war, wenn der Öffentlichkeit der wirkliche Tatort bekannt war.
«Die werden daran interessiert sein», antwortete er vage. «Ich kann ja mit dir mitkommen.»
Harry schüttelte nur den Kopf.
«Warum denn nicht?»
«Du weißt, was ich von dem grinsenden Affen halte.»
Olsson seufzte wieder. Zwar hatte Brodin Harry damals vor zwei Jahren ziemlich barsch behandelt, aber das war doch kein Grund, der Polizei Informationen vorzuenthalten. Und es gab andere Leute als Brodin, mit denen er sprechen konnte.
«Ich hab das alles ja dir erzählt», fuhr Harry mürrisch fort. «Du bist doch Polizist gewesen.»
Er hörte sich gekränkt an, und Olsson sah ein, dass er gute Miene machen musste, wenn er mehr erfahren wollte.
Wie genau, konnte er sich noch nicht vorstellen, aber er hatte das Gefühl, dass Harrys Fund sehr gut mit der Taucherei zu tun haben konnte. Oder mit dem Ertränken, wenn er Brodin richtig verstanden hatte.

Und wenn die Bleibarren tatsächlich etwas mit dem Mord zu tun hatten, so konnten sie einen wichtigen Zeithinweis geben, sie waren ja noch nass gewesen, als Harry kam. Die Polizei musste in jedem Fall die Möglichkeit bekommen, der Sache nachzugehen.

Olsson versuchte es mit all seinen Überredungskünsten, allerdings ohne Ergebnis. Harry weigerte sich nachdrücklich, mit der Ängelholmer Polizei zusammenzuarbeiten. Und je mehr Olsson fragte, umso stiller wurde er. Schließlich saß er wie ein bockiges Kind da und reagierte nicht mal mehr, wenn Olsson ihn direkt ansprach. Aber eigenartigerweise war er einverstanden, mit hinaus zu Västersjön zu fahren und zu zeigen, wo die Bleibarren lagen.

Sie nahmen Olssons Wagen und waren bis nach Hjärnarp gekommen, als Harry wieder zu sprechen begann. Er schüttelte den Kopf und sagte auf seine Unheil verkündende Weise: «Am Vastersjön ist vieles passiert, was man nicht erklären kann.»

Olsson wartete auf eine Fortsetzung, musste sich aber gedulden, bis die Häuser auf beiden Seiten der Straße aufgehört hatten und sie in den Wald kamen.

«Als ich Kind war, habe ich die Alten von Svartesjön erzählen hören. Da gab es mehrere, die geheimnisvolle Dinge gesehen hatten.»

Olsson warf ihm einen kurzen Blick zu. Er hatte die alten Geschichten selbst oft genug gehört, die von einem Edelmann handelten, der sich ein Schloss aus Steinen hatte bauen lassen, die von Hallandsåsen geholt worden waren. Aber als der stolze Bau fertig war, griffen die Waldgeister ein und rächten sich dafür, dass die Menschen sich an ihrer Natur vergriffen hatten. Eines Nachts sank das ganze Gebäude in den Svartesjön und verschwand zusammen mit

allen Bewohnern in der Tiefe. Seitdem wurde behauptet, man sähe in mondhellen Nächten komische Gestalten am Wasser. Und wie das so mit alten Spukgeschichten ist, gab es immer Menschen, die sie selbst bezeugen konnten oder jemanden kannten, der etwas Übernatürliches erlebt hatte.
«Glaubst du wirklich an solche Dinge?», fragte Olsson gereizt. Er wunderte sich immer mehr über Harrys abergläubische Bemerkungen.
«Glauben und glauben», Harry zuckte mit den Schultern. «Svartesjön liegt ja nur ein Stückchen weiter im Moor hinter der Uggle-Halbinsel. Und die Nebel und das Licht dort hast du ja selbst gesehen.»
Olsson hatte keine Lust, darauf zu antworten. Er konzentrierte sich auf das Fahren, und als Västersjön zwischen den Baumstämmen glitzerte, nahm er Gas weg und warf einen Blick in die Zufahrt zu Seved Sunessons Haus. Es sah leer und verlassen aus, und er fuhr nachdenklich weiter. Einige Tage lang hatte es keine Aktionen gegen den Brückenbau oder das Tunnelprojekt gegeben, und es schien ein wenig beunruhigend, dass die Unterbrechung zeitgleich war mit der Tatsache, dass niemand sich auf der Uggle-Landzunge aufhielt.
Als er in die schmale Einfahrt zu Leo Sarks Haus einbog, ließ Harry wieder eine seiner Bemerkungen fallen.
«Man sagt ja, dass es Kräfte gibt, die in dem See auch über anderes wachen», sagte er vieldeutig und blickte starr geradeaus.
Er schien immer unruhiger zu werden, je näher sie ans Wasser kamen, und Olsson fragte sich, wie es eigentlich in ihm aussah. Ihm fiel Klügers Phantasieren ein, er stellte sich die Frage, ob es nicht etwas Ansteckendes mit Västersjön auf sich hatte.

Vor dem hellblauen Haus stand ein weißer Saab, und Olsson stieß Harry in die Seite, als sie sich der Treppe näherten.

«Jetzt musst du aufpassen. Sag nichts über irgendwelche Spukgeschichten, es geht ihm sowieso schon schlecht!»

Harry schaute beleidigt drein, folgte aber gehorsam die Treppe hinauf. Zu Olssons nicht geringem Erstaunen schien das Anwesen ebenso verlassen wie beim letzten Mal, als er hier gewesen war, und ebenso wie in der Nacht tönten seine Klingelzeichen umsonst durch das Haus.

Er hämmerte an die Tür, riss an der Klinke, blickte durch die Fenster und musste schließlich feststellen, dass der Deutsche offensichtlich nicht hier war.

Sie gingen die Treppe wieder hinunter und um das Haus herum. Olsson schlug den Pfad ein, der hinunter zur Spitze der Landzunge führte, und Harry trabte hinter ihm her. Als sie den halben Weg hinter sich hatten, drehte Olsson sich um und fragte:

«Wo lagen die genau?»

«Da drüben, hinter den Bäumen. Nicht weit vom Haus entfernt.»

Harry zeigte auf das Gartenhäuschen mit der Huldra. Er ging jetzt langsamer, und als sie vor dem runden Bauwerk ankamen, blieb er stehen.

«Ich gehe da nicht hinein!»

Olsson war dabei, die Geduld zu verlieren. Irgendwo musste der Unsinn eine Grenze haben. Aber Harry gab nicht nach.

«Man soll sich nicht mit solchen Bildern abgeben», sagte er ernst. «Ich weiß, was mein Vater gesehen hat.»

«Wo hast du die Bleiklötze liegen sehen?», fragte Olsson und zwang sich, ruhig zu bleiben. Er begann daran zu

zweifeln, ob man dem, was Harry sagte, überhaupt Glauben schenken könnte.
Völlig überraschend trat Harry an das Haus der Huldra heran. Er hörte sich plötzlich aufgeregt an, so als ob jemand ihn hinters Licht geführt hätte.
«Da haben sie gelegen!», sagte er und zeigte ins Gras.
Aber er zeigte ins Nichts, nicht ein einziger umgeknickter Grashalm deutete darauf hin, dass hier jemals etwas gelegen hatte.
«Jetzt sind sie weg», stellte er empört fest und schüttelte den Kopf.
Olsson wusste nicht, was er davon halten sollte, aber Harry drehte sich um und ging hinunter ans Ufer.
Als er ans Wasser gekommen war, blieb er stehen. Ein Schilfdickicht bildete einen dünnen Streifen am Ufer entlang. Davor lag ein Kahn, in dem das Bilgewasser gegen die Planken schwappte. Es schien das gleiche Boot zu sein, in dem Åman seine geheimnisvolle Rudertour unternommen hatte.
«Die sind hier gewesen und haben ihren Kram mitgenommen», stellte Harry fest und blickte über das Wasser. Es sah so aus, als ob er über irgendetwas grübelte, seine Augen hatten wieder diesen eigentümlichen Ausdruck angenommen.
«Bist du ganz sicher, dass die Bleiklötze vorher hier gelegen haben?», wollte Olsson wissen. Ihm kam die ganze Sache immer fragwürdiger vor.
«Hab ich doch gesagt», entgegnete Harry verletzt. «Deshalb bin ich doch zu dir nach Hause gekommen.»
Auch Olsson blickte jetzt über den See. Der Spätsommertag hielt, was der Vormittag versprochen hatte, die Sonne schlug in dem sich kräuselnden Wasser Funken, und über

den blauen Himmel segelten nur einige wenige Schäfchenwolken.
Irgendwie passten weder Mord noch Ertrinken zu dem stillen Binnensee. Er überlegte, ob Brodin nicht trotz allem einem Hirngespinst nachjagte, ebenso wie Harry.
Er ließ den Blick weiter über den Strand gleiten, aber plötzlich zuckte er zusammen. Irgendetwas Großes, Schwerfälliges hing in einem Baum nur etwa zehn Meter weiter weg. Ein Schwarm kleiner Vögel zwitscherte unbekümmert, und eine friedliche Hummel summte vorbei in der ungewöhnlichen Wärme des Altweibersommers, alles schien so völlig normal, dass er zuerst nicht begriff, was er da sah. Aber dann erkannte er die Wahrheit. Die große schwerfällige Figur in dem Baum war alles andere als normal.
Von einem Ast unmittelbar an der Uferkante und mit Aussicht über das glitzernde Wasser hing Hans Klüger mit einer groben Schlinge um den Hals.

KAPITEL 10

Es gab keinen Zweifel daran, dass der kräftige Deutsche tot war. Der Körper hing gespenstisch still da, und der Winkel des Kopfes deutete darauf hin, dass das Genick gebrochen war.
Olsson überlegte nur einen kurzen Moment, dann ging er auf den Toten zu.
Ein paar metallisch grüne Fliegen, die über Klügers gebrochene Augen krabbelten, flogen verschreckt davon, als er die Hand ausstreckte und mit den Fingern die Pulsader dicht unter dem groben Seil betastete.
Pulsschläge konnte er nicht fühlen, aber zu seinem Erstaunen stellte er fest, dass die Haut warm war. Er zögerte einen Augenblick, dann steckte er die Hand in den Kragen und spürte die Leichenkälte. Er begriff, dass es die Sommersonne war, die die nackte Haut aufgewärmt hatte. Klüger war bereits seit mehreren Stunden tot.
Er gab sich einen Ruck, bevor er sich auf die Zehen stellte und die Lider über die hervorstehenden Augen zog. Die Fliegen hatten bereits ihre Eier gelegt, in den weißlichen Augäpfeln zeichneten sie sich als kleine gelbe Punkte ab.
Harry, der den Toten gleich nach Olsson entdeckt hatte, stand bleich am Ufer und beobachtete sein Vorgehen.
«Was tust du?», fragte er, wie gelähmt vor Schreck. «Sollen wir nicht lieber weggehen?»
Olsson drehte sich um. Er wusste, dass es darauf ankam zu versuchen, so viele Einzelheiten wie möglich im Gedächt-

nis zu behalten, aber so viel er sehen konnte, schien Harry ihm dabei kaum eine große Hilfe sein zu können.

«Geh schon mal los und setz dich ins Auto», rief er, «ich komme gleich nach!»

Harry stand immer noch wie angewurzelt da, aber dann trollte er sich, ohne ein Wort zu sagen, in Richtung auf das Haus. Er wandte sich ständig um und sah nach Olsson und dem toten Klüger. Als er bei dem Haus angelangt war, blieb er ein paar Sekunden stehen, dann verschwand er um den Giebel.

Olsson ging vorsichtig um den hängenden Körper herum. Er achtete darauf, keine Zweige oder Pflanzen zu zertreten, und setzte die Füße so, dass er keine Spuren hinterließ. Genau hinter Klüger lag ein umgeworfener Bierkasten, offensichtlich hatte er den als Schafott benutzt, sonst gab es nichts Besonderes zu sehen.

Er warf einen letzten Blick auf das Seil, bevor er seine Untersuchung abschloss. Es war ein kräftiges, aber geschmeidiges weißes Tau vom gleichen Typ, wie man es zum Vertäuen von Booten benutzt. Der Stärke nach zu urteilen, konnte es bis zu zwei Tonnen halten. Die Schlinge war einfach, aber zweckmäßig geknüpft, es sah so aus, als ob der tote Deutsche sich mit solchen Knoten ausgekannt hätte.

Olsson ging mit großen Schritten vorsichtig weg und suchte mit den Augen den Boden ab, bis er auf den Pfad zum Haus gekommen war, aber er konnte immer noch nichts Ungewöhnliches entdecken.

Harry saß im Volvo und drückte sich auf den Vordersitz. Er schaute erleichtert hoch, als er Olsson sah, aber von Klügers Selbstmord schien er eher verschreckt als unangenehm berührt zu sein.

«Jetzt fahren wir hier weg!», wiederholte er.
Olsson nickte ihm verwundert zu. Manchmal benahm er sich wirklich wie ein Kind.
«Erst müssen wir die Polizei holen, das ist dir doch wohl klar!»
«Wir können sie anrufen, wenn wir in die Stadt gekommen sind», antwortete Harry schnell. Er war völlig kopflos und wollte nur noch weg.
«Nein, das können wir nicht», entgegnete Olsson scharf.
Er begann die Geduld mit Harry zu verlieren, erst der ganze Aberglauben und dann diese Dummheiten. Sicherheitshalber nahm er die Schlüssel an sich, bevor er aus dem Volvo stieg.
«Du kannst hier bleiben, wenn du willst. Ich versuche ein Telefon zu finden.»
Harry antwortete nicht. Er blieb mit beleidigter Miene im Wagen sitzen, aber Olsson kümmerte sich nicht darum. Er lief mit schnellen Schritten auf die holperige Zufahrtsstraße und blickte umher. Ganz in der Nähe lagen zwei Sommerhäuser, eins davon sah leer und unbewohnt aus.
Er ging auf das andere zu, und schon am Gartentor bemerkte er eine leichte Bewegung hinter einem der Fenster. Und richtig, er wurde erwartet, er hatte kaum seinen Finger auf den Klingelknopf gesetzt, als die Tür schon aufging. Ein schmales Frauengesicht blickte ihn misstrauisch fragend an.
«Ich muss die Polizei anrufen», sagte er schnell, um ihr zuvorzukommen. «Darf ich mal telefonieren?»
Als sie das Wort Polizei hörte, schien sie sich etwas zu entspannen, genau wie er es beabsichtigt hatte. Trotzdem wollte sie ihn nicht hereinlassen, sondern hielt die halb geöffnete Tür fest im Griff.

«Drüben bei Leo Sark ist ein Unfall passiert» , versuchte er zu erklären. «Wir müssen die Polizei holen.»
Endlich reagierte sie. Allerdings ließ sie ihn immer noch nicht über ihre Schwelle.
«Ich hole es», sagte sie kurz angebunden. Sie verschwand ins Haus und schloss die Tür hinter sich. Aber nur wenige Sekunden später war sie zurück. In der Hand hielt sie etwas, das aussah wie ein abgerissener Telefonhörer.
«Das ist schnurlos, man kann ganz normal wählen.»
Er wählte die neue Notrufnummer und bat darum, mit der Polizei verbunden zu werden. Als die sich meldete, fragte er sofort nach Brodin, und nach etwas mehr als einer halben Minute hörte er die bekannte Stimme.
Er beschrieb, wo er sich befand und was geschehen war. Brodin hörte sich eher geschäftsmäßig als überrascht an, versprach jedoch, innerhalb von zwanzig Minuten da zu sein.
Olsson gab der Frau das schnurlose Telefon zurück. Sie hatte mitbekommen, wen er angerufen hatte, und schien nun endlich überzeugt, dass er sie nicht überfallen wollte.
«Die waren vor ein paar Tagen schon mal hier», erzählte sie und schüttelte mit dem Kopf. «Leo tut einem richtig Leid mit solchen Mietern.»
Die Feindseligkeit von vorhin war wie weggeblasen, und nun schien sich die Frau über seine Anwesenheit zu freuen. Sie plauderte über das Polizeiauto, das vor dem Haus auf der Landzunge gestanden hatte, offenbar war es das Ereignis der Woche gewesen. Sie berichtete ausführlich, was sie den Polizisten alles gesagt hatte und was die ihr geantwortet hatten, und Olsson, der mit halbem Ohr zuhörte, trat immer ungeduldiger von einem Bein auf das andere.
Er versuchte sie zu unterbrechen, ohne allzu unhöflich zu

wirken, aber die Frau nahm davon keine Notiz. Nach mehreren Tagen in der Einsamkeit schien der Redefluss endlos zu sein, und er überlegte schon, ob er einfach weggehen sollte, als er plötzlich die Ohren spitzte.

«Weder mein Mann noch ich konnten begreifen, wozu die so viel Wasser brauchten. Die sind den ganzen Sonntagvormittag bis zum Nachmittag zugange gewesen, und schließlich waren wir den Lärm leid, da sind wir hingegangen und wollten uns beschweren. Aber da war kein Mensch!»

Sie unterbrach sich und sah Olsson aufgebracht an. Oder musste sie nur Luft holen? Jedenfalls nahm er seine Chance wahr.

«Verzeihung, ich hab nicht richtig zugehört. Welches Wasser?»

Die Frau blinzelte aufgeregt, so als ob sie durch seine Unterbrechung den Faden verloren hätte. Gleichzeitig schien sein Interesse sie aber zu bestätigen, und sie legte von neuem los.

«Tja, wir schlafen sonntags gern lange, mein Mann und ich. Aber wir sind ganz früh aufgewacht, weil drüben bei Leo irgendeine Maschine arbeitete. Und die machte ständig Krach, bis wir genug hatten. Da sind wir rübergegangen, aber es schien niemand zu Hause zu sein.»

«Was war das für eine Maschine?», unterbrach Olsson schnell, als sie eine winzige Pause machte.

«Das war eine Art Pumpe, hab ich das nicht gesagt? Die stand unten am Gartenhäuschen, wo Leo diese Skulptur hat. Und von der ging ein schwarzer Schlauch runter in den See, aber das sah so aus, als ob die alles stehen und liegen gelassen hatten. Und, wie gesagt, so viel Wasser …»

Sie schüttelte den Kopf und setzte erneut an, aber Olsson wurde von einem Geräusch gerettet. Gerade als sie den

nächsten Satz beginnen wollte, schaukelte ein blauweißer Streifenwagen auf dem holperigen Weg heran, und dahinter kam noch einer.
Olsson trat einen Schritt auf die Fahrbahn und winkte der Karawane zu. Sofort bremste der erste Wagen, und Brodin kurbelte die Scheibe herunter. Bevor er etwas sagen konnte, zeigte Olsson zur Landzunge hinüber.
«Da drüben ist es!»
Brodin nickte nur, und das Auto schaukelte weiter. Wagen Nummer zwei folgte ihm dichtauf, die gesprächige Frau sah ihm lange nach.
«Gleich zwei? Was ist denn passiert?»
«Ein Unfall», antwortete Olsson ausweichend. «Ich muss hinterher und es ihnen zeigen.»
Er ließ sie mit ihrer Neugier zurück und lief hinter den Autos her. Als er hinkam, war Brodin bereits ausgestiegen und ging auf den Volvo zu.
Brodin gab nicht zu erkennen, ob es ihn überraschte, wer darin saß. Er grüßte lässig, aber Harry machte keine Anstalten, den Gruß zu erwidern.
Olsson befürchtete Schlimmes und beeilte sich, dazwischenzugehen. Für Harry war es am besten, wenn er den cholerischen Polizeichef nicht unnötig reizte.
«Harry hat eine Verabredung in der Stadt», erklärte er schnell. «Wenn ihr mich nachher mit nach Hause nehmt, kann er meinen Wagen haben. Klüger habe ich gefunden.»
Das war ein Sekundeneinfall, aber Brodin nickte eigenartigerweise, ohne weiter zu fragen. Er trat einen Schritt auf Olsson zu und senkte die Stimme.
«Ich wollte dich sowieso bitten, hier zu bleiben», sagte er und nickte zu dem anderen Wagen hinüber.
Olsson drehte sich um und sah zu seinem Erstaunen

Margret Kellerman aussteigen. Sie hatte immer noch ihren kurzen Rock an, und die Absätze waren genau so hoch wie beim letzten Mal.
Sie kam auf sie zu, und Olsson eilte mit den Autoschlüsseln zu Harry. Er fühlte sich von Brodins konspirativem Ton überrumpelt und musste sich Freiraum schaffen. Er hatte nicht die geringste Lust, sich in deren Prestigekampf hineinziehen zu lassen. Sofern er nicht sowieso schon darin verwickelt war.
Harry schaute ihn wütend an, als er die Autotür öffnete, aber Olsson übersah seine anklagende Miene und winkte mit den Autoschlüsseln.
«Stell das Auto auf den Hof und wirf die Schlüssel in den Briefkasten», sagte er nur. «Aber fahr ganz vorsichtig rein, die Durchfahrt ist sehr eng!»
Er war sich nicht sicher, aber er meinte einen Anflug von Dankbarkeit zu erkennen, als Harry sich hinüber auf den Fahrersitz schob und den Diesel anließ. Er legte einen Blitzstart hin und schaukelte in einem solchen Tempo auf dem unebenen Weg davon, dass der Wagen aussah wie ein Floß in einer Stromschnelle.
Sowohl Brodin als auch Margret Kellerman blickten ihm verwundert nach, aber Olsson machte sich keine Sorgen. Er hatte Harry auf seinem riesigen Frontlader fahren sehen und wusste, dass er es gewöhnt war, die erstaunlichsten Manöver auf den Millimeter genau auszuführen.
Die beiden Polizeichefs standen sich gegenüber und sahen aus, als ob sie sich an Selbstgefälligkeit übertreffen wollten. Für Olsson war es nichts Neues, dass Brodin entgegen allgemeiner Praxis persönlich am Tatort erschien, aber von Margret Kellerman hatte er so etwas nicht erwartet. Der doppelte Auftritt von Fahndungsleitern und Streifenwa-

gen machte einen leicht komischen Eindruck, und wenn die Situation nicht so tragisch gewesen wäre, hätte er darüber nur lachen können.
«Er ist draußen an der Landzunge», sagte er. «Er scheint da schon eine Weile gehangen zu haben.»
Neugierig wartete er, wer von den beiden zuerst losgehen würde, aber Brodin räusperte sich und erklärte: «Wir warten auf den Techniker.»
Das war logisch, es war am besten, wenn sie nicht zu viel herumliefen, ehe der Techniker seine Arbeit gemacht hatte. Olsson verstand, dass es sich nicht um irgendeine Routineermittlung handelte, nicht bei so viel Aufwand. Es war sicher auch kein normaler Selbstmord, überlegte er still für sich.
«Ich habe ihm die Augen geschlossen», sagte er laut. «Sonst habe ich nichts angerührt.»
Die beiden Polizeichefs nickten gleichzeitig, aber keiner von beiden äußerte sich. Brodin stand mit den Händen auf dem Rücken da und schien sich plötzlich für die Baumspitzen zu interessieren, oder vielleicht auch für die Schäfchenwolken darüber. Kommissarin Maigret spitzte den Mund und betrachtete nachdenklich ihre Schuhe, vielleicht hätte sie sie gern gegen ein Paar kräftige Wanderschuhe ausgetauscht.
Das Schweigen wurde langsam ein wenig peinlich, und Olsson warf den beiden Polizisten einen neidischen Blick zu. Sie hatten sich auf einem dicken Baumstamm neben den Streifenwagen niedergelassen. Der eine lachte über irgendetwas, und der andere gestikulierte, als ob er gerade einen guten Witz erzählen würde.
Eine Libelle flog vorbei, Olsson blickte ihr nach, bis sie die Flügel einklappte und im Grünen verschwand. Vielleicht

hatte sie gerade den schönsten Futterhappen dieses Tages entdeckt, oder sie war ebenso wie er die schweigende Gesellschaft leid.

Endlich hörten sie Motorengeräusche, und ein grauer Lieferwagen wurde oben an der Straße sichtbar. Er bog mühsam in den Weg ein und kam langsam heran, Haselnussbüsche und Brombeersträucher ließen ihm kaum Platz genug. Sowohl Brodin als auch Margret Kellerman hatten es plötzlich eilig, dem Wagen entgegenzugehen, und der kleine Techniker Larsson blinzelte sie verwundert an. So einen begeisterten Empfang hatte er offenbar lange nicht erlebt. Er gab seinen Assistenten einige schnelle Anweisungen, der Kinnbart wippte im Takt mit den Worten, und die beiden Polizeichefs schienen in seltener Übereinstimmung zufrieden zu sein, dass sie ihm das Kommando überlassen konnten. Mit einer Geste, so als ob er ihm den Vortritt durch eine Tür lassen wollte, gab Brodin Olsson zu verstehen, dass er ihnen den Weg zu dem Toten zeigen sollte.

Sie gingen im Gänsemarsch über Leo Sarks Grundstück hinunter zur Landzunge. Olsson sah, wie sie den marschierenden Skeletten verwunderte Blicke zuwarfen, aber keiner sagte etwas. Larssons Mannschaft schleppte verschiedene Koffer und Ausrüstungsgegenstände, einer trug eine zusammengerollte Bahre unterm Arm, und er konnte einen großen schwarzen Leichensack zwischen dem ganzen Kram erkennen. Es hatte ihn kaum gewundert, als Margret Kellerman in ihrem Streifenwagen verschwunden und mit einem Paar weißen, aber abgenutzten Joggingschuhen an den Füßen wiedergekommen war. Jetzt lief sie mit großen Schritten und war gut fünf Zentimeter kleiner geworden.

Hans Klügers Körper wurde zwischen den Bäumen sichtbar, aber die Patrouille blieb in respektvollem Abstand ste-

hen. Die beiden Fahndungsleiter prüften nachdenklich die makabre Szene mit dem Deutschen. Er hing so regungslos da, dass es sich auch um eine von Leo Sarks Skulpturen hätte handeln können.
Dann schienen die beiden genug gesehen zu haben. Brodin nickte Larsson zu, und die Techniker begannen sich vorsichtig dem Toten zu nähern, wobei sie jeden Grashalm am Boden vor sich untersuchten.
Olsson hatte auch genug gesehen. Er schaute hinüber zum Haus der Huldra und der Stelle, von der Harry behauptete, dass dort die eigenartigen Metallstücke gelegen haben sollten; das war ungefähr der gleiche Platz, an dem die Nachbarsfrau die Wasserpumpe gesehen haben wollte. Sicherlich würde er gefragt werden, was Harry und er hier draußen zu suchen gehabt hätten, die Frage war nur, wie viel er Brodin davon erzählen sollte. Es waren ja schließlich keine klaren Fakten, die er vorbringen konnte, und Harry würde es ihm sicher sehr übel nehmen, wenn er dahinter kam, dass er ihm die Polizei auf den Hals gehetzt hatte.
Bei seiner Gewissensprüfung wurde er von Brodin unterbrochen, der plötzlich einen Versuch unternahm, die Initiative an sich zu reißen.
«Ich seh mir inzwischen mal das Haus an!», sagte er mit einem schnellen Lächeln zu Larsson.
Er drehte sich um und begann loszugehen, aber Margret Kellerman war offenbar auf den gleichen Gedanken gekommen, denn sie folgte ihm in ihren weißen Joggingschuhen dichtauf. Als Brodin feststellte, dass sein Coup misslungen war, blieb er einen Moment stehen und sah zu Olsson hinüber.
«Willst du lieber hier bleiben?», fragte er in leichtem Ton, der Widerspruch geradezu herausforderte.

Olsson war so perplex, dass ihm gar nichts anderes einfiel, als seinem Willen zu folgen.
«Nein, höchst ungern!», antwortete er automatisch, obwohl er noch weniger erfreut war, ins Kreuzfeuer der beiden rivalisierenden Chefs zu geraten.
Sofort bereute er seine Antwort, aber jetzt war es schon zu spät, etwas dagegen zu tun. Brodin winkte ihm ungeduldig zu, er beeilte sich und trottete ihnen geduldig nach.
Er bekam nicht mit, wie Brodin ins Haus gelangte, aber das ging genauso schnell, als wenn er einen Schlüssel gehabt hätte, möglicherweise hatte er ja auch einen. Die Ängelholmer Polizei war ja bereits hier gewesen, das hatte er in aller Ausführlichkeit von der Nachbarsfrau erfahren.
Sie traten in das spektakuläre Gebäude, und sowohl Brodin als auch Margret Kellerman sahen sich alles mit großen Augen an. Olsson setzte sich demonstrativ auf das große Sofa gleich neben der Tür. Er hielt nichts davon, in den Häusern anderer Leute herumzuschnüffeln, und blieb sitzen, während die anderen beiden über Leo Sarks phantasievolle Einrichtungskunst staunten.
Gelangweilt betrachtete er einige grinsende Totenschädelmotive im Treppenhaus, das hinauf in das große Atelier mit der Kuppel führte. Daneben beobachtete August Strindberg ihn mit wachsamen Augen, das widerspenstige Haar des Dichters war in ein Gewirr wimmelnder Schlangen verwandelt worden.
Vorher hatte er sich keine Gedanken gemacht, aber jetzt merkte er, dass er sich richtig matt fühlte. Er begriff, dass das die Reaktion auf den Leichenfund war, die sich jetzt nachträglich bemerkbar machte. Der Gedanke an Klügers steifen Körper nahm plötzlich überhand, erfüllte ihn mit

intensivem Unbehagen, und Leo Sarks surrealistische Gemälde verbesserten sein Befinden auch nicht gerade.
Er konnte sich von Selbstvorwürfen nicht freimachen. Der Deutsche hatte ihm etwas erzählen wollen, und auf irgendeine eigentümliche Weise kam es ihm vor, als ob er den Mann enttäuscht hätte. Wenn er nur ein wenig aufmerksamer gewesen wäre, könnte Klüger noch am Leben sein. Jedenfalls hatte er ja gesehen, in welchem elenden Zustand der sich befunden hatte, er hätte ihn nicht gehen lassen sollen, ohne sich zu vergewissern, dass jemand sich um ihn kümmerte.
Olsson musste selbst elend ausgesehen haben, denn sowohl Brodin als auch Margret Kellerman sahen ihn fragend an, als sie nach ihrem Rundgang zurückkamen.
«Seht im Atelier nach», sagte er zu ihnen. «Klüger hat behauptet, dass Åman dort irgendwas liegen hatte.»
Plötzlich war ihm die wirre Rede des Deutschen über Wiedergänger und über das Suchen nach etwas eingefallen. Aber sein Vorschlag wurde mit einem eiskalten Blick von Margret Kellerman und einem spöttischen Lächeln von Brodin belohnt.
«Aha, du hast also mit Klüger gesprochen?»
Olsson war nicht in der Lage, darauf einzugehen, er seufzte nur und sagte: «Er war einem Zusammenbruch nahe, über irgendwas wollte er mit mir sprechen. Aber er hat sich anders entschieden, ich habe nie erfahren, worum es ging.»
«Vielleicht wollte er einen Mord gestehen?»
Das war die dunkle Stimme von Margret Kellerman. Olsson und Brodin sahen sie beide erstaunt an, aber sie fuhr seelenruhig fort.
«Vielleicht hat er Åman umgebracht und sich danach selbst erhängt. Das ist kein ungewöhnliches Muster.»

Brodins Stimme war schneidend, sein Lächeln sah aus, als ob er auf eine Zitrone gebissen hätte.
«Polizeiarbeit und Vermutungen sind zwei verschiedene Dinge.»
Margret Kellerman ließ sich nicht aus der Fassung bringen. Sie blickte ihn durchdringend an und zählte ihre Argumente auf.
«Er hatte die Gelegenheit dazu, sie haben zusammen gewohnt, und Åman ist hier draußen ertrunken. Er hatte die Möglichkeit, die Leiche wegzutransportieren, sie waren am gleichen Arbeitsplatz beschäftigt, waren berechtigt, sich dort jederzeit aufzuhalten, und wussten, wie es da draußen aussah. Er war an dem Morgen draußen auf der Plattform und hätte den fingierten Unfall arrangieren können. Und er kannte sich mit dem Tauchen aus.»
Sie machte eine kurze Pause, ehe sie fortfuhr.
«Und seine Reaktion, als der Körper auftauchte, kann recht gut auf Schuld hindeuten.»
Sie drehte sich zu Olsson um. «Was hat er noch gesagt? *Das darf nicht sein?*»
Olsson nickte.
«Obwohl er es auf Deutsch sagte. Aber seine Reaktion war wohl nicht abwegig, wenn man an deren Verhältnis denkt?»
Er war etwas unsicher. Schließlich war es doch Margret Kellerman gewesen, die ihm davon erzählt hatte, als er der Meinung gewesen war, Klügers Reaktion sei etwas übertrieben gewesen.
«Man muss alle Möglichkeiten in Betracht ziehen», sagte sie nur. «Er kann ja auch so schockiert gewesen sein, weil er nicht davon ausgegangen war, dass der Körper jemals gefunden würde. Die Wahrscheinlichkeit, dass der so auf-

taucht, wie es dann geschah, ist doch eins zu einer Million.»

Olsson hatte wieder einmal das Gefühl, sie könne Gedanken lesen, aber er nahm sich zusammen und ergänzte: «Er machte schon einen nervösen Eindruck, bevor wir zu dem Bagger kamen.»

Brodin hatte während der ganzen Erörterung still dagestanden, aber jetzt mischte er sich plötzlich in das Gespräch ein. «Und was sollte er für ein Motiv gehabt haben, wenn man fragen darf?»

Aber Margret Kellerman zuckte nur mit den Schultern. «Weiß nicht», sagte sie leicht dahin. «Vielleicht Eifersucht? Vielleicht ein Streit, der mit einem Unfall endete? Wird so was nicht bei Ermittlungen geklärt?»

Sie zog ironisch die Augenbrauen hoch, und Brodin errötete leicht. Eigenartigerweise hatte er keine Antwort parat, er drehte sich um und begann die Treppe zum Atelier hinaufzusteigen.

«Es würde die ganze Sache erheblich erleichtern, wenn wir wüssten, wonach wir uns umsehen sollen», sagte er, an Olsson gewandt.

Aber sie mussten nicht lange suchen. Leo Sark hatte sein Arbeitsmaterial weggeräumt, und der große Raum mit der runden Kuppel war leer wie eine Turnhalle.

Sie machten eine Runde, aber überall waren nur leere Regale und leere Schubladen. Brodins Lächeln wurde immer sarkastischer.

«Was immer er hier liegen hatte, jetzt ist es jedenfalls verschwunden», sagte er trocken.

Margret Kellerman ging auf einen lang gezogenen Arbeitstisch zu und sah sich nachdenklich die Reihe der Schubladen darunter an. Der Tisch sah aus wie ein ehemaliger

Ladentisch, vielleicht aus einem alten Eisenwarengeschäft oder einer Gemischtwarenhandlung.

Dann begann sie eine Schublade nach der anderen herauszuziehen. Alle waren leer, aber unter Brodins höhnischen Blicken zog sie sie allesamt ganz heraus und drehte sie um. Das half nicht viel, sie blieben leer wie zuvor.

Brodin schüttelte nur unwirsch den Kopf und wandte sich an Olsson.

«Du solltest dich vielleicht mal etwas genauer daran erinnern, was Klüger eigentlich gesagt hat!»

Er hörte sich gelinde gesagt skeptisch an, und Olsson wusste nicht, was er antworten sollte. Er konnte doch kaum erzählen, dass der Deutsche sich eingebildet hatte, Åman sei wieder erschienen und hätte im Atelier herumgespukt.

«Den schien nicht nur irgendwas zu bedrücken», wich er diplomatisch aus, «ich hatte den Eindruck, als ob er sich vor irgendetwas fürchtete.»

«Und das sollte hier sein?»

«Ich kann das ja falsch aufgefasst haben ...»

Weiter kam er nicht. Margret Kellerman stieß einen leisen Pfiff aus, und wie zwei dressierte Zirkuspferde drehten sich die beiden gleichzeitig zu ihr um.

Sie war zu einem Zeichentisch mit flachen, aber breiten Schubladen gegangen, in denen man Landkarten plano aufbewahrt, und stand zufrieden mit der untersten in der Hand da. Sie hatte sie umgedreht, und auf der Unterseite des Bodens glänzte ein Umschlag, der dort mit einer Reihe gelber Messing-Reißzwecken befestigt war.

«Das älteste Versteck der Welt!», stellte sie fest. Die dunkle Stimme hatte einen Anflug von Triumph.

Schweigend stand Brodin da und sah zu, als sie ihren Fund auf den Arbeitstisch legte. Die Reißzwecken schimmerten im Sonnenlicht, das durch das Atelierfenster hineinfiel, sie saßen dicht an dicht, wie bei einem Möbelstück. Und offenbar ebenso fest. Sie versuchte, sie mit ihren sorgfältig manikürten Nägeln vorsichtig zu lösen, musste aber schließlich aufgeben.

Brodins Mundwinkel zuckten ein klein wenig, er sagte aber immer noch nichts. Olsson wollte der Kommissarin gerade zu Hilfe kommen, als sie ein Schlüsselbund herauszog, an dem eine rote Miniaturversion des Schweizer Armeemessers neben vielen Schlüsseln hing.

Sie klappte das kleine scharfe Messer auf und begann systematisch die hartnäckigen Reißzwecken, eine nach der anderen, zu lösen. Es mussten mindestens um die dreißig Stück gewesen sein, aber als sie fertig war, hielt sie den Boden der Schublade gegen das Sonnenlicht. Sie fuhr mit den Fingerspitzen über die Holzfläche, und Olsson wurde neugierig.

«Was ist damit?», entfuhr es ihm.

Margret Kellerman blickte hellwach auf. Sie sah ihn nachdenklich an. «Hier war noch ein Umschlag befestigt.»

Sie hielt die Schublade hoch und zeigte auf eine Reihe kleiner Löcher, die einer punktierten Linie auf einem Formular glichen. Aber sie bildeten ein deutliches Rechteck von gleicher Größe und Form wie ein A4-Blatt, allerdings mit einer Reihe von Nadelstichen quer rüber, wie die Mittellinie eines Fußballfeldes.

«Die saßen hier überlappt fest. Und derjenige, der das andere Kuvert genommen hat, muss es eilig gehabt haben, denn da blieb ein Stückchen hängen.»

Sie zeigte mit der Messerklinge, wie die verschiedenen Umschläge Seite an Seite befestigt gewesen waren. Die Reißzwecken entlang der Mittellinie waren durch beide Kuverts gegangen und hatten sie gehalten.

«Ein Stückchen ist noch vorhanden?»
Sie nickte und hielt einen normalen und ein kleines Stück eines deutlich festeren braunen Umschlages hoch. Sie hielt sie mit den Fingerspitzen an der äußersten Kante fest, wie es sich für eine Polizistin gehörte, und jetzt interessierte sich auch Brodin und ging widerstrebend an den Arbeitstisch.
Margret Kellerman machte einen Schnitt mit ihrem Messer und schob vorsichtig den Inhalt des weißen Umschlags heraus.
Das war ein längliches gelbes Blatt Papier mit einem aufgedruckten Logo am Kopf und einem handgeschriebenen Text in der Mitte. Es segelte auf die Arbeitsplatte, und alle drei beugten sich gleichzeitig darüber.
«Eine Quittung?», rief Olsson überrascht aus.
Die kam von einer Firma, die Analyskonsult AB hieß und auf Jörgen Åman ausgestellt war. Aus dem handgeschriebenen Text ging hervor, dass er vor etwa zwei Wochen eine Materialprobe in deren Laboratorium abgegeben hatte.
«Aber es steht nicht da, was für eine Materialprobe.»
Margret Kellermans Stirn legte sich wieder nachdenklich in Falten. Es sah so aus, als ob ihr etwas durch den Kopf ginge, aber sie sagte nichts.
Stattdessen drehte sie das abgerissene Stück des anderen Umschlages um. Es war dick und braun und erinnerte eher an eine Ablagetasche oder eine Mappe. Die Risskante war ausgefranst und rau, der Fetzen reichte jedoch. Vom Text, der ganz oben in der Ecke gestanden hatte, war genügend vorhanden. Es schien ein Name zu sein, und der war unterstrichen wie eine Überschrift oder ein Suchwort in einem Archiv.
In sorgfältigen Druckbuchstaben stand da: *Ruder Finn 1994*.

Sie blickten sich fragend an, aber alle drei schüttelten mit dem Kopf. Keiner hatte den Namen bisher gesehen, und doch schien er auf eigenartige Weise bekannt.
Margret Kellerman klopfte sich nachdenklich mit dem Finger an die Lippen, und Brodin hatte die Hände auf dem Rücken gefaltet und studierte die Zimmerdecke mit einem geheimnisvollen Lächeln. Sie waren so mit dem mysteriösen Namen beschäftigt, dass keiner von ihnen hörte, wie Larsson, der kleine Techniker, das Atelier betrat.
«Was habt ihr da?», fragte er neugierig und blinzelte auf die Papiere, die auf der Arbeitsplatte lagen.
Dann entdeckte er die herausgezogene Schublade und fügte beunruhigt hinzu: «Ihr seid doch wohl vorsichtig mit Fingerabdrücken?»
In seiner Stimme lag ein Unterton, der sie alle drei aufhorchen ließ.
«Selbstverständlich», antwortete Brodin, «warum fragst du?»
Er hörte sich beleidigt an, aber ausnahmsweise nahm Larsson keine Rücksicht auf die Reizbarkeit seines Chefs. Er blickte sie alle drei mit seinen Schweinsäuglein ernst an, der Bart wippte wie üblich im Takt mit seinen Worten.
«Wir müssen das Haus äußerst gründlich untersuchen. Hans Klüger hat sich nicht das Leben genommen, er wurde ermordet.»

KAPITEL 11

Ein Engel ging durch Leo Sarks Atelier. Eine der Reißzwecken fiel auf den Boden, in der plötzlichen Stille klapperte sie wie ein fünfzölliger Nagel.

«Was habt ihr gefunden?»

Margret Kellerman unterbrach die Stille mit ihrer dunklen Stimme. Eine Krähe krächzte draußen vor dem Fenster, es kam ihnen vor wie ein höhnisches Lachen.

«Nirgendwo gab es Fingerabdrücke.»

Larsson sah Brodin unsicher an, so als ob er nicht wüsste, ob er weitersprechen sollte oder nicht. Aber die Antwort war nur ein leerer Gesichtsausdruck, und Margret Kellerman nahm die Chance wahr. Sie blickte ihn mit hochgezogenen Augenbrauen an, es gab jetzt keinen Zweifel mehr daran, wer hier das Sagen hatte.

«Überhaupt keine?»

«Keine auf dem Seil und keine auf dem Bierkasten», bestätigte Larsson und blickte zwischen den beiden Polizeichefs hin und her. Er schien davon auszugehen, dass sie die Bedeutung seiner Feststellung begriffen hatten.

«Und keine Handschuhe?»

Die Kommissarin war offenbar entschlossen, sich die Initiative nicht nehmen zu lassen. Aber der kleine Techniker schüttelte den Kopf. «Keine, die wir gefunden haben.»

Da wachte Brodin endlich auf und beteiligte sich am Gespräch. «Wie lange hat er da gehangen?»

Larsson schien erleichtert, dass die alte Ordnung wiederhergestellt war. Er kratzte sich am Bart und sagte: «Wahrscheinlich seit irgendwann heute früh. Nicht so lange, als dass man daraus irgendwelche Schlüsse ziehen kann. Es hat nicht geregnet, und er ist da hochgekommen, nachdem der Tau getrocknet war. Unter dem Plastikkasten war es völlig trocken.»

Auch Olsson begriff, wovon sie sprachen. Wenn Klüger sich wirklich selbst das Leben genommen hatte, konnte er seine Fingerabdrücke nicht entfernt haben. Und wenn es nicht geregnet hatte und kein Tau gefallen war, konnte auch die Natur das nicht getan haben. Es gab wohl keinen Zweifel, dass es sich um Mord handelte. Was ihn wunderte, war, dass die drei Fahnder die Einzelheiten in seinem Beisein besprachen. Er wusste nicht, ob er sich geschmeichelt fühlen durfte oder ob sie ihn einfach vergessen hatten.

«Ein paar Sachen haben wir noch, aber die müssen wir uns genauer ansehen, um ganz sicher zu sein», fuhr Larsson fort. Er zögerte einen Moment, bevor er hinzufügte: «Es scheint so, als ob er erst erwürgt und dann aufgehängt worden ist.»

Wieder blieb es still. Niemand schien etwas hinzuzufügen zu haben, und Margret Kellerman trat einen Schritt von dem Arbeitstisch weg.

«Es wird das Beste sein, wenn ihr euch auch um das hier kümmert», sagte sie und wies auf die Papiere und die Reißzwecken.

Dann blickte sie Brodin und Olsson kurz an, bevor sie mit schnellen Schritten vorweg hinaus zu den wartenden Autos ging.

Brodin stieg ohne ein Wort am Polizeigebäude aus. Olsson, der dessen eigentümliche Art, sich zu verabschieden, kannte, wandte sich an den Uniformierten am Steuer.

«Storgatan 12 B.»
Danach saß er schweigend da, bis sie in das kurze Straßenstück zwischen dem Markt und dem Fluss einbogen. Komischerweise gab es das alte Käsegeschäft auf der rechten Straßenseite immer noch, es war seit den fünfziger Jahren an diesem Platz. Als sie mitten davor waren, zeigte er schräg gegenüber auf die andere Straßenseite.
«Das niedrige Gelbe.»
Der Uniformierte grinste.
«Äthiopien, nicht?»
Es war das erste Wort, das er auf der ganzen Fahrt gesagt hatte, und Olsson blickte ihn fragend an. Er erwiderte den Blick verlegen.
«Die Farben», erklärte er und wurde rot. «Äthiopiens Landesfarben. Rot, Gelb und Grün. Gestern Abend habe ich meinem Jungen die Hausaufgaben abgehört.»
Olsson nickte zum Zeichen, dass er verstanden hatte.
«Oder Bolivien», sagte er und grinste zurück.
Dann bedankte er sich fürs Mitnehmen und trat in der Mitte der Fahne ein. Das eine Nachbarhaus war tatsächlich grün und das andere rot.
Die Autoschlüssel lagen hinter der Tür, und er warf einen schnellen Blick hinaus auf den Hof. Der Volvo stand an seinem Platz.
Aber sein Magen protestierte lautstark dagegen, dass er bis lange in den Nachmittag hinein nichts bekommen hatte. Er beruhigte ihn erst mal mit einer Tomate und beugte sich dann in die Kühltruhe, um nach etwas Handfesterem zu suchen. Es sah schlecht aus, fast alles, was am Boden der großen Box gestapelt lag, brauchte längere Zeit zum Auftauen. Er sah auf die Uhr, es war nach drei.
An einen Mittagstisch war jetzt nicht mehr zu denken, aber

er war auf eine bessere Idee gekommen. Er ging den gleichen Weg wieder hinaus und lief das kurze Stück zum Markt. Heberleins aus Förslöv hatte die neue Filiale in Ängelholm mit Marmorfußboden ausgestattet, und dort hingen riesige geräucherte Schinken hinter der Delikatessentheke. Er verließ das Geschäft mit einer viel versprechend schweren Plastiktüte, und wenige Minuten später servierte er sich dicke rosa Scheiben und einen sahnigen Kartoffelsalat mit Kapern. Einen Moment überlegte er. Dann öffnete er ein Tuborg, aber kein alkoholfreies.
Der Magen war beruhigt und das Bier ausgetrunken. Nur das Gewissen beharrte darauf, ihn an die unausgepackten Kartons zu erinnern, die um ihn herum standen. Er verschaffte sich einen Aufschub, als ihm einfiel, dass er heute noch nicht gebadet hatte.
Während die Wanne sich mit Wasser füllte, betrachtete er finster die klägliche Reihe von Büchern, die er bereits in das Regal sortiert hatte. Wenn er im gleichen Tempo weitermachte, würde er knapp vor Weihnachten fertig sein.
Er stellte das Badewasser ab, kurz bevor es den Wannenrand erreichte. Es dampfte, aber trotz der Sommerwärme dachte er gar nicht daran zu duschen. In diesem Punkt halfen weder rationelle Argumente noch Umweltgesichtspunkte, er verabscheute das Duschen ganz einfach.
Ein Bad erinnerte ihn an ein Ritual. Er sank hinein und ließ das heiße Wasser ihn umschließen, die Wärme verteilte sich langsam im Körper, von den Füßen angefangen bis nach oben. Als sie den Kopf erreichte, überkam ihn eine behagliche Schläfrigkeit, und die Gedanken begannen hin und her zu schweben wie träge Fische im Aquarium.
Er ließ sie das bekannte, aber beunruhigende Gefühl in Cecilias Wohnung in Vejbystrand streifen. Dann flogen sie ins

Polizeihaus und zu seinem ersten Treffen mit Margret Kellerman, sie glitten weiter und blieben bei Brodins überraschender Vertraulichkeit hängen. Er wälzte eine Weile das Problem des lächerlichen Machtkampfes zwischen den beiden Polizeichefs, in den er hineingezogen worden war. Danach ließ er den Gedanken einfach freien Lauf, bis sie sich von selbst einem bestimmten Stoff zuwandten: dem Wasser.

Jörgen Åman war im Wasser ertrunken. Hans Klüger war offenbar am Wasser ermordet worden. Harry Landman hatte nasse Metallstücke und Gott weiß was noch am Wasser gesehen. Und jemand hatte gewaltige Mengen Wasser bei Leo Sarks Häuschen hochgepumpt.

Er schnitt eine ironische Grimasse. Der Brückenbau ging über das Wasser, und das Gift, das aus dem Tunnel auf Hallandsåsen rann, war mit Hilfe von Wasser herausgespült worden.

Ihm fiel ein Kriminalroman ein, den er vor Jahren gelesen hatte. Der Plot war geschickt ausgedacht gewesen, das Opfer war mit Wasser ertränkt worden, das von einem Platz mitgebracht worden war, an dem sich der Mörder nachweislich zum Zeitpunkt des Ertrinkens nicht befunden haben konnte. Einen Moment kam ihm der Gedanke, dass derjenige, der Åman umgebracht hatte, das gleiche Buch gelesen und sie alle mit falschem Süßwasserplankton hinters Licht geführt hatte.

Aber dann riss er sich zusammen. Er erinnerte sich, dass sowohl Brodin als auch Margret Kellerman versäumt hatten, danach zu fragen, was er und Harry draußen bei der Landzunge zu suchen gehabt hatten. Und jetzt hatte er es beinahe selbst vergessen.

Harry war sich völlig sicher, dass die Bleibarren, oder was

für ein Metall es immer gewesen sein mochte, da gelegen hatten, und er war sich ebenso sicher, dass sie nass gewesen waren, obwohl alles andere rundherum trocken gewesen war. Wenn man von seinem Aberglauben einmal absah, war Olsson bereit, ihm das zu glauben. Irgendwie war es zu konkret und gleichzeitig zu ungewöhnlich, als dass er es sich ausgedacht haben konnte. Und was hätte er im Übrigen für einen Grund dafür gehabt haben sollen?

Die Nachbarsfrau mit ihrer Geschichte von der geheimnisvollen Pumpe hatte genauso überzeugend geklungen. Vielleicht hatten die beiden Dinge ganz einfach miteinander zu tun? Das viele Wasser war vielleicht notwendig gewesen, um die Metallstücke abzuspülen?

Aber Harry hatte nichts von einem Wasserschlauch gesagt; was auch immer jemand damit getan hatte, er war offenbar wieder weggebracht worden. Irgendwas Geheimnisvolles war jedenfalls da draußen auf der Landzunge vorgegangen, und zwei Menschen waren dort gestorben. Oder jedenfalls in der Nähe.

Ihm fiel plötzlich ein, dass irgendwo in Vastersjön ein echter Schatz lag. Damals während des schwedisch-dänischen Krieges Ende des siebzehnten Jahrhunderts hatten Wegelagerer aus Skåne einen Transport Karls XI. überfallen und ihre Beute im See versenkt. Wie er sich aus Geschichtsbüchern erinnerte, handelte es sich um mehrere Wagenladungen mit großen Kupfermünzen. Und soweit ihm bekannt, waren die nie geborgen worden.

Aber den Gedanken ließ er sofort wieder fallen. Zu jener Zeit waren die Kupferplatten ein riesiges Vermögen wert gewesen, aber eben nur damals. Jetzt waren sie nur Kuriositäten, und im Übrigen gehörten solche Funde von Rechts

wegen dem Staat. Was Harry gesehen hatte, konnte nichts mit der Jagd nach einem Schatz zu tun haben.
Er fühlte, wie das Badewasser kälter wurde, und streckte sich nach dem Hahn aus. Er pflegte sich ein Bad in zwei Phasen zu gönnen, und indem er ebenso viel Wasser ablaufen wie neues einlaufen ließ, nahm die Temperatur wieder zu. Er streckte sich bequem aus, um den zweiten Teil zu genießen, die Wärme verteilte sich im Körper, und er sank zurück in seinen schläfrigen Zustand.
Er versuchte seinen Gedanken eine andere Richtung zu geben und zu erfreulicheren Dingen zu kommen, aber irgendetwas blieb hängen. Etwas, das er nicht genau bestimmen konnte, das aber mit den Gegenständen aus dem See zu tun hatte.
Er war kurz davor einzuschlafen, es war früher schon vorgekommen, dass er im Bad eingenickt war, aber der Selbsterhaltungstrieb hielt ihn genau an der Grenze des Bewusstseins wach.
Aus dem See holen, überlegte er träge. Heraufholen, bergen. Was bergen?
Plötzlich wurde er hellwach. Er dachte an den Wasserschlauch und an die Pumpe, die die Nachbarin gestört hatte.
Eine Wasserpumpe machte nicht viel Lärm, aber er kannte etwas anderes, das großen Krach machte.
Und auf einmal fielen die Puzzlestücke auf ihre Plätze. Es war wie ein Vexierbild, das die Form ändert und eine völlig andere Ansicht ergibt.
Er stand ruckartig und mit einem solchen Tempo auf, dass eine Welle heißen Wassers entstand, die über den Rand schwappte, als er die Wanne verließ.
Nach einem Handtuch zu greifen, nahm er sich nicht die

Zeit, auf dem Weg zum Telefon hinterließ er eine feuchte Spur, und um seine Füße bildete sich eine Wasserpfütze, während er die Nummer der Polizei wählte.

Olsson zögerte, als er sich den beiden Türen im Korridor des Polizeihauses näherte. Die Uhr war beinahe fünf, aber er wusste, beide Polizeichefs machten Überstunden.
Die Frage war nur, ob er bei Brodin oder am Fahndungsraum klopfen sollte? Eigentlich wusste er nicht, warum, vielleicht lag es an Brodins vertraulichem Ton am Telefon oder weil er eine Mischung aus Unsicherheit und Reiz Margret Kellerman gegenüber empfand, aber schließlich wählte er Brodins Tür. Vielleicht ja auch nur aus alter Gewohnheit.
Er hörte etwas, was er als ‹Komm rein› deutete, und öffnete die Tür. Zu seinem Erstaunen saß Margret Kellerman in einem von Brodins Besuchersesseln. Und was noch eigenartiger war, sie lächelten ihm beide zu, die Zeit der Wunder war wohl doch noch nicht vorbei.
Er setzte sich in den anderen Sessel und wusste nicht, an wen er sich wenden sollte. Aber Brodin befreite ihn aus seiner Unsicherheit.
«Du wolltest uns etwas über die Tauchermaske sagen?», fragte er neugierig.
Olsson nickte, begann aber damit, von Harrys Metallstücken und dem Wasserschlauch der Nachbarsfrau zu sprechen.
«Mir fiel plötzlich ein, dass Wasserpumpen ziemlich leise sind», schloss er. «Kompressoren dagegen machen Lärm. Und es ist nicht so einfach, einen Wasserschlauch von einem Luftschlauch zu unterscheiden.»
In Brodins Augen leuchtete etwas. Er lehnte sich ein wenig

vor in die Sonne. Dabei glich er einem Schauspieler, der einen möglichen Zusammenhang ahnt.

«Weiter.»

«Wenn man mit einem Gummianzug taucht, muss man irgendwelche Gewichte bei sich haben, entweder eine Bleiweste oder einen Gürtel mit kleinen Bleiklötzen …»

«Und wenn man mit ihnen taucht, werden sie nass», ergänzte Margret Kellerman mit ihrer dunklen Stimme. «Sie glauben, am Sonntag ist jemand in Västersjön getaucht. Möglicherweise Jörgen Åman?»

«Ich gehe davon aus, dass Åman ermordet wurde, als er am Sonntag dort tauchte», bestätigte Olsson sachlich. «Und ich glaube, Harry kam nur wenige Minuten danach dorthin.»

Brodin blinzelte mit beiden Augen, sagte aber nichts, und Olsson sprach weiter: «Wir sind doch davon ausgegangen, dass jemand ihm die Tauchermaske nachträglich übergestülpt hat, damit es nach einem Unfall aussieht. Aber wenn es nun umgekehrt ist? Wenn Åman sich die Sachen bei seiner Arbeitsstelle ausgeliehen hat, um nach irgendetwas zu tauchen, und er tatsächlich mit der ganzen Ausrüstung ertrunken ist?»

Das Wort ‹wir› rutschte ihm unwillkürlich heraus. Brodin nickte nur. Ihm schien es nichts auszumachen, dass Olsson sich plötzlich selbst zum Mitfahnder ernannte.

«Das Eigentümliche war doch, dass derjenige, der den Körper transportiert hat, so sorgfältig mit allem war, bis auf die Tauchermaske. Aber nimm mal an, die Maske hatte ein kaputtes Hinterventil, gerade weil er so sorgfältig vorgegangen ist?»

Margret Kellerman wollte etwas sagen, aber Brodin hielt sie mit einer abwehrenden Geste zurück, und Olsson redete weiter: «Was tut man, wenn man einen Taucher ertränken will? Das Wahrscheinlichste ist, dass derjenige, der Åman umbrachte, ganz einfach den Luftschlauch abschnitt und ihn unter Wasser hielt. Als die Luft, die noch im Schlauch war, zu Ende ging, war er gezwungen, Wasser einzuatmen. Und der Mörder muss eingesehen haben, dass die Polizei früher oder später dahinter kommen würde, dass sich sowohl in den Lungen als auch in der Taucherausrüstung Süßwasser befand.»

Beide nickten ihm schweigend zu.

«Aber indem er das Ventil beschädigte, konnte er uns doppelt zum Narren halten: erstens, dass es nicht möglich war, mit der Maske zu tauchen, und sie deshalb übergestülpt wurde, nachdem Åman ertrunken war. Und zweitens, dass das Wasser, das sich in dem Schlauch befand, aus den Lungen des Ertrunkenen stammte.»

Olsson holte tief Luft, ehe er die Frage, die in der Luft hing, selbst stellte:

«Warum? Ja, weil es nicht so wichtig war, uns weiszumachen, dass Åman im Öresund ertrunken war. *Viel wichtiger war es, zu verschleiern, dass der Taucherschlauch und die Maske im Süßwasser gewesen waren!*»

Es wurde ganz still im Zimmer. Olsson blickte sich ungeduldig nach seinen Zuhörern um. Margret Kellerman sah ihn bewundernd an, und Brodin murmelte: «Eine hervorragende Ermittlungsarbeit.»

Er beugte seinen Kopf vor, und Olsson fühlte sich ein wenig verlegen. Hauptsächlich um etwas zu sagen, ergänzte er: «Die Taucherausrüstung gehörte ja den Brückenbauern, die konnte er also nicht einfach verschwinden lassen, dann hätte man Fragen gestellt und bald zwei und zwei zusammengezählt.»

Diesmal deutete er das Schweigen als Einverständnis. Margret Kellerman hatte die grüne Mappe genommen und ein Foto der grauen Aga-Maske herausgezogen. Sie betrachtete es nachdenklich und sagte vor sich hin:
«Nein, es ist nicht leicht, alle mikroskopischen Reste aus allen Ventilen und Falten herauszubekommen.»
Dann legte sie das Foto zurück und überlegte:
«Die Frage ist nur, wonach ist er getaucht. Was kann so wichtig gewesen sein, dass jemand deswegen mordet?»
Brodin hatte seine Lieblingshaltung eingenommen, die Hände hinter dem Kopf gefaltet und den Blick an die Decke gerichtet.
«Da müssen wir nachsehen. Wenn jemand ihn daran hindern wollte, etwas aus dem See raufzuholen, kann man sich doch vorstellen, dass es noch da unten liegt.»
Er schien zufrieden bei dem Gedanken an einen Polizeieinsatz mit Tauchern und allem. Vermutlich rechnete er mit größerer Aufmerksamkeit der Medien, und Olsson nahm die Gelegenheit wahr, Brodins ungewöhnlich gute Laune für sich zu nutzen.
«Ihr habt doch sicher schon herausgefunden, was es mit dem Umschlag auf sich hat?»
Auf die Frage schien Brodin nur gewartet zu haben. Zu Olssons Erstaunen kam die Antwort ebenso schnell wie die Bestätigung. «Na klar.»
Er blickte jetzt nicht mehr an die Decke, sondern wies mit der Hand auf den Besuchersessel.
«Kommissarin Kellerman hat außerordentlich gute Arbeit geleistet.»
«Na, so bemerkenswert ist das nun auch wieder nicht.» Sie lächelte und machte eine abwehrende Geste zu ihm.
Olsson überlegte, was wohl geschehen war. Die beiden Po-

lizeichefs hatten sich vor nur wenigen Stunden wie Hund und Katze gegenübergestanden, und nun schienen sie sich plötzlich an Höflichkeit überbieten zu wollen.

«Das war hauptsächlich Routinearbeit», ergänzte sie bescheiden. «Bei Analyskonsult war wegen Urlaubs geschlossen, aber ich hatte Glück und habe einen Wachmann erreicht, der hin und wieder durch die Geschäftsräume geht.» Sie hatte wieder die hochhackigen Schuhe an und ein Bein über das andere gelegt. Mit einem schwer zu deutenden Ausdruck in den Augen blickte sie Olsson an.

«Ich bekam die Handynummer des Betriebsleiters», fuhr sie fort. «Und eigenartigerweise fiel ihm ein, was für eine Materialprobe Åman eingeliefert hatte.»

Sie machte eine Kunstpause, beinahe schien es so, als ob sie ebenso wie Brodin auf Effekthascherei aus war.

«Ein Stück armierter Beton von der Öresundbrücke.»

Olsson wartete auf eine Fortsetzung, aber die kam nicht. Stattdessen ergänzte Brodin: «Die haben mit ihren Analysen noch gar nicht angefangen, aber sie wollen unseretwegen einen Mann hinschicken.»

Am Tonfall war zu hören, dass er Margret Kellerman das Verdienst zuschrieb, die Analysefirma so schnell mit der Arbeit beginnen zu lassen, und er begriff sofort die Veränderung in seiner Haltung. Brodin war für alle Zeichen des Respekts der Polizei gegenüber sehr empfänglich, und das schloss auch andere ein, denen es gelang, solche Gesten zu hervorzurufen.

«Damit also hat sich Åman draußen bei der Pfeilerplattform beschäftigt?»

Olsson waren die Worte Margret Kellermans im Café der Bibliothek eingefallen, und offenbar erinnerte sie sich auch daran, denn sie nickte nur.

«Es sieht so aus.»
«Hat es denn nicht auch einen Streit gegeben?»
«Mit Berghagen? Ja, das hat es. Aber da ging es um etwas ganz anderes.»
Sie schien ihrer Sache so sicher, dass Olsson nicht mehr weiterfragen mochte. Und wenn er überlegte, dann erinnerte er sich vage daran, dass sie von verschwundenen Computerprogrammen gesprochen hatte.
Vielleicht fand sie selbst auch, dass sie etwas kurz angebunden geklungen hatte, denn plötzlich sagte sie unaufgefordert: «Noch haben wir ja keinen Bericht aus dem Analyselabor, und wir wissen nicht, ob Åman Sabotage vermutete oder minderwertiges Baumaterial. Aber sicherheitshalber haben wir den verantwortlichen Einkäufer zur Vernehmung geladen.»
Olsson hob die Augenbrauen. Das war eine schnelle Entscheidung, es sah nicht so aus, als ob Kommissarin Maigret die Angewohnheit hatte abzuwarten. Jetzt verstand er Brodins Kehrtwendung noch besser. Schnelle Aktion und eine Festnahme vorweisen, das passte ausgezeichnet zu dessen Doktrin.
Er selbst war da anderer Auffassung, und sicherheitshalber entschied er sich, das Thema zu wechseln. Auch wenn Brodin im Augenblick guter Laune war, so konnte sich das ebenso schnell ändern wie das Wetter im April – insbesondere wenn man es wagte, seine Arbeitsmethoden zu kritisieren.
«Habt ihr was zu diesem komischen Namen auf dem Umschlag herausbekommen?», fragte er stattdessen.
«Ruder Finn?» Sie schüttelte die kastanienbraunen Locken. «Noch nichts.»
«Und Klüger?»

Margret Kellerman blickte ihn nachdenklich an. Es sah so aus, als ob sie ihre Gedanken sorgfältig abwägte. Dann entschied sie sich und stand aus dem Sessel auf. Sie strich den kurzen Rock glatt und sagte: «Kommen Sie mit, dann können Sie es selbst sehen.»

Sie ging vor ihm hinaus auf den Flur, der von ihren Absätzen widerhallte, er hatte den Eindruck, sie würde sie härter auf den Boden setzen als nötig.

Vor dem Fahndungsraum blieb sie stehen und wartete auf ihn. Sie hielt ihm die Tür auf und ließ ihn vor sich hineingehen, dann schloss sie die Tür hinter ihnen und ging zu der weißen Tafel. Es waren einige Fotografien aufgehängt worden, die vorher nicht da gewesen waren, und sie winkte ihn heran zu der makabren Bilderserie.

Sie waren mit einer Polaroidkamera aufgenommen worden und zeigten den hängenden Körper Klügers aus verschiedenen Winkeln. Margret Kellerman zeigte auf ein Bild, das genau von hinten aufgenommen worden war. Den grünen Plastikkasten hatte man hochkant direkt neben dem Toten aufgestellt.

«Sie haben schwache Abdrücke auf dem Boden gefunden, aber die Platzierung stimmt nicht mit der Lage des Körpers überein.»

«Sofern er nicht seitwärts gesprungen ist.»

Aber sie schüttelte den Kopf.

«Der Kasten lag direkt hinter ihm, derjenige, der ihn aufgehängt hat, hatte ihn so hingelegt, dass es aussehen sollte, als ob er ihn weggestoßen hätte und glatt runtergefallen wäre.»

Olsson nickte, das machte die Sache klar. Zusammen mit dem Fehlen der Fingerabdrücke waren die Indizien ausreichend. Aber Larsson hatte noch mehr herausgefunden.

«Auch auf Zweigen gab es Druckstellen», fuhr Margret Kellerman fort. «Und die passten genau ins Bild.»
Sie ging ein paar Schritte zu einem Tisch, auf dem ein großes rotes Metallding, umwickelt von kräftigen Eisenketten, lag.
«Ein Flaschenzug?»
Er kannte das Gerät gut. So eins hatte er selbst des Öfteren benutzt, das war eine Art hängender Wagenheber, durch eine sinnreiche Verbindung der Ketten konnte er mit der Kraft seiner Hände ohne große Anstrengung eine Last von mehreren hundert Kilo anheben.
Ihm fiel ein, dass Larsson gesagt hatte, der Deutsche sei erdrosselt und erst danach aufgehängt worden, und er hatte sich gefragt, wie das wohl bewerkstelligt worden war. Den Körper eines toten Menschen zwei Meter über dem Boden an einer Schlinge aufzuhängen ist keine einfache Sache. Aber mit einem Flaschenzug sah die Sache schon ganz anders aus.
«Der lag in dem Schuppen unten am Wasser, die Ketten waren ordentlich zusammengerollt. Es war gute Arbeit des Technikers, das Gerät zu identifizieren.»
Ihre Stimme war voller Bewunderung, und Olsson stimmte ihr zu. Flaschenzüge gab es zwar in jedem zweiten Werkzeugschuppen auf dem Land. Die Bauern benutzten sie zu allen möglichen Zwecken, nicht zuletzt, um die schweren Silageballen zu bewegen, wenn sie in die Ställe geholt wurden. Und Leo Sark brauchte seinen vermutlich für die schweren Skulpturen, trotzdem musste man Larsson ein Lob aussprechen, weil er darauf gekommen war, wonach er suchen sollte.
«Und natürlich keine Fingerabdrücke?», wollte er wissen.
«Nicht ein einziger. Das ist ein sorgfältiger Mörder, wie Sie schon gesagt haben.»

Sie verzog das Gesicht ein wenig, beide standen schweigend da und sahen sich das rote Hebegerät an.
Olsson überlegte, dass Klügers Genick genau an der Stelle gebrochen war, als ob er mit der Schlinge um den Hals von dem Plastikkasten gesprungen wäre. Er musste zugeben, dass derjenige, der ihn erdrosselt hatte, auch an dieses Detail gedacht hatte. Ein Ruck, wenn der Körper aufgehängt worden war, genügte zwar, danach würde das Körpergewicht ausreichen, aber das musste man wissen. Es sah beinahe so aus, als ob der Mörder früher schon Erfahrungen als Henkersknecht gesammelt hätte, überlegte er mit Abscheu.
«Was in aller Welt kann er für ein Motiv gehabt haben?», murmelte er, um den Gedanken eine andere Richtung zu geben.
Eigentlich hatte er nur laut gedacht, es war nicht seine Absicht gewesen, dass Margret Kellerman dies als eine Frage auffasste, aber sie zuckte mit den Schultern und sagte nur: «Klüger wusste etwas.»
Olsson kam sich sofort ertappt vor, er verstand recht genau, dass der Deutsche etwas gehabt hatte, was er der Polizei nicht sagen wollte, was er selbst aber mit ein wenig mehr Geschick herausbekommen hätte. Vielleicht war seine Schwerfälligkeit sogar ein Grund, weshalb Klüger gestorben war.
«Aber dieses Selbstmordspektakel?», verteidigte er sich. «Und dann draußen im Freien, wo ihn jedermann finden konnte?»
«Wir sind ja beinahe darauf reingefallen», gab sie ganz ruhig zu.
Die dunkle Stimme hatte einen selbstironischen Unterton bekommen, und Olsson fand, dass der gut zu ihr passte.

«Übrigens hatte er einfach Pech», sprach sie weiter. «Die Landzunge gehört zu Leo Sarks Grundstück, und wenn Sie und Harry Landman nicht hingekommen wären, hätte es wohl noch lange gedauert, bis jemand ihn gefunden hätte. Jedenfalls so lange, bis wir nicht mehr gemerkt hätten, dass es keine Fingerabdrücke gibt.»
Er musste ihr Recht geben. Aus der Sicht des Mörders war es natürlich der beste Platz. Ein wenig Regen oder Tau hätten ausgereicht, und niemand hätte einen Verdacht geschöpft.
Was es zu sagen gab, hatten sie gesagt und standen schweigend in ihren Gedanken versunken da. Irgendwo auf dem Flur schlug eine Tür, ein Lastwagen draußen auf Klippanvägen ließ die Scheiben vibrieren.
Die Stille überraschte ihn, aber da fiel ihm ein, dass es schon nach fünf war. Vermutlich waren sie die Einzigen, die sich noch im Haus aufhielten, mit Ausnahme des Diensthabenden in der Telefonzentrale.
Ihm wurde plötzlich bewusst, dass Margret Kellerman ihn verstohlen anblickte. Er fühlte sich genauso verlegen wie beim letzten Mal, als sie hier gewesen waren und er nicht mehr wusste, was er sagen sollte.
Er drehte den Kopf um und traf ihren Blick, aber er konnte ihn nicht deuten. Es dauerte eine Sekunde, dann machte er eine unsichere Handbewegung zur Tür hin.
«Wir sollten wohl besser gehen, sonst werden wir eingeschlossen.»
Sie nickte nur und ging los. Er spürte wieder den schwachen Parfümduft, als sie an ihm vorbeikam. An der Tür blieb sie abrupt stehen und drehte sich um, die sorgfältig manikürte Hand mit der Goldkette lag auf der Klinke.
«Ich mache heute Überstunden», sagte sie.

Olsson war nur einen Schritt hinter ihr, er blieb verdutzt vor ihr stehen.
«Ich würde gern am Abend ausgehen und einen Happen essen. Hast du nicht Lust, mir Gesellschaft zu leisten?»
Sie sah ihm tief in die Augen, und er wusste nicht, was er dazu sagen sollte.
«Ja, gern», antwortete er unsicher.
Plötzlich lächelte sie. Sie hatte tiefe Grübchen in den Mundwinkeln.
«Gut. Gegen neun. Ich rufe an.»
Sie öffnete die Tür und hielt sie für ihn auf. Als er vorbeiging, stand sie so nahe vor ihm, dass er beinahe ihre Bluse streifte.

KAPITEL 12

Der Dieselmotor seines Volvo brummte ihm bedeutungsvoll ins Ohr, und die Ampel an der Ecke des Stadtparks blinkte gelb. Das helle braunrote Ziegelhaus verdeckte die nackte Göttin im Park, und er hätte sich nicht gewundert, wenn sie ihr mit Grünspan bedecktes Haupt umgedreht und von ihrem Granitsockel aus warnend geschüttelt hätte.

Er verteidigte sich damit, dass es sich ja nur um ein spätes Abendessen mit einer Kollegin oder jedenfalls Beinahekollegin handelte. Aber der Wagen hinter ihm hupte nervös, bis Martin Olsson entdeckte, dass er bei grünem Ampellicht dasaß und träumte. Voller Schreck ließ er die Kupplung viel zu schnell kommen, doch der Dieselmotor holte tief Luft und kam bereits wieder auf Touren, noch bevor er über die Kreuzung Skolgatan hinüber war.

An der Bushaltestelle vor der Schule stand niemand, und der Schulhof war gähnend leer. Er wusste immer noch nicht richtig, wo er mit seinen Gedanken eigentlich war, als er die leichte Kurve am Fluss entlangrollte, vorbei am Hotel mit dem mondänen Namen Riverside und bis zur nächsten Ampel. Die Apotheke half ihm auch nicht, die schimmerte nur mit ihrem grünen Schild im Vorbeifahren, und dann befand er sich auch schon in der Straße, die nun sein Zuhause war: Storgatan.

Jedenfalls gelang es ihm, sich so weit zu konzentrieren, dass er den Volvo unbeschädigt durch sein Nadelöhr lenkte, und im gleichen Atemzug hatte er sich wieder beruhigt.

Er blickte auf die Uhr, es war erst sechs. Noch hatte er genügend Zeit, die Verabredung mit Margret Kellerman abzusagen, wenn er sich denn dazu entschließen sollte.

Schon war er halbwegs zum Telefon, als er innehielt. Er sah ein, dass er sich wie ein Teenager verhielt, und entschloss sich, mit solchen Kindereien aufzuhören.

Er machte auf dem Absatz kehrt, war aber nur einen Schritt weit gekommen, als das Telefon hinter ihm klingelte. Überrascht ging er zurück und hob den Hörer ab. Es war viel zu früh, vielleicht hatte sie sich ja anders entschieden? Er wusste nicht, ob er erleichtert oder enttäuscht sein sollte, und versuchte sein Bestes, damit seiner Stimme nichts anzumerken war.

«Martin Olsson», sagte er so neutral wie möglich.

Aber da war nicht Margret Kellermans dunkle Stimme, die sich meldete. Es war Seved Sunesson.

«Ich hoffe, ich störe dich nicht», sagte er in seinem milden schonischen Tonfall. «Aber ich bin auf dem Weg nach London, und ich möchte dich fragen, ob ich dich um einen Gefallen bitten darf?»

«Aber natürlich», antwortete Olsson, «schieß nur los!»

Der Journalist bat nur selten um Hilfe, und er schien wegen irgendwas ernsthaft besorgt zu sein.

«Es geht eigentlich nicht um mich, sondern um Leo», sprach Seved weiter. «Ich habe die Nachricht gehört.»

«Über Klüger?»

Olsson hatte keinen Reporter gesehen, weder draußen an Vastersjön noch im Polizeihaus, aber er wusste, dass die meisten Informationen übers Telefon gingen. Er wunderte sich nur, dass Brodin die Nachricht so schnell herausge-

geben hatte, er pflegte so was sonst unter der Decke zu halten, bis er ein handfestes Fahndungsresultat vorzuweisen hatte.
«Das kam im Regionalsender. Ich habe Leo in New York angerufen und ihm versprochen, mit dir zu reden.»
Plötzlich klang er verlegen, so als ob er etwas getan hätte, was er nicht hätte tun sollen.
«Ich habe versprochen, dass du mal rausfährst und nachsiehst, was die Polizei da tut. Er hat Angst davor, dass die das ganze Haus auf den Kopf stellen. Dich lassen sie doch rein?», fügte er unsicher hinzu. «Die kennen dich doch.»
Olsson begriff, dass Sunesson dort draußen gewesen sein musste, wahrscheinlich war er von Brodins Leuten weggeschickt worden. Oder von Margret Kellermans.
«Ich werde es versuchen», beruhigte er ihn.
Aber der Journalist hatte noch mehr auf dem Herzen.
«Du erinnerst dich, worüber wir auf dem Fest gesprochen haben?»
«Du meinst den Tunnelbau?»
Er entsann sich sehr gut des Gesprächs mit Seved und dessen Sorge, sein umweltengagierter Sohn könnte in gefährliche Aktionen verwickelt sein. Olsson hatte nichts von seinem Zusammentreffen mit Urbans bärtigem Freund gesagt, und er war unsicher, ob er das jetzt tun sollte. Petar Savin war ja von der Polizei wieder freigelassen worden, es gab also keinen Grund, Seved unnötig zu beunruhigen. Sofern er davon nicht sowieso schon wusste.
Olsson hörte einen Seufzer im Hörer, die Stimme klang plötzlich müde.
«Die haben offensichtlich schon wieder zugeschlagen, ich rufe von der Redaktion aus an, und hier ist alles in heller Aufregung. Diesmal scheinen sie im Tunnel selbst ein

Bohrgerät zerstört zu haben.» Er machte eine kurze Pause. «Die Schäden belaufen sich auf beinahe eine Million.»

Olsson wusste nicht, was er sagen sollte. Bis jetzt waren die Proteste gegen den Umweltskandal sowohl berechtigt als auch relativ harmlos gewesen, aber offenbar begannen die Aktionen eine völlig andere Form anzunehmen.

«Du verdächtigst doch wohl nicht Urban?»

«Das war die andere Sache, um die ich dich bitten möchte», antwortete Seved. «Könntest du nicht bei Uggle Udde vorbeisehen?»

«Ja, sicher», versprach Olsson. «Was soll ich denn da tun?»

«Nachsehen, ob Urban dort ist», bat er leise. «Er ist seit drei Tagen spurlos verschwunden.»

«Verschwunden?»

Ein langes Schweigen folgte, dann sagte Seved Sunesson: «Niemand hat ihn gesehen, und er geht nicht ans Telefon, weder in Lund noch an Vastersjön.»

Er hörte sich eher erschöpft als beunruhigt an, und Olsson begriff, dass er davon ausging, dass Urban sich völlig freiwillig versteckt hielt. Er versprach, ihn dazu zu bewegen, den Vater anzurufen, und notierte sich die Nummer eines Hotels in London.

Gerade wollte er auflegen, als ihm noch etwas einfiel. «Übrigens, wie gut kannte Leo Sark seine Mieter?»

«Gar nicht», sagt er nur. «Uno Berghagen hat das Ganze vermittelt, er kannte Klüger vom Brückenbau.»

«Und Åman?»

«Ich hatte dem keine Bedeutung beigemessen, aber es schien für Uno eine Überraschung gewesen zu sein, dass der bei dem Krebsessen auftauchte.»

Er sagte den Vornamen so selbstverständlich, dass Olsson hellhörig wurde.

«Und wie gut kennst du Berghagen?»
«Das ist ein Geschäftsfreund von mir. Er betreibt nebenbei eine private Firma, beschäftigt sich mit Medien und Kommunikation. Ich habe ein paar Computersachen von ihm gekauft.»
«Medien und Kommunikation?»
«Einfach PR-Berater. Wir haben uns ein paar Mal getroffen, und er erwähnte, dass er einen naturinteressierten deutschen Ingenieur kennt, der für ein halbes Jahr eine Wohnung braucht.»
Er hörte sich so betrübt an, dass Olsson schon bedauerte, die Sache zur Sprache gebracht zu haben.
Sie schwiegen beide. Im Hintergrund hörte man ein unbestimmtes Geklapper aus der Zeitungsredaktion. Dann riss Seved sich zusammen.
«Die Pflicht ruft», sagte er. «Ich muss die Fähre rüber nach Helsingør kriegen.»
Olsson wollte zum zweiten Mal auflegen, aber diesmal war es Seved, der zögerte.
«Dann guckst du da draußen mal nach?»
«Mach dir keine Sorgen», beruhigte Olsson. «Ich hab ein Auge auf die Dinge.»
Was er damit genau meinte, wusste er selbst nicht richtig, aber Seved ließ sich trotzdem beruhigen.
«Danke, Martin», sagte er. Es hörte sich an, als ob es von Herzen käme.
Danach legte er auf. Olsson blieb stehen und starrte das Telefon an. Ein Gutes hatte das Gespräch mit Seved jedenfalls bewirkt, es hinderte ihn daran, sich weiter wie ein unentschlossener Teenager aufzuführen.
Er strich sich übers Kinn, er hörte deutlich, wie es kratzte, und ging hinaus zum Badezimmerspiegel. Wenn er sich

mit Kommissarin Maigret treffen wollte, musste er etwas gegen seine Bartstoppeln tun.
Er seifte sich gründlich und sorgfältig mit Rasierschaum ein, der die Spuren der Jahre auf seinen Wangen wie ein dünner Film zuspachtelte, und schließlich waren es nur noch die Fältchen um die Augen, die sein Alter verrieten. Nachdenklich betrachtete er sein Spiegelbild, aber er dachte weder an die hochhackige Kommissarin noch an Seved Sunesson.
Es war Brodin. Oder genauer gesagt Brodins geplante Taucherexpedition in Vastersjön. Ihm war plötzlich der Gedanke gekommen, dass es nicht unbedingt etwas im See geben musste, was Jörgen Åman nicht heraufholen sollte. Es konnte ganz andere Gründe geben, ihn ums Leben zu bringen, und es konnte auch ganz andere Gründe geben, derentwegen verschleiert werden sollte, dass er die Taucherausrüstung anhatte, als er starb.
Einen Augenblick lang hatte er das bleiche, verkniffene Gesicht des sonderbaren Ivan vor sich und bedauerte, dass er sich bei Seved nicht näher nach diesem Mann erkundigt hatte.
Aber der Gedanke, den er nicht beiseite schieben konnte, hatte nichts mit Eifersucht zu tun, sondern mit der zunehmenden Sabotage am Tunnel. Es konnte sehr gut sein, dass Åman ganz aus Versehen ertränkt worden war.
Wenn die Nachbarsfrau einen Wasserschlauch gesehen haben wollte, konnten Urban und seine Freunde das Gleiche angenommen und sich vorgestellt haben, dass die Anlage etwas mit dem Tunnelbau zu tun hatte. Vielleicht hatte einer von ihnen den Schlauch abgeschnitten im guten Glauben, sie würden Vastersjön vor einer Gifteinleitung retten? Und vielleicht hielten sie sich deshalb verborgen?

Kurze Zeit forderte die Rasur seine ganze Aufmerksamkeit. Er hielt die Nase mit einem festen Griff von Daumen und Zeigefinger fest, während er die Oberlippe von allen eventuellen Anfängen eines Schnurrbartes befreite.
Die Unterbrechung reichte aus, um all seine Spekulationen platzen zu lassen. Einen Schlauch abzuschneiden war eine Sache, aber hatte Urbans Gruppe wirklich die Möglichkeiten und die Nerven, den Körper zur Brückenbaustelle zu transportieren und einen fiktiven Unfall zu arrangieren? Daran zweifelte er.
Von dem Mord an Klüger gar nicht zu reden. Sie waren politische Aktivisten, sie scheuten sich sicher nicht vor Sabotage, und sie würden sich vielleicht sogar dazu hinreißen lassen, einen Unfall zu verschleiern. Aber kaltblütiger Mord gehörte ins Bild von Terroristen. Und so weit war es nach seiner Auffassung mit den schwedischen Umweltgruppen noch nicht gekommen.
Die Einsicht beruhigte ihn, und er widmete sich erfreulicheren Gedanken. Das Gesicht, das im Spiegel zum Vorschein kam, als er den weißen Rasierschaum nach und nach entfernte, sah beinahe erwartungsvoll aus im Hinblick auf den bevorstehenden Abend.

Er hatte Old Spice auf den Wangen und frisch gewaschene Haare, als er den Fernseher anstellte, um die Lokalnachrichten zu sehen. Er erwartete nicht, dass sie etwas über Klüger brachten, es sei denn, die Verbindung zu dem Brückenbau und dem Tod von Åman wäre durchgesickert. Ein Mord an einem Mann mittleren Alters, der nicht mit der Welt der Schönen und Reichen oder einem aktuellen Skandal in Verbindung gebracht werden konnte, weckte heutzutage kein größeres Interesse bei den trendbewussten Medien. Hingegen rechnete er damit, dass die teure Sabotage am Tunnelbau durch Hallandsåsen ausführlich besprochen wurde, und er wollte gern mit eigenen Augen sehen, was eigentlich geschehen war.

Er setzte sich und stellte den Ton lauter. Aber statt der üblichen Einleitung aus dem Studio zeigte die Kamera zu seiner Überraschung einen Helikopter, der über einer Reihe von Gebäuden kreiste. Eine aufgeregte Reporterstimme berichtete, dass sie sich mitten in einer Direktsendung befanden und dass die Polizei gerade dabei war, alle Arbeiter in dem betroffenen Gebiet zu evakuieren.

Was eigentlich geschehen war, wurde nicht gesagt, es schien fast so, als ob die Direktsendung an sich das Wichtigste war, jedenfalls wiederholte es der Reporter noch einmal, und sicherheitshalber blendete der Bildproduzent einen Text ein, der das Gleiche verkündete.

Der Reporter selbst wurde gezeigt, und endlich konnte er erklären, was es mit dem Spektakel auf sich hatte: Jemand hatte eine fertig montierte Sprengladung an der Brückenbaustelle im Öresund gefunden, und die Polizei war gerade dabei, sie zu entschärfen.

Olsson sah sich interessiert die dramatischen Bilder an. Der Helikopter setzte seinen scheppernden Flug fort, eine Lautsprecherstimme erteilte Befehle, und drei Polizisten in dicker Schutzkleidung näherten sich vorsichtig einem Gegenstand, der ein Stück weit auf dem fertigen Brückenteil befestigt war. Erst da sah er, dass das Drama sich bei Lernacken, dem schwedischen Ende der Brücke, abspielte. Die Gebäude, die er gesehen hatte, waren die Ausstellungsräume des Öresundkonsortiums, und auf dem Parkplatz daneben drängte sich eine Schar verschreckter Touristen, bewacht von einigen kräftigen Polizisten.

Uno Berghagen war plötzlich kurz auf dem Bildschirm zu sehen. Er rief jemandem irgendwas zu, und er schien sehr gestresst zu sein, was man ja verstehen konnte. Eine Bombe mitten vor dem Aussichtspunkt über die Brückenbaustelle war sicher nicht die PR, die er sich vorstellte.
Die Polizisten waren stehen geblieben und besprachen irgendwas miteinander. Der Reporter nutzte die Gelegenheit, um Uno Berghagen etwas zu fragen, aber der winkte nur abwehrend in die Kamera. Als er ganz nahe dran war, sah Olsson, wie verhärmt er aussah.
Dann schienen die Polizisten sich geeinigt zu haben. Zwei von ihnen zogen sich zurück, und der Dritte ging allein auf die Sprengladung zu. Die Fernsehkamera nutzte die Gelegenheit und zoomte rückwärts, das sah sehr effektvoll aus mit dem einsamen Mann auf der großen Brücke.
Der Reporter flüsterte, das schuf eine suggestive Spannung, und Olsson war nahe daran, sich mitreißen zu lassen, bis er sich wieder bewusst wurde, dass es sich um einen richtigen Menschen und eine wirkliche Gefahr handelte.
Dann war der Polizist am Ziel, und plötzlich war das Ganze vorüber. Er riss etwas von der Sprengladung ab, dann nahm er ein Messer und schnitt durch, womit die Ladung befestigt war. Er drehte sich um und winkte seinen Kollegen zu, die ein Stück weiter weg abwartend standen, bevor er ganz lässig das Paket unter den Arm nahm und auf das Brückenende zuzugehen begann.
Das war undramatisch und beinahe enttäuschend, jedenfalls machte der Reporter diesen Eindruck. Aber die Kamera war auf Draht und fing den Polizisten und seine Beute in Großaufnahme ein. Olsson sah etwas, das einem dicken Bündel von Dynamitstangen ähnelte, aber als das Bild bei dem Gegenstand stehen blieb, den der Mann los-

gerissen hatte, fuhr er hoch. Obwohl das Ding klein und zur Hälfte verdeckt war, erkannte er es wieder. Das war eine blanke Sprengkapsel, die genauso aussah wie die, die er oben an der Tunnelbaustelle auf Hallandsåsen gefunden hatte.

Daran war an und für sich nichts Besonderes, es war normal, dass Dynamitladungen mit einem Zünder versehen wurden, damit sie explodierten. Aber er hatte doch das unbehagliche Gefühl, als ob die Zufälle sich hier zu sehr häuften.

Vom Tunnelbau war Sprengstoff verschwunden, beim Brückenbau tauchte Sprengstoff auf, außerdem offenbar vom gleichen Typ. Und die Umweltgruppe, von der eins der Mitglieder des Diebstahls verdächtigt wurde, war vermutlich untergetaucht. Jedenfalls war eine Person, um die sich zu kümmern er gerade noch versprochen hatte, verschwunden.

Mit halbem Auge verfolgte er den Rest der Sendung, die üblichen Nachrichten mussten bis zur nächsten Ausgabe warten. Der Reporter versuchte zwar weiterhin Dramatik zu schaffen, aber die Signaturmelodie von Rapport, der Tagesschau, unterbrach ihn für die landesweite Sendung.

Olsson sah die ganze Sache noch einmal, aber die Redakteure waren schnell gewesen, Berghagens abwehrende Gesten zur Kamera waren bereits weggeschnitten, und die aufgeregte Stimme des Reporters war durch einen besonnenen Kommentator ersetzt worden.

Die Sprengladung war echt gewesen, aber sie war nicht mit einer Uhr oder einer sonstigen Vorrichtung verbunden gewesen, die sie hätte auslösen können, und die Polizei ging davon aus, dass es sich um eine Warnung und eine Demonstration handelte. Aber eine Theorie, woher das Material gekommen war, äußerte niemand. Entweder waren sie vorsichtiger geworden, nachdem der Verdacht gegen Petar Savin sich als falsch herausgestellt hatte, oder die Rapport-Redaktion war in juristischen Fragen einfach professioneller als die Kollegen in den Provinzstädten.

Olsson blieb vor dem Fernseher sitzen, während der Rest der Nachrichten vorbeiflimmerte und ein Naturprogramm begann, in dem eine Reihe exotischer Insekten dabei war, sich gegenseitig in einer Art vorbestimmter Reihenfolge aufzufressen. Ihm war der Appetit vergangen, als das Telefon klingelte, die Uhr war beinahe neun.

«In einer Viertelstunde», sagte die dunkle Stimme, und wieder fühlte er sich hin und her gerissen. Aber er betäubte das Gefühl, indem er sich einredete, dass er trotz allem etwas zu sich nehmen musste.

Sie nannte den Namen eines Restaurants. Er stellte den Fernseher ab und überließ die Schlangen und Spinnen ihrem Schicksal. Als er auf Storgatan hinaustrat, stellte er fest, dass es nieselte. Die Augustnacht war hereingebrochen, und ein paar kleine Neonschilder versuchten sich im Asphalt zu spiegeln, ohne dass es ihnen gelingen wollte, eine Illusion von Großstadt zu erzeugen.

Stortorget lag öde und leer da, nicht mal mehr der dänische Würstchenstand hatte geöffnet. In der Fußgängerzone kam er am Nachtleben der Stadt vorbei, das sich in einer kleinen Gruppe gegenüber einem geschlossenen Restaurant herumdrückte. Die Jugendlichen hatten die Jackenkragen gegen den nassen Dunst hochgeklappt und schienen sich darüber zu wundern, dass nach Einbruch der Dunkelheit noch ein Erwachsener herumlief.

Er hegte die leise Hoffnung, dass auch das Restaurant von Margret Kellerman geschlossen sein würde, aber als er an der Buchhandlung Killberg vorbeigekommen war, sah er einen gelben Schein, der warm und willkommen heißend ein Ende weiter in zwei Fenstern auf der anderen Straßenseite leuchtete.

Sie war bereits da, hatte sich an einen Fenstertisch gesetzt. Von einem Gedränge konnte keine Rede sein, es waren nur noch zwei weitere Gäste in dem Lokal, und die saßen ganz hinten.

Die gedämpfte dunkelgelbe Beleuchtung gab dem Ganzen eine weiche Patina. Alles schien im gleichen Farbton gehalten: das gespreizte Messing der Kronleuchter, die goldenen Rahmen um die Landschaftsmotive an den umbrafarbenen Wänden, die Stühle und Tische aus nachgedunkeltem Kiefernholz. Nur die Musik war nicht gedämpft, sondern eher etwas zu laut, aber sie schmachtete Italienisch, und Olsson hatte den Eindruck, einen bronzenen Salon zu betreten.

Margret Kellerman wartete bei einer Kerze und einer Flasche Rotwein. Aber sie trübte die Stimmung bereits mit ihrem ersten Satz.

«Du hast sicher die Nachrichten gesehen?»

Er nickte und setzte sich zu ihr an den kleinen Tisch. «Ich habe Berghagen gesehen, er schien außer sich zu sein.»

«Vielleicht hat er dazu auch allen Grund.»

Olsson verstand nicht, worauf sie hinauswollte, und ehe er fragen konnte, war die Kellnerin plötzlich mit fragendem Blick aufgetaucht. Er überflog die Speisekarte und blieb bei einem Pfeffersteak hängen, aber er bat darum, es extra gut zu würzen und gleich eine Flasche Tabasco mitzubringen.

Margret Kellerman hob die Augenbrauen, sagte aber nichts. Offenbar hatte sie ihre Bestellung bereits aufgegeben.

«Und was wollen Sie trinken?» Die Kellnerin hatte irgend-

einen osteuropäischen Akzent, bei dem Olsson sofort an Bier dachte und um ein Urquell bat.
«Glaubst du immer noch, es sind die gleichen Personen, die den Tunnelbau und die Öresundbrücke sabotieren?», fragte er Margret Kellerman vorsichtig, als sie wieder allein waren.
Sie trank einen Schluck Wein und sah ihn forschend an.
«Das ist gut möglich.»
Es hörte sich an, als ob sie nicht mehr herauslassen wollte, sofern sie überhaupt etwas wusste. Olsson fürchtete sich davor, nun ausgefragt zu werden, und wechselte schnell das Thema.
«Was meintest du denn damit, dass Berghagen Grund hätte, beunruhigt zu sein?»
Sie schien daran nicht sehr interessiert zu sein, antwortete aber trotzdem. Dem gelangweilten Ton war zu entnehmen, dass sie lieber über etwas anders gesprochen hätte.
«Sein Stuhl wackelt», sagte sie nur.
«Wackelt? Warum denn?»
Olsson zog überrascht die Augenbrauen hoch, er sah so interessiert aus, dass ihr keine Wahl blieb, und sie erklärte:
«Diebstahl von Firmeneigentum. Wir glaubten doch erst, dass er Åman wegen irgendeiner unsauberen Sache beschuldigte, aber es war umgekehrt. Berghagen gab uns gegenüber zu, dass er heimlich Computerprogramme kopiert und sie dann schwarz verkauft hat. Man ist ihm irgendwie auf die Spur gekommen, deshalb haben sie sich gestritten.»
Olsson rechnete zwei und zwei zusammen, jetzt verstand er, warum sie so uninteressiert schien.
«Ihr habt ihn also schon wegen des Mordes an Åman vernommen?»
«Du weißt doch, wie das geht», sagte sie und lächelte iro-

nisch. «Keine losen Fäden, wie dünn sie auch immer sein mögen.» Er nickte, als Mordmotiv war das wohl zu schwach, auch wenn ein gut bezahlter Job auf dem Spiel stand. Aber jetzt verstand er besser, warum der arrogante PR-Chef so darauf aus war, dass nichts Negatives über den Brückenbau an die Öffentlichkeit gelangte. Er wollte seinen Arbeitgebern natürlich seine Effektivität beweisen. Umweltaktivisten, die mit Bomben drohten, mussten für ihn der wahre Albtraum sein.

Die osteuropäische Kellnerin balancierte die Teller an ihren Tisch. Olsson überschüttete sein Pfeffersteak sofort mit Tabascosauce, und Margret Kellerman betrachtete verblüfft die rote Mahlzeit. Sie selbst hatte Schnecken und einen Salat bestellt.

Olsson probierte vorsichtig sein hergerichtetes Stück Fleisch und stellte fest, dass er zu viel genommen hatte. Offenbar hatte er unterschätzt, wie gut der Koch würzen konnte, versuchte aber gute Miene zu machen, obwohl die ersten Schweißtropfen ihm bereits auf der Stirn standen. Er kühlte die erregten Geschmacksnerven mit kaltem Bier und aß weiter, als ob nichts geschehen wäre.

«Apropos dünne Fäden», fragte er zwischen zwei schweißtreibenden Happen, «was habt ihr eigentlich über den Materialeinkäufer?»

«Kaj Linder? Nicht genug, befürchte ich.»

Sie schien deswegen nicht sehr traurig zu sein, aber sie merkte an Olssons Miene, dass die Antwort zu salopp war, denn sie fuhr entschuldigend fort: «Bei solchen Sachen ist immer mehr als eine Person beteiligt, und Kaj Linder hat schon früher in ähnlichen Fällen mitgemacht. Einmal ist er mit Bewährung davongekommen, weil er ein Auge bei fingierten Rechnungen zugedrückt hat, und aus seinem letzten Job ist er rausgeflogen, weil er zweite Wahl gekauft, aber als erstklassig durch die Bücher hat gehen lassen. Die Differenz teilte er sich mit dem Verkäufer und dem Vorarbeiter.»

Olsson nickte, ihn interessierte nicht, um welche Waren es sich gehandelt hatte. Das Feuer in seinem Gaumen zwang ihn dazu, mit dem kalten Bier nachzuspülen.

Margret Kellerman ließ ihn fertig trinken, ehe sie hinzufügte: «Aber er ist stets nur Mitläufer gewesen. Wir hofften, dass er uns weiterführen würde. Wenn es überhaupt Unregelmäßigkeiten mit dem Baumaterial gegeben hat.»

«Åman schien das jedenfalls geglaubt zu haben.»

Die Kellnerin schlich mit fragenden Augen vorbei, offenbar hatte sie mit den wenigen Gästen zu wenig zu tun, und Olsson ergriff die Gelegenheit und bestellte noch ein Bier. Sicherheitshalber bat er gleichzeitig um eine Karaffe mit Eiswasser. Erst als sie irgendwo in Richtung Küche verschwunden war, sprach er weiter.

«Kann er danach in Västersjön getaucht haben?»

Margret Kellerman blickte ihn verständnislos an. «Meinst du die Materialproben? Die waren doch schon im Labor abgeliefert!»

Olsson kam sich dumm vor, er wusste eigentlich nicht genau, was er sich dabei gedacht hatte.

«Ich meine nur, dass das Tauchen vielleicht irgendwas mit dem allen zu tun hat», entschuldigte er sich verlegen. Er spürte, dass er errötete, und fügte hinzu:

«Möglicherweise gab es noch mehr Proben.»

Sie schien seinen Denkfehler nicht zur Kenntnis genommen zu haben, oder sie kümmerte sich nicht darum.

«Das ist immerhin eine Möglichkeit», sagte sie. «Jemand ist ja zweifelsfrei da draußen gewesen und hat nach etwas gesucht. Aber er kann auch etwas in den See geworfen haben.»

Sie schwieg und vertiefte sich in ihre Gedanken. Olsson war nicht ganz klar, ob sie meinte, ein Einbrecher hätte etwas in den See geworfen, oder ob Åman das getan hätte, aber er wollte lieber nicht fragen.

Die Kellnerin kam mit seiner Bestellung, und er trank dankbar ein Glas Eiswasser, bevor er sich an das Bier machte. Der Nieselregen hatte aufgehört, aber die Pflastersteine spiegelten immer noch das Licht. Gegenüber leuchtete das Firmenlogo einer der beiden Lokalzeitungen wie ein Monogramm auf der dunklen Fassade.

Olsson wollte gerade etwas sagen, als sie sich umdrehte und ihm zuvorkam. «Jetzt vergessen wir das alles mal.»

Sie lehnte sich über das Weinglas und betrachtete ihn mit einem neuen Ausdruck in den Augen. Die Flamme der Kerze warf einen sanften Schein, der den Tisch noch kleiner erscheinen ließ.

Er wusste nicht, was er dazu sagen sollte, und verbarg seine Unsicherheit hinter einem großen Schluck Bier. Aber nichts hatte sich verändert, als er das Glas absetzte.

Fragend sah sie ihn an, sie sagte jedoch nichts.

Es schien so, als ob sie auf etwas wartete. Doch er war viel zu schüchtern, um zu fragen.

«Erinnerst du dich an die Bibliothek?», begann er stattdessen.

Sie nickte.

«Was war der dritte Punkt?»

Da bewegten sich ihre Mundwinkel. Und dann lächelte sie. «Das hier.»

Wieder blickte sie ihn an, aber jetzt waren ihre Augen voller Lachen.

Ihm fehlten die Worte, zum Glück stand die Kellnerin plötzlich wie ein rettender Engel da.
Er verbarg seine Verlegenheit, indem er ihr das Geschirr zuschob. Sie nahm es mit einem freundlichen Lächeln an sich. Dann verschwand sie ebenso lautlos, wie sie gekommen war.
Margret Kellerman hatte ihren Stuhl zur Seite geschoben, um Platz zwischen dem Tisch und der Wand zu schaffen. Dadurch war sie ihm eine viertel Tischbreite näher gerückt. Plötzlich spürte er ihre Knie an seinen. Er warf ihr einen schnellen Blick zu, aber sie nahm sie nicht weg.
«Wein?», fragte sie mit einer Geste zu der Flasche.
Er schüttelte den Kopf. Er hatte noch Bier im Glas. Sie lächelte bedauernd und schenkte sich selbst nach.
Olsson fühlte sich jetzt wohler. Sicherheitshalber bestellte er sich noch ein Bier bei der osteuropäischen Kellnerin. Aber die hatte bereits die Rechnung in der Hand.
«Es tut mir Leid, aber an den Wochentagen schließen wir früher.»
Erst da merkte er, dass sie allein in dem Lokal waren, er konnte sich nicht entscheiden, ob er enttäuscht oder erleichtert war.
Gerade wollte er die ihm entgegengestreckte Rechnung nehmen, als Margret Kellerman danach griff.
«Ich habe dich doch eingeladen», sagte sie und ignorierte seine Proteste. Sie bezahlte, gab ein großzügiges Trinkgeld und ging zur Tür. Olsson schielte zu ihrer Weinflasche, die war beinahe leer.
«Soll ich ein Taxi rufen?», fragte er, als sie auf Storgatan traten. Er ging davon aus, dass sie zurück zum Polizeihaus wollte, wo es Übernachtungszimmer gab. Heute Nacht noch bis nach Malmö zu fahren kam ihm etwas abwegig vor.

Aber sie schüttelte nur den Kopf. Dann schob sie ihren Arm unter seinen und kuschelte sich an seine Seite. Er spürte ihre Hüfte dicht neben sich.

«Wir haben den gleichen Weg, ich habe ein Zimmer im Hotel unten am Fluss.»

KAPITEL 13

«Was hast du denn jetzt wieder angestellt?»

Olsson drehte sich erschrocken im Bett um. Er hatte den Telefonhörer in der Hand, begriff aber nicht, wie es dazu gekommen war.

«Entschuldigung, ich habe nicht richtig verstanden», murmelte er heiser. Er war sich immer noch nicht sicher, ob er bereits wach war.

«Ich habe gefragt, in was du denn diesmal verwickelt bist?», fragte die bekannte Stimme.

«Cecilia?»

«Genau die. Schläfst du noch?»

Er blickte auf den Wecker. Es war beinahe halb zehn, er musste ihn im Schlaf abgestellt haben, wenn er nicht sogar vergessen hatte, eine Weckzeit einzustellen.

«Ich wollte gerade aufstehen», log er.

Er hörte, wie sie skeptisch in den Hörer hineinlachte. Es dauerte ein paar Sekunden, ehe er begriff, worauf sie eigentlich hinauswollte.

«Du meinst die Geschichte oben an Västersjön?»

«Was sonst? Oder bei der Öresundbrücke, das kommt darauf an, wie man das sieht.»

«Woher weißt du das?»

«Der Polizeireporter bei der Zeitung.»

Das war klar, die Presse hatte ihre Kontakte zur Polizei, sowohl offiziell als auch inoffiziell. Die zweite Variante wurde üblicherweise als Leck im Polizeikorps bezeichnet, aber

häufig war es die effektivste. Er verstand nur nicht, woher die Journalisten wissen konnten, dass er an den Ermittlungen beteiligt war. Noch gab es keine öffentlichen Protokolle, in denen er erwähnt wurde.
«Wie viel hast du gehört?»
«Ich habe erfahren, dass die Polizei in Ängelholm Margret Kellerman als Fahndungsleiterin bekommen hat. Das wird für Brodin nicht leicht, sie ist hart im Nehmen und Austeilen.»
Olsson hörte am Tonfall, dass der Gedanke ihr Spaß machte, wechselte aber eilig das Thema.
«Von wo aus rufst du an?»
«Ich bin näher dran, als du glaubst.»
Sie machte eine Kunstpause, genügend lang, damit er raten konnte, aber ihm fiel nichts ein.
«Ich bin in der Bibliothek in Ängelholm. Passt es, wenn ich mal vorbeigucke?»
«Gib mir eine Viertelstunde Zeit zum Aufwachen.»
Er machte schnell das Bett und zwang sich zu einer Drei-Minuten-Dusche, obwohl das gegen seine Prinzipien verstieß. Für gleichzeitiges Zähneputzen und Anziehen hätte er einen Platz im Guinness-Buch der Rekorde verdient und eine ehrenhafte Erwähnung wegen des Aufräumens der zugemüllten Diele. Als fünfzehn Minuten herum waren, hatte er außerdem in der Küche ein bisschen aufgeräumt, aber keine Cecilia ließ sich blicken. Ausgepumpt sank er auf einen Stuhl und wartete.
Aus der Viertelstunde wurde eine halbe. Dann schrillte die Klingel und er sah ein kurz geschorenes Profil durch das gelbe Rohglas.
Er machte auf und ließ sie herein. Sie sah sich das neue Heim mit kritischen Augen an, dann sagte sie: «Gar nicht

schlecht. Besser, als ich es mir nach deiner Beschreibung vorgestellt habe.»
Er zuckte mit den Schultern. Er war sich immer noch nicht sicher, ob er mit dem Tausch die richtige Entscheidung getroffen hätte, und das sagte er ihr. Sie schien jedoch nicht der Ansicht zu sein, dass er sich verschlechtert hätte.
«Das wird noch schöner, wenn du erst Ordnung geschaffen hast», sagte sie geradeheraus.
Dann setzte sie sich in den Fernsehsessel. Sie sah plötzlich ernst aus.
«Ich bin eigentlich zum Arbeiten hergekommen.»
Er blickte sie erstaunt an. Sie war politische Reporterin und Kommentatorin, soweit er wusste, hatte sie sich noch nie mit Kriminaljournalistik befasst.
«Sollst du über die Fahndung nach dem Mörder berichten?»
Aus dem Sessel kam ein Schnauben. «Würde mir niemals einfallen.»
Olsson kam sich einfältig vor, er hätte begreifen müssen, dass es noch andere Dinge als die Morde an Västersjön gab, über die man schreiben konnte. Nur weil er in die Geschichte verwickelt war, mussten nicht gleich die Gedanken aller anderen um die gleiche Sache kreisen.
«Was ist denn das für eine Arbeit?»
«Die Umweltdebatte in Båstad. Sowohl der Verkehrsminister als auch der Umweltminister kommen hin.»
Er nickte, er hatte von der Veranstaltung gehört. Die örtlichen Politiker aus dem nordwestlichen Skåne hatten die Initiative zu der Debatte ergriffen. Auch wenn das viel diskutierte Dichtungsmittel Rhoca-Gil inzwischen zu einem riesigen Gelee geworden war, das im Berg neun Meter dick entlang dem beinahe drei Kilometer langen Tunnelstück

lag, so stellte es doch nicht das Hauptproblem dar. Das war das Grundwasser.
Hallandsåsen wirkte wie ein mächtiger Kamelhöcker. Er war ein Wasserreservoir, das die Feuchtigkeitsbalance für die gesamte Umgebung steuerte, aber um das flüssige Gift herauszuspülen, waren die Bauingenieure gezwungen gewesen, das Grundwasserniveau um beinahe hundert Meter abzusenken. Und das Ergebnis war unübersehbar. Erst waren die Brunnen trocken gefallen, und dann waren die Äcker ausgetrocknet, jetzt drohten Erosion und Erdrutsch. Das war eine Umweltkatastrophe im wahrsten Sinne des Wortes, aber es hatte auch politischen Sprengstoff.
«Beide Minister?», fragte Olsson erstaunt. «Gleichzeitig?»
«Das ist ja das Interessante daran. Ich hoffe, ich kann ein Interview mit denen auf dem Flugplatz machen.»
Jetzt war ihm klar, was sie beabsichtigte. Das war das Dilemma der Regierungspartei. Einerseits wollte sie den technologischen Fortschritt fördern. Andererseits musste sie sich um die in Wahlzeiten so genannten Interessen der Bürger kümmern. Und deutlicher konnten die politischen Gegensätze nicht sein: ein Minister, der den Tunnel bauen wollte, und einer, der den Tunnelbau stoppen musste, wenn er glaubwürdig bleiben wollte.
«Ich glaube, es wird auch Demonstrationen geben», sagte Cecilia.
Olsson blickte sie betroffen an. «Demonstrationen?»
«Jedenfalls haben die örtlichen Umweltgruppen die Erlaubnis für ein Treffen auf dem Markt in Båstad beantragt.»
«Aha, die!», sagte er erleichtert. «Ich dachte, du meinst ganz andere.»
Einen Moment war er unsicher gewesen, ob sie etwas über ganz neue Sabotagepläne wusste. Er hatte ja versprochen,

ein Auge auf Urban zu haben, und fühlte sich irgendwie verantwortlich dafür, dass der nichts Ernsthaftes anstellte, solange Seved unterwegs war.

Aber Cecilia hatte eine nachdenkliche Falte auf der Stirn bekommen.

«Es geht das Gerücht, dass die gleichen Personen hinter der *Båstad-Intifada* und der Sprengladung auf der Brücke stecken.»

Olsson wusste nicht, was er darauf antworten sollte, Margret Kellerman hatte so etwas angedeutet, und er selbst war ja auch schon auf die Idee gekommen.

Er wurde plötzlich verlegen, der Gedanke an die Kommissarin führte lächerlicherweise dazu, dass er sich ertappt fühlte. Aber Cecilia fuhr unbekümmert fort: «Ich sprach mit Louise Berghagen, sie erzählte, dass sie dabei war, als ihr den armen Taucher gefunden habt. Und dass du bei einem Krebsessen dabei gewesen bist.»

«Kennst du sie?», fragte er überrascht.

«Kennen, na ja. Ihren Bruder übrigens auch, der ist ja Pressesprecher bei dem Brückenbau. Und sie ist eine Art Sprecherin für die Umweltgruppen in Lund.»

Sie überlegte einen Augenblick. Dann lächelte sie und sagte: «Komisch eigentlich, die sind ebenso wie die Minister jeder auf einer anderen Seite.»

Olsson wusste nicht, worauf sie hinauswollte, aber da wurde sie wieder ernst.

«Sie sagte, dass du Urban Sunesson zu kennen scheinst?»

Das war keine Feststellung, sondern eine Frage, aber Olsson antwortete mit einer Gegenfrage: «Sagte sie etwas davon, ob Urban an der Sabotage beteiligt war?»

Sie musste seine Unruhe bemerkt haben, denn sie schüttelte den Kopf und beruhigte ihn sofort.

«Nein, aber sie glaubt, er weiß etwas über die militante Gruppe, vielleicht kennt er sogar einige davon. Dem Gerücht nach handelt es sich um eine internationale Gruppe.»

Sie zögerte einen Moment, ehe sie weitersprach.

«Ich würde ihn gern interviewen. Weißt du, wo ich ihn erreichen kann?»

Olsson seufzte. «Ich weiß nicht, wo er ist», antwortete er nur dumpf.

Dann fiel ihm etwas ein. Wenn es eine internationale Organisation war, die hinter der Sabotage steckte, dann konnte Åman ihr vielleicht auf die Spur gekommen sein?

«Hast du mal von Ruder Finn gehört?», erkundigte er sich vorsichtig.

«Ruder Finn? Was sollen die denn damit zu tun haben?»

Sie sagte das so selbstverständlich, dass ihm der Unterkiefer herunterfiel.

«Weißt du, wer das ist?»

«Na klar. Eine amerikanische PR-Firma. Wieso?»

Olsson holte tief Luft und erzählte die ganze Geschichte von Anfang bis Ende. Aber er ließ seine Gespräche mit Margret Kellerman aus.

Cecilia hörte geduldig zu und stellte nur ab und zu eine Frage. Als er fertig war, sagte sie: «Ich kenne jemanden, der für Ruder Finn arbeitet. Ich kann dort anrufen und ihn fragen, ob 1994 irgendwas Besonderes war. Aber er arbeitet in deren Büro in Washington, jetzt ist es noch zu früh dazu.»

Mit den Fingern rechnete sie den Zeitunterschied aus.

«Wir können gegen drei anrufen.»

Olsson nickte. Er fühlte sich etwas durcheinander.

«Aber nur unter einer Bedingung», ergänzte sie.

Er blickte sie fragend an. «Welcher?»
«Dass wir in Vejbystrand Lunch essen.»
Cecilia blieb stumm, als er den schweren Wagen durch die enge Einfahrt manövrierte, aber das konnte daran liegen, dass sie den Atem anhielt. Ohne Schramme erreichten sie Storgatan, und erst als sie Östergatan entlangfuhren und an dem Haus vorbeikamen, in dem früher einmal Lindéns Wurstkiosk gewesen war, befiel Olsson ein komisches Gefühl.
«Hast du eine Vorstellung, wie du zum Flugplatz kommst?», fragte er misstrauisch.
«Es ist wohl nicht zu viel verlangt, wenn du mich fährst, wo ich dich doch jetzt zum Lunch einlade?»
Er seufzte, aber Cecilia ging nicht darauf ein.
«Wann willst du dort sein?»
«Die Maschine aus Stockholm landet in einer Viertelstunde.»
Keiner von ihnen sagte etwas, während der Volvo den Hügel nach Rebbelberga hinaufbrummte. Kurz danach war der Flughafen von Ängelholm an der linken Seite zu sehen. Eigentlich war es ein Militärflugplatz, der nur teilweise auch für zivile Zwecke genutzt wurde, die weißen SAS-Maschinen waren von Viggen-Kampfflugzeugen in Tarnfarben und grasbewachsenen, getarnten Hangars umgeben. Doch Olsson war in Gedanken ganz woanders.
«Warum habe ich nie etwas von Ruder Finn gehört?», überlegte er.
«Weil das Absicht ist. Eine PR-Firma soll tätig sein, aber nicht auffallen. Und Ruder Finn gehört nicht eben zu den kleinen Werbeunternehmen.»
Sie erklärte das nicht weiter, und Olsson drehte sich um und sah sie fragend an.

«Die beeinflussen die Meinung der Menschen auf der ganzen Welt», sprach sie weiter.
Sie blickte hinaus auf die frisch gemähten Felder, große rund gepresste Heuballen lagen wie riesige Spielsteine dort, wo die Erntemaschinen langgefahren waren.
«Ruder Finn arbeitete während des Krieges auf dem Balkan für verschiedene Regierungen dort. Sie schrieben Artikel für Minister und sorgten dafür, dass sie in der *Washington Post* oder *New York Times* veröffentlicht wurden. Sie veranstalteten Auftritte und Interviews mit denen bei den großen Fernsehanstalten, alles um die öffentliche Meinung in den USA auf die Seite ihrer Klientel zu ziehen.»
Olsson schüttelte den Kopf, er verstand nicht, was das mit Västersjön und Jörgen Åman zu tun haben konnte. Aber er hatte ja den abgerissenen Umschlag mit dem Namen Ruder Finn darauf mit eigenen Augen gesehen.
»Ist es ihnen gelungen?», fragte er.
«Klar. Die USA haben ihre Politik geändert, und es war kurz davor, dass sie das Waffenembargo der UN aufhoben.»
Sie waren bei der Abzweigung angekommen, die zu dem niedrigen, barackenähnlichen Gebäude führte, das die Abfertigungshalle von Ängelholms Flughafen darstellte. Olsson ließ einen entgegenkommenden Wagen vorbei, bevor er nach links abbog.
«Waffen», sagte er nachdenklich. «Vielleicht hat alles mit Waffen zu tun.»
Cecilia widersprach sofort.
«Nicht jedenfalls, was Ruder Finn angeht», sagte sie mit Nachdruck. «Die kämpfen nur mit Worten.»
Der Parkplatz lag direkt am Gebäude, und als sie ausstiegen, sahen sie das weiße Passagierflugzeug im Landean-

flug. Es schien nur wenige Meter über der viel befahrenen Landstraße an der kurzen Seite der Landebahn einzuschweben, aber die Autos nahmen von dem harmlosen Vogel keine Notiz. Die örtliche Bevölkerung war es gewöhnt, dass die donnernden Kampfflugzeuge sie an den Übungstagen des Geschwaders beinahe in die Straßengraben fegten.

«Da kommen sie», sagte Cecilia und beschattete die Augen mit der Hand. Die strahlend hellen Landescheinwerfer blendeten trotz des Sonnenscheins.

Das Fahrwerk berührte sanft die Landebahn, und die beiden Minister waren auf der Bjäre-Halbinsel angekommen. Cecilia setzte ihre Amtsmiene auf und ging in das Gebäude hinein, um sie zu begrüßen.

Olsson entschloss sich zu bleiben, wo er war. Er hatte keine Lust, sich zwischen die Passagiere zu drängen oder als fünftes Rad am Wagen dabeizustehen, wenn Cecilia ihre Interviews machte.

Daher blieb er im Wagen sitzen, kurbelte die Scheiben runter und ließ den Altweibersommer herein. Die Bjärelandschaft breitete sich vor ihm aus wie eine freundlich wogende Decke, und am Horizont erhob Hallandsåsen geduldig seinen grünen Rücken. Aus diesem Abstand konnte niemand ahnen, was in seinem Inneren vorging, aber Olsson litt mit dem gequälten und ausgequetschten Berg. Es war nur eine Frage der Zeit, wann das Austrocknen deutlich sichtbare Spuren zeigte, es sei denn, die Minister konnten sich vorher auf einen drastischen Sanierungsplan einigen.

Die Minuten krochen dahin, langsam und angenehm. Trotz der düsteren Perspektive bescherte ihm das Betrachten der offenen Landschaft immer wieder eine besondere Ruhe. Aber die friedliche Stimmung dauerte nicht lange.

Die Flugreisenden hatten zu ihren Autos gefunden, Motoren wurden angelassen, und Taxis rauschten mit gewichtigen Geschäftsleuten vorbei. Plötzlich wurde seine eigene Tür aufgerissen, und Cecilia stand wie eine gereizte Hornisse daneben.

«Die haben sich geweigert, was zu sagen!»

Sie warf sich auf den Beifahrersitz, dass die Federn quietschten. Bitterböse kniff sie den Mund zusammen, bis Olsson zu fragen wagte: «Hattet ihr denn nicht ein Interview verabredet?»

«Natürlich! Aber die haben sich in der Maschine geeinigt, vor der Debatte keine Stellungnahmen abzugeben. Jetzt müssen wir hinfahren!»

Olsson musste zur Kenntnis nehmen, dass sie ihn automatisch mit einbezog, aber er protestierte nicht. Und in Wahrheit hatte er auch nichts dagegen.

«Wann geht es los?», fragte er nur.

«Nicht vor fünf. Die wollen erst mit den Politikern von hier und mit der Baufirma sprechen.»

Sie waren die Letzten in der Reihe der Autos, die sich auf Hjärnarpsvägen einfädelten, und Olsson hängte sich an einen dunkelblauen Ford Mondeo, der es eilig hatte, nach Ängelholm hineinzukommen. Dies war nicht der kürzeste Weg, aber der schnellste. Das Rondell am Wasserturm sah genauso aus wie vorher, aber jetzt kamen sie aus der anderen Richtung.

Die Landstraße, auf der sie 90 fahren durften, war um diese Mittagszeit leer. Olsson gab kräftig Gas, erst als die Bebauung wieder anfing, ging er auf 70 herunter, und an den

Zäunen der Kaserne des Jagdgeschwaders fuhren sie vorschriftsmäßig langsam vorbei.
Cecilias Wut legte sich, je näher sie Vejbystrand kamen. Als sie am anderen Ende des Flughafens bei Barkåkra abbogen, lächelte sie sogar wieder. Und als sie unter der Eisenbahnbrücke mit ihren beiden Gleisen hindurchfuhren, die für die neue Strecke im Anschluss an den Tunnel vorgesehen waren, sofern der denn jemals fertig würde, stellte sie fest: «Ist lange her.»
Olsson nickte zustimmend. Er war zwar nicht sicher, ob sie das letzte Mal meinte, seit sie sich gesehen hatten oder seit Cecilia in Vejbystrand gewesen war, aber beides war richtig. Und schließlich war es das Gleiche.
«Wo essen wir Mittag?», fragte er. «Ich meine etwas von Einladen gehört zu haben.»
«Bei mir. Wir halten an der Waage an.»
Sie parkten beim Selbstbedienungsladen an der Seite des niedrigen grauen Mietshauses, und Cecilia sammelte rasch und effektiv ein, was sie brauchte. Sie hatte Glück und kam an die Brottheke, als eine Frau gerade frische Brötchen aus dem Lagerraum holte, die waren noch so heiß, dass man sich die Finger daran verbrannte.
Olsson sah flüchtig ein Paar Augen in einem der Fenster, als sie durch die Haustür von Cecilias Treppenhaus traten. Die hatte er auf seinen Runden früher schon gesehen und ahnte, dass der Dschungeltelegraph der Nachbarin bald in Gang gesetzt wurde.
Cecilia sah sich zufrieden in ihrem Nest um. Offenbar war sie einverstanden damit, wie er seinen Auftrag ausführte. Die winzige Küche war allerdings zu klein für sie beide, und sie übernahm entschlossen das Kommando.
«Ich lade ein und ich koche!», sagte sie und schickte ihn

mit einer Achtung gebietenden Geste in das voll gestellte Zimmer, das den Rest der Wohnung bildete.
Er legte sich auf das Bett. Komischerweise fehlte das unbestimmte Gefühl des Abenteuerlichen, das er spürte, wenn er hier allein war. Vielleicht hatte das etwas mit Sehnsucht zu tun, überlegte er und fühlte sich plötzlich gehemmt.
Er stand auf und begann den großen Eichentisch für das Mittagessen zu decken. Als er ihn von einem Arbeitstisch in einen Esstisch verwandelt hatte, blickte er in die mikroskopisch kleine Küche. Dort duftete es nach Zwiebeln und Bacon, in einer Pfanne brutzelten Champignons, und aus einem Topf kamen so heiße Dampfwolken, dass die Kacheln an den Wänden beschlugen.
«Pasta Carbonara», erklärte Cecilia knapp. «Teller sind im Schrank, und das Bier kannst du im Badezimmer unter kaltes Wasser halten!»
Er folgte den Anweisungen kommentarlos. Als er mit den gekühlten Bierflaschen wiederkam, lagen die Spaghetti und die Baconsauce schon auf den Tellern, auf jedem glänzte ein rohes Eigelb. Cecilia holte eine riesige Pfeffermühle hervor und ließ den groben Pfeffer wie schwarzen Schnee über das Ganze rieseln.
«Carbonara», beschrieb sie, «das soll aussehen, als ob ein Kohlenträger seinen Mantel über den Tellern ausgeschüttelt hat!» Sie blickte Olsson an. Dann holte sie eine kleine rosa Flasche und stellte sie neben seinen Teller. «Nur vorsichtshalber.»
Er grinste zurück und würzte mit Tabasco nach. Um ganz sicherzugehen, verschwand er in der Küche und kam mit einer Karaffe mit Wasser zurück, ehe er die erste Gabel zum Mund führte.

Beim Abwaschen blickte Cecilia auf die Uhr und stellte fest: «Es ist immer noch zu früh für Washington, wollen wir einen Spaziergang machen?»

Sie gingen zum Hafen hinunter und auf den äußersten Wellenbrecher. Das Wasser schimmerte grün, und der leichte Wind zog nur dünne, durchsichtige weiße Streifen über die niedrigen Wellen. Sie lehnten sich an die groben Steine und blickten hinaus über Skälderviken.

Auf der anderen Seite erhob sich Kullen wie ein mürrischer Cousin von Hallandsåsen. Aber die einzigen Grotten, die es in diesem Berg gab, waren nicht von Tunnelbauern angelegt, sondern von der See ausgewaschen, und das hatte Jahrtausende gedauert.

Cecilias Notizbuch hatte einen enormen Umfang. Sie blätterte bis zu einer krakeligen Notiz, Olsson blickte ihr über die Schulter und erkannte die beiden Wörter Ruder Finn. Aber den Namen, der dahinter stand, konnte er nicht erkennen.

Das Tuten hörte sich genauso an, als ob es sich um ein Ortsgespräch handelte, und sofort meldete sich jemand.

«Richard Mosley?», fragte sie.

Der war offenbar am Apparat, denn eine ganze Weile sagte sie nur ‹ja› und lachte, bevor sie ihr Anliegen zur Sprache brachte. Dann schwieg sie.

«Okay.»

Sie legte den Hörer auf, und Olsson sah Cecilia fragend an. «Er ruft nachher zurück», erklärte sie. «Er muss erst mal kontrollieren, ob 1994 irgendwas mit Schweden gewesen ist.»

Schweigend saßen sie Seite an Seite und warteten. Ohne den schützenden lässigen Jargon wurden sich beide plötz-

lich ihrer Nähe bewusst. Aber die Stimmung verflog brutal, als das Telefon klingelte.
Sie nahm den Hörer ab und brummte bestätigend, gestikulierte nach einem Bleistift und Papier, und Olsson reichte es ihr. Sie kritzelte ein paar Zeilen hin und sagte:
«That would be great! Do you think it is possible?»
Sie nickte noch ein paar Mal vor sich hin, und dann war das Gespräch beendet. Olsson hörte gespannt zu, wie sie sich mehrmals bedankte, und noch bevor sie den Hörer aufgelegt hatte, fragte er ungeduldig:
«Was hat er gesagt?»
«Sie haben einen schwedischen Angestellten in Kroatien gehabt, aber der ist 1994 rausgeflogen.»
«Während des Krieges? Wie hieß er, und warum wurde er entlassen?»
«Das wusste er nicht. Das ist unter die Decke gekehrt worden, offenbar handelte es sich um einen Skandal, der für den Ruf von Ruder Finn nicht gerade förderlich war. Er versprach, sich meinetwegen kundig zu machen, aber dazu braucht er ein paar Tage.»
Olsson nickte, aber er war noch irritierter als vorher. Warum um Gottes willen sollte Åman Unterlagen aufheben über etwas, das vor vier Jahren in Kroatien geschehen war? Und vor allem, warum machte sich jemand die Mühe, ihm diese Unterlagen zu stehlen?
Dann fiel ihm die Materialprobe von der Öresundbrücke wieder ein, das war doch ebenso eigenartig. Zwar gab es dort viele verdächtige Indizien, insbesondere am Bau des westlichen Pfeilers, aber warum musste Åman das privat und in aller Heimlichkeit untersuchen?
Er hörte mit seinen Grübeleien auf, es war besser, er wartete ab, was bei Cecilias Insiderkontakten für Informationen

herauskamen. Wenn sie denn welche erhielten. Falls es sich um einen vertuschten Skandal handelte, bestand doch das Risiko, dass darüber für alle Zeit Stillschweigen gewahrt wurde.

Cecilia sah auch nachdenklich aus. Aber offensichtlich beschäftigte sie sich in Gedanken mit etwas sehr viel Näherliegendem.

«Was hieltest du davon, wenn wir schon jetzt nach Båstad fahren?»

Olsson blickte auf ihre Uhr. Es war erst kurz nach drei. «Aber das fängt doch erst in zwei Stunden an.»

Sie zuckte mit den Schultern. «Macht das was? Ich denke, ich kann mich bei der Gelegenheit ein wenig umhören.»

Ihm machte es nichts aus. Es fiel ihm sowieso nichts ein, was sie tun konnten, während sie warteten.

Die neugierigen Augen in dem benachbarten Fenster waren zur Stelle, als sie das Haus verließen. Olsson überlegte einen Moment, der Frau zuzuwinken, unterließ es dann aber. Alles in allem war das Interesse der Nachbarin ziemlich harmlos, vielleicht war es sogar von Vorteil, wenn jemand ein Auge auf die Wohnung hatte, weil Cecilia doch so häufig unterwegs war.

Der Volvo stand auch an seinem Platz, aber Cecilias Augen wurden erst neugierig, als sie sich Förslöv näherten. Unter der neuen Brücke kurz vor dem Dorf zog sich der Bahndamm für die doppelten Gleise hin, die der Grund für die ganze Tunnelkatastrophe waren. Die neue Streckenführung sollte Zeit für die Schnellzüge gewinnen, aber das würden die teuersten Minuten in der ganzen schwedischen Eisenbahngeschichte werden.

Hinter Förslöv fuhren sie unter der alten Eisenbahnbrücke durch und waren bald auf der Hügelkuppe. Der Weg senkte sich in scharfen Kurven hinunter. Auf der linken Seite breitete sich das Sinarps-Tal aus, und vor ihnen, zwischen sanften Laubwäldern, blinkte ein schmaler Streifen vom Kattegatt, eingerahmt von weißem Sand. Olsson schien allerdings an der herrlichen Aussicht nicht sonderlich interessiert.

Mit Bremse und Getriebe musste er darauf achten, dass der schwere Volvo die Kurven schaffte. Es tat in den Ohren weh, als sie den steilen Hang hinunterfuhren, aber dann wurde die Straße wieder gerade, und er bremste, als der Bahnübergang vor ihnen auftauchte.

In mäßigem Tempo kamen sie in den Ort, und Olsson fragte: «Wo sollen wir hin?»

Noch bevor Cecilia antworten konnte, musste er scharf bremsen. Quer über die Fahrbahn war eine rotgelbe Sperre aufgestellt, und ein Polizist in blaugrünem Overall stoppte sie mit der Kelle in der Hand. Mit einem Handzeichen gab er ihm zu verstehen, dass er die Scheibe herunterkurbeln sollte.

«Wohin wollt ihr?», fragte er kurz angebunden. Dann erkannte er Olsson und nickte freundlich.

«Zum Rathaus», antwortete Cecilia vom Beifahrersitz. «Zu der Umweltdebatte.»

Aber der Polizist schüttelte den Kopf. «Die Straße dahin ist abgesperrt.»

Cecilia starrte ihn verständnislos an. «Wieso abgesperrt?»

«Wir sind dabei, die Umgebung zu evakuieren, die Debatte ist abgesagt.»

«Aber die Minister?», versuchte Cecilia. «Ich bin mit denen verabredet!»

Sie fummelte ihren Presseausweis hervor, aber der Polizist sah ihn nicht einmal an. Er schüttelte wieder den Kopf.

«Die sind schon wieder weggefahren», erklärte er schlicht. Dann blickte er Olsson an und senkte die Stimme. Er schien aufgeregt, oder war es vielleicht Angst?

«Es gibt eine Bombendrohung. Überall im Rathaus haben sie Dynamitstangen gefunden, im ganzen Gebäude verteilt.»

KAPITEL 14

«Bombendrohung? Wer macht denn so was?»
Eigentlich wunderte sich Olsson nicht. Schon seit das Dynamit von der Tunnelbaustelle verschwunden war, hatte er befürchtet, dass irgend so was passieren würde. Er hoffte nur, dass nicht Urban und seine Freunde dahinter steckten.
Aber der Polizist in dem blaugrünen Overall wusste nicht mehr, als er schon gesagt hatte.
«Wenn ihr weiterfahrt, geschieht das auf eigene Gefahr», stellte er lapidar fest. «Und geht nicht in die abgesperrten Bereiche, es kann jeden Moment knallen!»
Er schrumpfte zu einer Spielzeugfigur im Rückspiegel des Volvo, als sie weiterfuhren und nach links auf Köpmansgatan einbogen. Zum Rathaus ging es in die andere Richtung, und unten an der Kreuzung sahen sie eine weitere Straßensperre.
Im Hinblick auf die angespannte Situation waren erstaunlich viele Menschen auf der Straße. Wenn nicht die alltägliche Kleidung und die ernsten Gesichter gewesen wären, hätte man vermuten können, es sei wieder Tenniswoche. Olsson kam auf der Hauptstraße, die sich plötzlich in eine Fußgängerzone verwandelt hatte, nur im Schritttempo voran.
Cecilia hatte die ganze Zeit still und nachdenklich dagesessen.
«Ich verstehe nicht, was sie damit erreichen wollen.»

Olsson zuckte mit den Schultern. «Es ist nicht leicht nachzuvollziehen, wie Terroristen denken.»
Aber sie stimmte ihm nicht zu. «Aus ihrer Sicht denken sie logisch», sagte sie ganz ruhig. «Und hier stimmt was nicht. Warum sollten sie die Debatte stoppen wollen?»
Darauf wusste er keine Antwort, und er konzentrierte sich auf die nicht einfache Aufgabe, keinen der Passanten anzufahren, die mitten auf der Fahrbahn gingen. Die Menschenmenge wurde dichter, je näher sie dem Marktplatz kamen, die Umweltdemonstranten hatten sich offenbar einen Protestmarsch vorgestellt hinunter zum Saal, in dem die Debatte stattfinden sollte, waren aber ebenso wie die Polizei von der Bombendrohung überrascht worden. Jetzt schienen sie planlos hin und her zu laufen und darauf zu warten, dass etwas geschehen würde.
Sie kamen am Markt vorbei, auf dem sich die Menschen drängten. Erstaunlicherweise fand Olsson direkt an der Kirche einen freien Parkplatz, und als sie ausstiegen, landeten sie mitten im Gewühl von Spruchbändern und aufgeregten Stimmen.
Eine Gruppe von Demonstranten ging gerade auf eine andere los. Sie stritten sich darüber, ob sie die Absperrungen der Polizei stürmen sollten oder nicht, offenbar war die eine Gruppe der Meinung, dass die ganze Bombendrohung ein Vorwand sei, um sie von dem Treffen der Minister mit den Repräsentanten der Baufirmen fern zu halten.
Olsson kannte diese Stimmung, einen Augenblick lang fühlte er sich in die Zeit vor dreißig Jahren zurückversetzt. Er war 1968 bei den legendären Båstad-Demonstrationen dabei gewesen und erinnerte sich gut an das Chaos, das damals ausgebrochen war. Mit einem großen Teil der Polizeikräfte der Region war er damals abkommandiert worden,

um die Ordnung aufrechtzuerhalten, und hatte bestürzt miterleben müssen, wie seine Kollegen mit dem Gummiknüppel auf die Menschen eingeschlagen hatten.
Damals war das der Höhepunkt der so genannten Studentenrevolte gewesen, und die örtliche Bevölkerung hatte für die langhaarigen linksradikalen Aktivisten, die gekommen waren, um ein politisch missliebiges Tennisturnier zu verhindern, kein Verständnis aufgebracht. Jetzt kam wahrscheinlich die überwiegende Mehrheit der Demonstranten aus der Umgebung, und soweit er sehen konnte, waren mehrere hoch angesehene Bürger aus Båstad darunter, die mit den jungen Aktivisten und ihren Parolen einer Meinung waren. Ob das eine ruhige Veranstaltung garantierte, würde man sehen.
«Wo wollen wir eigentlich hin?», wiederholte Olsson.
Aber er bekam keine Antwort. Cecilia bahnte sich den Weg durch die Menschenmenge, und er folgte ihr, so gut er konnte.
Sie schien nach etwas Ausschau zu halten und blieb plötzlich bei zwei Leuten stehen, die miteinander diskutierten. Olsson erkannte die helle, nervöse Stimme bereits, ehe er sah, dass es Lisa Berghagen war. Die war mitten in einer Ausführung, als sie Cecilia und ihn entdeckte.
Sie unterbrach sich, und ihr Blick wanderte unsicher von demjenigen, mit dem sie sprach, zu Cecilia.
«Ich versuche gerade zu erklären, dass wir mit dieser Bombendrohung nichts zu tun haben», sagte sie erschöpft.
Erst da sah Olsson, dass sie zu einer Art Podium in der Ecke des Marktes gekommen waren und die Person, mit der Lisa sprach, eine Kamera vor dem Bauch hatte. Offenbar war es ein Journalist von einer der Lokalzeitungen.
«Und ich spreche sowohl für die Umweltgruppen als auch

für das Komitee, das diese Demonstration organisiert hat!», stellte sie mit Nachdruck fest, wie um damit allen weiteren Spekulationen den Wind aus den Segeln zu nehmen.

Olsson entdeckte noch zwei weitere Journalisten. Offenbar waren sie in eine improvisierte Pressekonferenz geraten. Die Reporter schienen allerdings im Gegensatz zu Lisa nicht der Meinung zu sein, dass diese bereits beendet war.

«Und was passiert jetzt?», fragte einer. «Es gibt Gerüchte, dass ihr die Absperrungen der Polizei umgehen wollt.»

Aber Lisa schüttelte ihr blondes Haar. «Nein, daran ist nicht gedacht!», entgegnete sie energisch.

Sie drehte den sensationshungrigen Presseleuten den Rücken zu und wandte sich hoffnungsvoll an einen jungen Mann, der offensichtlich zu den eher militanten Gruppen gehörte.

«Hast du Urban Sunesson gefunden?», wollte sie neugierig mit einem Blick auf Cecilia wissen.

«Danach wollte ich dich auch gerade fragen.» Lisa runzelte sorgenvoll die Stirn. «Er hätte hier sein sollen, aber ich habe ihn nirgendwo gesehen.»

Sie hörte sich besorgt an, und Olsson empfand ebenso, ohne sich richtig darüber klar zu werden, warum. Das Gefühl wurde nicht besser, als sie hinzufügte:

«Komisch, er kommt sonst immer, wenn er es versprochen hat.»

Er hatte den Eindruck, als ob sie noch mehr sagen wollte, aber jemand zog sie am Ärmel und zeigte auf eine Fernsehkamera, die aus dem Nichts aufgetaucht war und mit ihrer aufdringlichen Linse lockte. Das Team hatte einen militanten Jüngling aufgegabelt, der bereit stand, seine Meinung zu sagen, und sie bereits kampflustig anstarrte. Die Menschenmenge bildete einen neugierigen Ring um sie, und dann war sie auf einmal aus Cecilias und Olssons Blickfeld verschwunden.

Die beiden sahen sich unschlüssig an. Olsson sagte zögernd: «Er kann doch wohl nicht unten beim Rathaus sein?»

Er war sich nicht sicher, ob sie begriff, was er damit meinte, aber er wollte seinen Verdacht nicht erklären. Sie sah ihn fragend an, offenbar hatte sie ebenso großes Interesse wie er daran, Urban zu finden.

«Lass uns umhergehen und ein bisschen suchen, vielleicht ist er ja hier irgendwo, kann doch sein», schlug sie vor.

Aber sie blieb stehen und wartete, es schien so, als ob sie Olsson die Initiative überlassen wollte.

«Du weißt doch besser, wie er aussieht», sagte sie ungeduldig.

Sie begannen den Markt abzusuchen, Olsson mit dem Blick auf die Menschenmenge und Cecilia mit den Augen auf ihn gerichtet. Das war nicht leicht, die Menschen bewegten sich ständig hin und her, und nach einer Weile kam es ihnen vor, als ob sie jeden schon mindestens zweimal gesehen hätten.

«Hier ist er nicht», stellte Olsson fest. «Sollten wir nicht hinunter zur Absperrung gehen?»

Sie machten sich auf den Weg Köpmansgatan entlang. Das Gedränge war hier nicht so dicht, und die meisten waren in der gleichen Richtung unterwegs. Es schien so, als ob sich eine neue Demonstration unten bei der Absperrung formierte, Sprechchöre und Parolen waren bereits von weitem zu hören.

Olsson prüfte die Gesichter um sie herum immer oberflächlicher, er hatte an der ganzen Sache beinahe die Lust verloren, als er plötzlich zusammenzuckte.

Auf dem anderen Bürgersteig bahnte sich jemand seinen Weg gegen den Strom der Leute. Er kam von unten aus Richtung der Absperrung und sah ebenso abwesend aus wie neulich, als Olsson ihn neben dem umgestürzten Tisch bei dem Krebsessen draußen an Västersjön gesehen hatte. Aber im gleichen Augenblick, als Olsson den launischen Ivan erkannte, kam ein VW-Bus mit durchgerosteten Kotflügeln die Köpmansgatan entlanggekrochen. Er war von seiner ersten Beobachtung so gefesselt, dass er das Auto erst bemerkte, als es zu spät war, festzustellen, wer der Fahrer war.

Einige Sekunden lang stand Olsson wie der Esel zwischen zwei Heuhaufen da. Dann besann er sich.

«Komm!», sagte er zu Cecilia und nahm sie beim Arm.

Er war als Erster beim Auto, und als Cecilia sich auf den Beifahrersitz setzte, lief der Motor bereits. Den VW-Bus hatten sie nicht aus den Augen verloren, der saß in einer Gruppe desperater Demonstranten kurz vor dem dänischen Eiscafé fest, und Olsson gelang es durch geschicktes Lenken durch die weniger dichte Menge bis dorthin zu kommen.

«Darf man wissen, was eigentlich los ist?»

Cecilia bestand auf einer Antwort, aber Olsson ließ den anderen Wagen nicht aus den Augen.

«Urban Sunessons Gruppe benutzt dieses Auto», sagte er, während der rostige Bus wendete und sich nach rechts durchschlängelte. Das war die Richtung nach Ängelholm, doch dort gab es auch Nebenstraßen zum Rathaus.

Cecilia antwortete nicht, und ihr Gesicht bekam einen neuen Ausdruck, als er eine gewagte Slalomkurve fuhr. Die Räder waren halb auf dem Bürgersteig, und einige verdatterte Jugendliche starrten ihnen mit großen Augen nach.

Die Demonstranten, die immer noch auf einem Haufen kurz vor der Abzweigung standen und sich über irgendetwas stritten, hatten sich einige Meter weiterbewegt, sodass Olsson eine Lücke fand. Die nutzte er schnell und stellte fest, dass der Abstand zu dem VW-Bus und seinem nichts ahnenden Fahrer sich bereits verringert hatte.

Der Bus rollte langsam, aber er fuhr an allen Straßen vorbei, die hinunter zu dem von Bomben bedrohten Rathaus führten. Da plötzlich beschleunigte der Wagen. Vielleicht hatte der Fahrer, wer immer das war, gemerkt, dass Olssons Wagen ihm folgte, vielleicht hatte er ihn sogar erkannt.

Olsson zögerte nur eine Sekunde. Als der Bus in einer Kurve vor ihm verschwand, drückte er aufs Gas. Der Diesel protestierte, er beschleunigte nur langsam, aber er hatte einen langen Atem, und schließlich kam er doch in Fahrt. Als er aus der Kurve kam, hatte er den Bus jedenfalls nicht ganz aus dem Blickfeld verloren.

Er konnte noch das Heck des Busses sehen, als der in die nächste Kurve ging. Als er sich einem Bahnübergang näherte, sah er die Bremslichter und bemerkte gleichzeitig, dass die Schranken heruntergingen.

Ein winziger Moment der Unentschlossenheit kostete den VW-Bus beinahe einen Teil seines Daches. Im letzten Augenblick entschied sich der Fahrer anders und versuchte hinüberzukommen, Olsson sah, wie der hintere Schrankenbaum Funken an der Regenrinne über der Heckscheibe schlug, als er das Blech berührte. Dann legte er sich in die Halterung, so als ob nichts geschehen sei, und der kleine Bus kletterte an der anderen Seite unbekümmert die Steigung hinauf.

Olsson bremste und hielt in gehörigem Abstand von der Schranke an. Noch war der Zug nicht zu sehen, die Schranken wurden von einem entfernten Stellwerk aus geschlossen, und die Sicherheitsabstände waren groß. Wahrscheinlich hatte der Fahrer des Busses das auch gewusst, trotzdem war es ein ziemlich halsbrecherisches Vorhaben, die Schranken auf diese Art zu durchbrechen.

«Er ist uns entwischt», sagte Cecilia enttäuscht.

Sie schien verwundert, dass Olsson sich nicht mehr über den schimpflichen Ausgang ihrer Verfolgungsjagd ärgerte, wenn man das nun so nennen wollte. Aber er reagierte ganz ruhig.

«Ich glaube, ich weiß, wohin sie gefahren sind.»

Cecilia sah ihn fragend an, aber sie sagte nichts.

Es dauerte etwas mehr als eine Minute, bis der Zug erschien. Es war ein X 2000, und er schlich sich an mit seiner charakteristischen Neigezugtechnik, die ihn bei hoher Geschwindigkeit auf den Schienen hielt, bei den Reisenden aber Übelkeit verursachte. Sie betrachteten beide nachdenklich das blaugraue futuristische Gefährt, als es an ihnen vorbeiglitt. Um Minuten für diesen Statuszug zu gewinnen, begradigte die Bahn Streckenabschnitte und bohrte Tunnel. Dem Gerücht zufolge betrug der gesamte Zeitgewinn bei dem Tunnel durch Hallandsåsen etwa acht Minuten auf der Strecke Malmö–Göteborg.

Der kurze Zug verschwand und wirbelte Laub hinter sich auf, Olsson wartete artig, bis die Schranken sich hoben, und als das Warnlicht wieder weiß blinkte, begann er bergauf zu fahren. Auf den langen steilen Bergstrecken konnte der Diesel zeigen, was in ihm steckte, und als sie die Kuppe erreicht hatten, fragte Cecilia:

«Weshalb liegt dir so viel an Urban Sunesson?»

Olsson wusste nicht, was er darauf antworten sollte. Er war sich ja selbst nicht sicher. Vielleicht lag es daran, dass er sozusagen für Urban gebürgt hatte, indem er der Polizei verschwiegen hatte, was er über dessen Beteiligung an den Attentaten gegen den Tunnelbau wusste oder genauer gesagt befürchtete. Jedenfalls fühlte er sich unwohl, weil die relativ harmlosen Dumme-Jungen-Streiche jetzt eine so ernst zu nehmende Wendung genommen hatten.

«Warum willst du ihn denn so dringend treffen?», fragte er ausweichend.

Cecilia blickte ihn an, vielleicht ahnte sie seine Gedanken. Jedenfalls erließ sie ihm die Antwort, obwohl sie Journalistin war.

«Lisa hat mir einen Tipp gegeben. Er scheint sich in beiden Lagern auszukennen, wenn man ihr Glauben schenken darf.»

«Beiden Lagern?»

Sie waren jetzt über den höchsten Punkt des Bergrückens gekommen, befanden sich auf dem Abhang nach Förslöv und hielten ein so hohes Tempo, dass es auf den Ohren drückte. Cecilia fragte: «Hast du mal was von SEA gehört?»

Olsson schüttelte den Kopf.

«Sozialökologische Aktion. Man könnte sagen, das ist die zweite Generation der Umweltaktivisten. Die haben sich darauf spezialisiert, Maschinen auf nicht umweltgerechten Baustellen zu sabotieren.»

Irgendwo klingelte es leise bei ihm, er wusste nur noch nicht genau, wo, und Cecilia fuhr fort:

«Aber du kennst doch sicher das, was die Polizei das autonome Netzwerk nennt?»

Ihre Stimme hatte einen leichten Unterton, den Olsson spürte. Das war die Bezeichnung, die die Geheimpolizei benutzte, und ihm war die rücksichtslose Art seiner ehemaligen Kollegen aus diesem Bereich schmerzlich bewusst.

Deren Dossiers und die Wirklichkeit klafften nicht selten erheblich auseinander.
«Man sollte nicht alles glauben, was die sagen», antwortete er vorsichtig.
Sie lächelte. Er wusste nicht, ob über ihn oder über das Thema ihres Gesprächs.
«Das tue ich auch nicht.»
Sie schwiegen, während die Augustlandschaft an ihnen vorbeizog. Einige kleine Höfe standen dicht an der Straße, und hinter einem zugenagelten Stall weideten ein paar Schafe zwischen Wacholderbüschen und Brombeerhecken, sonst gab es hauptsächlich Ackerstreifen und Steinwälle zu sehen. Bei der Eisenbahnbrücke vor Förslöv nahm sie den Faden wieder auf. «Dass die so gut organisiert sein sollen, glaube ich kaum.»
Olsson nickte. Die schwedische Geheimpolizei hatte die Angewohnheit, alles viel gewichtiger darzustellen, was nach Verschwörung oder Geheimorganisation roch, und wenn es keine gab, konnte es gut passieren, dass sie eine erfand. Von den spontanen Aktionen Jugendlicher hatte sie noch nie etwas verstanden.
Gerade wollte er etwas sagen, als Cecilia weitersprach: «Die geben einander Tipps übers Internet, aber das ist eine andere Sache. Ich persönlich glaube, dass bei jeder neuen Aktion neue Gruppen entstehen.»
Für Olsson hörte sich das ganz logisch an, nur eine Sache verstand er immer noch nicht.
«Was hat das mit Urban zu tun?»
«Weiter nichts, als dass ich annehme, er weiß, was da im Werden ist.»
Sie kamen nach Förslöv hinein. An der Statoil-Tankstelle bog Olsson nach links ab. Irgendwas machte ihm weiter-

hin Kopfzerbrechen, und als sie das Dorf beinahe hinter sich hatten, konnte er nicht länger an sich halten:
«Was meintest du eigentlich damit, als du sagtest, es sei eine internationale Gruppe daran beteiligt?»
Cecilia zuckte mit den Schultern, die Sache schien ihr nicht von großer Bedeutung zu sein.
«Das ist nur so ein Gerücht. Es wurde davon geredet, dass einige von der dänischen bz-Bewegung sich mit einem Teil der schwedischen SEA-Leute zu einer Aktion gegen den Brückenbau zusammengetan haben und dass die bei der Gelegenheit auch gleich bei den Protesten gegen den Tunnelbau mitmachen.»
Es schien so, als ob das Thema damit erschöpft wäre, und Olsson hatte nichts hinzuzufügen. Aber plötzlich sagte sie:
«Das mit dem Dynamit ist nicht in Ordnung.»
Dann blickte sie auf dem ganzen Weg bis nach Margretetorp aus dem Fenster. Olsson verstand nicht ganz, was sie meinte, war aber trotzdem bereit, ihr Recht zu geben. Zugegeben, die schwedische Umweltbewegung hatte eine militante Untergruppe bekommen, und diejenigen, die die Polizei Autonome nannte, ließen Nerze frei und warfen die Schaufenster von Erotikshops ein. Schwere Sprengladungen und konkrete Lebensgefahr für Hunderte von Menschen waren aber eine ganz andere Sache.
Cecilia machte große Augen, als sie zur Uggle-Halbinsel abbogen. Der rostige VW-Bus stand ganz unten am Ufer, aber es war das dunkelbraune Haus mit den vielen Ecken und Winkeln, auf das sie blickte. Olsson sagte nichts, sondern ging um das Haus herum zur Verandatür. Er klopfte ein paar Mal laut, ehe er die Türklinke herunterdrückte. Es war nicht abgeschlossen, daher trat er ganz ruhig ein und forderte Cecilia auf, ihm zu folgen.

«Ist jemand da?»
Er hatte lauter gerufen als nötig, war aber doch überrascht, als Urban plötzlich auftauchte. Das ging so schnell, dass keiner von beiden sehen konnte, woher er kam, bis er vor dem Kamin stand.
«Papa ist nicht zu Hause», sagte er nur und sah sie misstrauisch prüfend an. Es war deutlich, dass sie nicht willkommen waren.
«Bist du allein?», fragte Olsson und merkte im gleichen Moment, dass er keine dümmlichere Frage hatte stellen können. Urban wechselte sofort von Misstrauen zu offener Feindseligkeit.
«Wieso?», entgegnete er und kreuzte die Arme vor der Brust.
Er war sichtlich der Ansicht, dass sie das gar nichts anging. Und er sah ganz so aus, als ob er gleich auf sie zu gesprungen käme, um sie hinauszuwerfen, als Cecilia ihm zuvorkam. Sie ging ganz einfach auf einen Sessel zu und setzte sich hin. Es war der gleiche, auf dem Olsson bei dem Krebsessen gesessen hatte, als er zum ersten Mal von dem Verdacht wegen der Beteiligung an der Sabotage beim Tunnel gehört hatte.
«Lisa sagte, du könntest mir eine Frage beantworten», begann Cecilia.
Aber Urban schnaubte nur. «Lisa Berghagen? Was weiß denn die!»
Dann schien ihm plötzlich etwas einzufallen. «Wer bist du überhaupt?»
Zu Olssons Erstaunen antwortete sie offen, dass sie Journalistin sei, und was ihn noch mehr verwunderte, war Urbans Reaktion.
Die Feindseligkeit war wie weggeblasen und einer freund-

lichen Neugier gewichen. Er setzte sich in den Sessel gegenüber Cecilia und musterte sie interessiert.
«Du schreibst für Vaters Zeitung, was?»
Cecilia schüttelte den Kopf. Das schien ihn zu beruhigen, er lehnte sich über den Tisch und fragte:
«Was willst du wissen?»
Cecilia schaute zu Olsson, bevor sie begann: «Was ist deine Meinung zu dem Dynamit?»
Urban blinzelte nicht einmal, man hätte beinahe annehmen können, dass er auf die Frage gewartet hatte.
«Völlig daneben!»
Er holte tief Luft, auf seinem kahlen Kopf zeigte sich ein roter Schimmer. Dann sagte er: «Okay, man kann Dinge vermasseln. Aber entweder will man die öffentliche Meinung beeinflussen, so wie wir das machen oder die von der SEA, dann muss man aber Dinge tun, die die meisten Leute gut finden. Oder man kümmert sich einen Dreck darum, was die Leute denken, und will so großen Schaden anrichten, dass solche Bauten eingestellt werden müssen. Ein Teil der Pornogegner und Tierfreunde wenden diese Taktik an, aber das funktioniert nur bei den kleineren Firmen, die nicht genug Geld haben, um die eingeschlagenen Fenster oder die freigelassenen Tiere immer wieder aufs Neue zu ersetzen.»
Er machte eine Pause und schüttelte den Kopf.
«Man kann die Eisenbahn oder das Öresundkonsortium ökonomisch nicht in die Knie zwingen, und mit Bomben bringt man die gesamte Öffentlichkeit gegen sich auf.»
Er schwieg und sah Cecilia an.
«Genau das denke ich auch», sagte sie.
Urban kratzte sich an der Stirn, er sah aus, als ob ihm noch etwas eingefallen sei.
«Das muss irgendein einsamer Verrückter gewesen sein,

vielleicht einer wie der Olympia-Bomber», sagte er. «Aber ich weiß es nicht.»
Olsson konnte sich gut an den Mann erinnern, der alle sportbegeisterten Schweden gegen sich aufgebracht hatte, indem er Feuer in einigen Sportarenen legte, kurz vor der Entscheidung, welches Land die Olympischen Spiele 2004 austragen sollte. Und er dachte an eine andere eigenartige Person, die sowohl an der Brückenbaustelle als auch jetzt oben in Båstad dabei gewesen war.
«Weißt du, wie dieser Ivan, der bei dem Krebsessen den Tisch umgeworfen hat, mit Nachnamen heißt?», fragte er Urban, bekam jedoch einen verwunderten Blick zur Antwort.
«Na klar!»
Urban zuckte mit den Schultern, dann sagte er:
«Sunesson. Das ist Vaters Cousin.»
Er tippte sich mit dem Finger an die Stirn.
«Er ist ein bisschen … er hat psychische Probleme.»
Dann ging ihm ein Licht auf. Er starrte Olsson an und begann laut zu lachen. «Du glaubst doch wohl nicht, dass er …? Kannst du vergessen!»
Olsson merkte, wie er rot wurde. Er konnte nicht begreifen, was daran so komisch war, aber Urban fuhr fort:
«Er hat eine Heidenangst vor allem, was knallt. Silvester schließt er sich in die Toilette ein.»
«Ich habe ihn in Båstad gesehen», beharrte Olsson.
«Kein Wunder, da wohnt er.»
Urban schien immer noch erheitert bei dem Gedanken, Ivan sei ein Terrorist, aber Olsson dachte an eine andere Sache, bei der er sich nach wie vor nicht ganz sicher war.
«Du hast wohl nicht einen Wasserschlauch drüben bei Leo durchgeschnitten?», fragte er so beiläufig wie möglich.

Urban sah ganz verdutzt aus.
«Nein, warum sollte ich?», entgegnete er. Dann schien er zwei und zwei zusammenzuzählen. Der rote Schimmer auf seinem Kopf war wieder da. Diesmal aber vor Wut.
«Ich bin doch verdammt kein Mörder!»
«Ich meinte, du hast es vielleicht aus Versehen getan», versuchte Olsson verlegen.
«Und dann bin ich mit der Leiche runter zur Brücke gefahren? Geht es dir nicht gut?»
Olsson überlegte, woher er wissen konnte, dass der Mord an Åman auf diese Weise verübt worden war, sah aber ein, dass jetzt nicht der richtige Zeitpunkt für eine solche Frage war. Vielleicht hatte doch genug darüber in den Zeitungen gestanden, sodass er sich hatte kundig machen können.
«So habe ich das nicht gemeint«, sagte er entschuldigend.
Aber Urban war schon auf dem Weg. Er lief wütend an ihnen vorbei und war mit zwei Schritten an der Tür zu einem angrenzenden Zimmer.
«Ihr könnt rausgehen, wo ihr reingekommen seid!»
Dann verschwand er in dem Zimmer und schlug die Tür hinter sich zu.

KAPITEL 15

Sie folgten der Aufforderung und gingen langsam durch die Verandatür hinaus. Olsson war sich durchaus im Klaren, dass er einen Schnitzer gemacht und dadurch dem Kontakt ein Ende gesetzt hatte, den sie so unerwartet zu Urban aufgebaut hatte. Er ging davon aus, dass das Interview ein Fiasko geworden war, er hatte sie ja nicht mal ausreden lassen, bevor er sich in das Gespräch einmischte.

Aber seltsamerweise schien sie deswegen nicht besonders geknickt zu sein. Draußen auf der Veranda drehte sie sich herum und ließ ihren Blick über die geschickt angeordneten Winkel und Nischen gleiten.

«Möchte wissen, wer wohl der Architekt von dem allen ist.»

Dann sah sie das Wasser zwischen den Bäumen glitzern. Sie ging bis ganz ans Ufer und blickte über den See. Der lag so still und friedlich da, als ob er auf die Abenddämmerung wartete, und Olsson versuchte es mit einer Entschuldigung.

«Es tut mir Leid, wenn ich dein Interview vermasselt habe.»

Sie blickte ihn jedoch nur verwundert an.

«Ich hab genau das erfahren, was ich wollte.»

Er musste ausgesehen haben, als ob er ihr nicht glaubte, denn sie fügte hinzu: «Irgendwas stimmt nicht mit dem Dynamit, das wollte ich bestätigt haben.»

Weiter sagte sie nichts dazu, und Olsson fragte auch nicht, schweigend standen sie Seite an Seite, so als ob ihnen plötzlich aufgegangen wäre, dass das Thema nicht in diese friedvolle Umgebung passte. Aber beider Augen richteten sich auf die gleiche Sache.

Quer über die Bucht streckte Leo Sarks Landzunge ihren laubbekränzten Finger genau wie sonst aus, aber unten am Wasser neben dem gelben Gartenhäuschen war etwas im Gange. Olsson konnte kleine Gestalten ausmachen, die sich bewegten, einige waren sogar im Wasser und planschten darin herum. Auf der ruhigen Fläche machten sie Kreise, die sich beinahe bis in die Mitte des Sees ausbreiteten. Die Leute sahen aus, als ob sie badeten, aber dann wurde Olsson klar, dass es sich um Brodins Männer handeln musste, die mit dem Tauchen begonnen hatten.

«Sollen wir nicht hinfahren und guten Tag sagen?», fragte er.

Cecilia zog eine Grimasse, als ob er einen besonders schlechten Witz gemacht hätte, und er beeilte sich, ihr das zu erklären.

«Das ist die Polizei. Die tauchen nach Jörgen Åmans Sachen.»

Sie kniff die Augen halb zu und betrachtete die Landzunge mit neuem Interesse. Dann entschied sie sich und trat einen Schritt zurück auf den Rasen über dem schmalen Sandstreifen am Wasser. Sie streckte Olsson die Hand hin und sagte:

«Warum nicht, wenn wir sowieso hier sind.»

Aber auf dem Weg zum Volvo besann sie sich, ihr schien etwas eingefallen zu sein.

«Weshalb sollten die mit uns sprechen?»

Olsson zuckte mit den Schultern und antwortete ganz ruhig: «Die wollen sicher was über Ruder Finn wissen.»

Einen Moment sah sie ihn fragend an, aber sie sagte nichts.

Dann waren sie bei den Autos angelangt, und sie ließ sich nachdenklich auf den Beifahrersitz fallen.
Olsson fuhr rückwärts zwischen dem VW-Bus und einigen einzeln stehenden Baumstämmen durch. Er kam dem weichen Abhang zum Wasser gefährlich nahe, und der schwere Wagen sackte mit den Reifen tief ein, aber er schaffte es, aus der Sandfalle herauszukommen, und war erleichtert, als der bekannte Weg hinüber zu Leo Sarks Haus unter den Reifen knirschte.
Geschickt überwand er den Buckel auf der Fahrbahn und näherte sich der Zufahrt zu dem hellblauen Haus mit dem schwarzen Zwiebelturm.
Cecilia saß immer noch schweigend mit gerunzelter Stirn da. Schließlich schlug sie vor:
«Sollten wir nicht warten?»
Olsson sah sie fragend an. «Worauf?»
«Bis wir Antwort aus Washington bekommen haben. Eigentlich haben wir doch noch nichts Konkretes.»
Er wich einem hervorstehenden Baumstumpf aus, das Auto schaukelte wie bei Seegang. Als es wieder ruhig lag, sagte er nur: «Das reicht.»
Dann stand da plötzlich ein Polizist in Uniform und hielt sie an. Als er Olsson erkannte, grinste er. «Feiner Besuch heute!»
Olsson grinste zurück. Der Mann war in seinem Alter, es war ein ehemaliger Kollege, und sie hatten viele gemeinsame Stunden im Dienst hinter sich.
«Ist Brodin hier?», wollte er wissen.
Der Uniformierte machte ein vergnügtes Gesicht. «Was glaubst du denn?»
Olsson nickte, er wusste sehr wohl, was die Polizisten davon hielten, wenn ihr Chef draußen bei ihrer Arbeit auf

und ab rannte. Insbesondere dann, wenn es sich um größere Einsätze handelte und mit dem Erscheinen der Medien zu rechnen war.
«Heute sind es zwei», fuhr der Polizist fort. «Ist ein ziemlicher Zirkus, die Sache da oben in Båstad und gleichzeitig das Tauchen hier. Aber geh du ruhig hin.»
Er wollte gerade zurücktreten, hatte aber noch keinen Schritt gemacht, als Cecilia sich in das Gespräch mischte.
«Von da kommen wir gerade, aber wir haben nur gehört, dass im Rathaus alles voller Sprengsätze gewesen ist.»
Der Polizist beugte sich vor und sah sie durch die Seitenscheibe an. Dann blickte er wieder zu Olsson, ehe er entschied, dass er ganz offen sprechen konnte.
«Voll ist wohl kräftig übertrieben. Sie haben eine einzige Ladung im Sitzungssaal gefunden und vorsichtshalber den Rest des Gebäudes durchsucht.»
«Weißt du, ob die adaptiert war?», fragte Olsson ihn.
Er überlegte.
«Wenn du jetzt so fragst, ich glaube, die haben gesagt, dass sie nicht an einen Stromkreis angeschlossen war. Aber alles andere war vorhanden, Zünder und so. Die hätte also losgehen können, wenn jemand unvorsichtig gewesen wäre.»
Er machte ein ernstes Gesicht, so als ob er damit zum Ausdruck bringen wollte, dass man die Angelegenheit nicht auf die leichte Schulter nehmen durfte.
«Aber wie konnte denn jemand in das Haus kommen und die Ladung anbringen?», wollte Cecilia wissen. «Da müssen doch Leute drin gewesen sein.»
«Das ist es ja gerade. Es ist der gleiche Eingang wie zur Bibliothek, da laufen den ganzen Tag über Leute ein und aus, ohne dass jemand Notiz davon nimmt.»
«War denn nicht abgeschlossen?»

Er schüttelte den Kopf.
«Da konnte rein, wer wollte.»
An seinem Tonfall merkte man, dass er keine große Lust mehr hatte zu antworten, und Olsson entschloss sich, seine Geduld nicht länger zu strapazieren.
«Wir werden mal raufgehen und Brodin beruhigen», sagte er.
Der Polizist grinste wieder, und Olsson lenkte den Volvo unter einen Baum. Er machte sich nicht die Mühe, ihn abzuschließen, und zusammen mit Cecilia ging er durch das breite Gittertor zum Haus hinauf.
Sie warf dem schuppigen, hellblauen Gebäude lange Blicke zu, als sie daran vorbeikamen, und als sie auf dem Weg ans Wasser all die Skulpturen sah, fragte sie: «Ist das wirklich wahr?»
Aber die rotweißen Plastikbänder, die ums Haus herum und unten am Wasser glänzten, waren Realität genug, ebenso die kleine Gruppe vor dem Gartenhaus der Huldra. Schon von weitem sah man blaugrüne Polizeioveralls und schwarze Froschmänner mit schreiend gelben Sauerstoffflaschen.
Sie gingen den Pfad quer über das naturbelassene Grundstück entlang, Olsson grüßte die marschierenden Skelette wie alte Bekannte, und Cecilia starrte ihn ungläubig an. Dann bogen sie bei der Baumgruppe ab und kamen zu dem Platz mit den Tauchern.
Draußen im Wasser hatte die Polizei ein Netz aus Leinen und Bojen ausgelegt. Es sah aus, als ob sie diesen Teil des Sees in Rechtecke aufgeteilt hätten, die sie nun systematisch eins nach dem anderen absuchten. Es blubberte da draußen irgendwo, dann platschte eine schwarze Schwimmflosse an der Wasseroberfläche, sie sah aus wie der Fuß eines großen

Schwans, und gleichzeitig hörte Olsson eine bekannte dunkle Stimme.
«Hej, Martin.»
Margret Kellerman löste sich aus der kleinen Gruppe bei dem gelben Gartenhäuschen und kam auf sie zu. Sie trug ihren üblichen kurzen Uniformrock; aber die hohen Absätze waren quadratischer und besser für diesen Untergrund geeignet als beim letzten Mal. Als sie einen Schritt vor ihnen war, streckte sie die Hand aus und legte sie freundschaftlich auf Olssons Arm.
«Hej», wiederholte sie.
Olsson spürte, wie er rot wurde. Aus den Augenwinkeln sah er Cecilia, die direkt an seiner Seite stand und sie beide verwundert ansah. Sie blickte Olsson immer noch erstaunt an, als der sich umdrehte und sie mit der Kommissarin bekannt machte. Glücklicherweise erschien Brodin und beendete die peinliche Situation mit seinem Lächeln.
«Die Speerspitze unserer Marine», erklärte er mit einer demonstrativen Geste zu der Tauchergruppe.
Er hörte sich wie ein Werbefachmann bei einer Präsentation an, offenbar hatte er nicht vergessen, dass Cecilia Journalistin war. In der Eile bezog er Margret Kellerman in sein Lächeln mit ein, und sie zeigte sich dankbar, zu Olssons nicht geringem Erstaunen. Der Waffenstillstand zwischen den beiden schien immer noch in Kraft zu sein.
«Es ist fast ein bisschen viel auf einmal», sagte sie und wandte sich an Olsson. «Du hast sicher von der Sache in Båstad gehört?»
Olsson nickte, er wusste nicht, was er antworten sollte. Schließlich war es ziemlich ungewöhnlich, dass beide Polizeichefs sich hier an Vastersjön aufhielten, während die Situation oben bei der Demonstration so brenzlig war. Er

überlegte fieberhaft, ob ihm nicht etwas einfiele, was das Gespräch auf einem neutralen Niveau halten konnte.

«Wir haben vor einer Weile der Ordnungspolizei das Kommando übergeben», fuhr Margret Kellerman fort, «wir müssen uns ja auch um diese Geschichte hier kümmern.»

Sie zeigte auf den See, in dem die Taucher tapfer ihre Quadrate absuchten, ein Mann in blaugrünem Overall zeigte mit der ausgestreckten Hand und versuchte einen der Froschmänner an einen unbestimmten Punkt draußen vor dem Schilfgürtel zu dirigieren.

Olsson fühlte sich immer noch befangen, und ohne nachzudenken fragte er: «Habt ihr schon was gefunden?»

Aber Brodins Miene wurde kaum merkbar finster, und Kommissarin Maigrets Lächeln verkrampfte sich. Ob nun aus Rücksicht auf die weitere Zusammenarbeit oder ob sie dem spektakulären Tauchauftrag ebenfalls so viel Bedeutung zumaß, war nicht zu erkennen.

«Noch nicht», gab Brodin zu. «Aber fehlende Funde sind auch Funde.»

Er hörte sich beinahe fröhlich an, und Olsson nutzte die Gunst der Stunde.

«Braucht ihr noch was zu Ruder Finn?»

Er stellte die Frage so lässig wie möglich, aber Brodin spitzte sofort die Ohren.

«Selbstverständlich», sagte er schnell.

Vielleicht bedauerte er seinen entlarvenden Tonfall, denn er beeilte sich, nicht ganz so eifrig zu klingen.

«Es schadet nie, wenn man seine Informationen vervollständigen kann», verbesserte er sich und zog die Mundwinkel zu einem liebenswürdigen Lächeln hoch.

Olsson nickte Cecilia auffordernd zu. Sie hatte früher schon mit Brodin zu tun gehabt und nahm sofort ihre

Chance wahr. Sie erzählte, was sie über die amerikanische PR-Firma wusste, achtete aber sorgfältig darauf, sich so auszudrücken, als ob sie davon ausginge, dass Brodin das meiste schon bekannt war. Erst als sie das Gespräch mit Washington erwähnte, warf sie einen Blick auf Margret Kellerman, die mit hochgezogenen Augenbrauen zuhörte. Aber es war Brodin, der das Wort ergriff, als sie fertig gesprochen hatte.

«Sehr interessant», murmelte er. «Und das Jahr ist in beiden Fällen das gleiche.»

Das erstaunte Gesicht der anderen schien Brodin zu gefallen, er lächelte zufrieden und machte die ihm eigene Kunstpause, ehe er weitersprach.

«Åman mochte das Abenteuer, er hatte nicht nur einen gefahrvollen Job im Zivilleben. Er war auch freiwilliger UN-Soldat und diente mitten in der heißen Phase des Krieges sowohl in Kroatien als auch in Bosnien.»

Neugierig betrachtete Brodin die Wirkung seiner Worte, aus dem Gesichtsausdruck von Margret Kellerman war zu schließen, dass dies auch für sie Neuigkeiten waren und sie es gar nicht schätzte, auf diese Art informiert zu werden.

«Das ist ja interessant», sagte sie säuerlich.

Am Tonfall war zu erkennen, dass sie nicht ganz so sicher war, ob das für die Ermittlungen von Wert war, aber Brodin schien erstaunlicherweise keine Notiz von der spitzen Bemerkung zu nehmen.

«Ein Zusammenhang ist natürlich noch nicht zu erkennen», sagte er nur kurz. Dann wandte er sich an Cecilia. Das Lächeln hätte von einem Autoverkäufer stammen können. «Könnten Sie nicht Åmans Namen erwähnen, wenn Sie das nächste Mal mit Ihrem amerikanischen Kontaktmann sprechen?»

«Natürlich, das wird kein Problem sein.»
Brodin sah zufrieden aus, aber Margret Kellerman schien die Unterstützung nicht zu schätzen. Sie stand auf ihren Absätzen wiegend mit vor der Brust verschränkten Armen da, es sah aus, als ob sie sich nicht entscheiden könnte, ob sie protestieren sollte oder nicht.
«Das ist natürlich gegen die Vorschrift», sagte sie mit einem an Cecilia gerichteten süßsauren Lächeln.
Die dunkle Stimme war übertrieben freundlich, und Olsson begann richtig nervös zu werden, er kam sich vor, als ob er mitten in einem Minenfeld stünde. Aber zum Glück sagte sie weiter nichts.
Auf der Landzunge herrschte eine eigenartige Stimmung, gleichzeitig erwartungsvoll und langweilig. Die Dämmerung nahm zu, und die Taucher hatten starke Scheinwerfer aufgestellt, die ein eigenartiges Licht auf die Schilfbündel und ihre Flickendecke aus Wasserrechtecken warfen. Hin und wieder erschien ein schwarz blinkendes Zyklopenauge an der Wasseroberfläche, aber nur um mit einem Kopfschütteln anzuzeigen, dass es immer noch nichts gefunden hatte. Zwei Journalisten, die Brodin offenbar hergebeten hatte, gähnten bereits vor Langeweile, und das Ganze wurde dadurch nicht besser, dass niemand wusste, wonach eigentlich gesucht wurde.
Olsson stellte fest, dass Margret Kellerman Cecilia heimlich beobachtete, und das bedrückte ihn wieder. Ihm fiel ein, dass er Urban nicht die Londoner Telefonnummer gegeben hatte, und er überlegte, ob sie das nicht als Vorwand nehmen konnten, um zur Uggle-Halbinsel zurückzufahren.
Aber bevor ihm eine Idee kam, wie er den Grund für den Rückzug unverfänglich formulieren könnte, entstand bei

der kleinen Gruppe am Wasser eine nervöse Unruhe. Ein schwarzer Froschmann watete ungeschickt ans Ufer; er hatte etwas in der Hand.

Brodin entdeckte zuerst, dass etwas los war, aber Margret Kellerman belegte einen guten zweiten Platz. Sie verlor das Interesse an Cecilia und schien zu den Tauchern hingehen zu wollen, entschied sich aber anders, als sie sah, dass Brodin ruhig stehen blieb und abwartete.

Larsson, der kleine Techniker mit dem Spitzbart, war dem Froschmann bereits entgegengegangen und nahm den Gegenstand wie ein Kurier entgegen. Er blickte zu Brodin hoch, bevor er die zwanzig Meter von dem Platz heraufkam, von dem aus die Taucher ins Wasser gingen. Die beiden gelangweilten Journalisten waren munter geworden und folgten ihm auf dem Fuße.

Bereits auf halbem Weg sah Olsson, dass es eine Pistole war, die er vor sich her trug. Er hatte einen Kugelschreiber durch den Abzugbügel gesteckt und hielt sie behutsam ausgestreckt von sich, so als ob er ein empfindliches Ausstellungsstück zu transportieren hätte.

«Das ist eine deutsche Luger», erklärte er und zwinkerte mit den Augen. «Aber sie ist nicht rostig.»

Olsson erkannte den charakteristischen Kolbenwinkel der legendären deutschen Armeepistole. Der kurze Neunmillimeterlauf streckte sich mit seinem großen, tortenstückartigen Korn wie ein Ausrufungszeichen vor, und die Pistole troff von Schlamm und Dreck. Aber die ganze Waffe war nicht rostfarben, sondern blauschwarz.

«Die ist ordnungsgemäß eingefettet», fuhr Larsson fort, «aber sie kann nicht viele Tage da drin gelegen haben.»

Sie beugten sich über die verdreckte automatische Pistole, der Kolben war von Schmutz bedeckt, man konnte kaum das Waffelmuster auf den Seitenplatten erkennen, aber am Ende des runden Laufs war ein eingraviertes Symbol zu sehen. Das war teilweise auch vom Schlamm verdeckt, aber nicht so sehr, als dass man nicht ein Zeichen erkennen könnte, das einem U mit kleinen Flügeln an den Grundstrichen glich.

Sie starrten die Gravur verblüfft an, sie erinnerte an irgendetwas, aber das schien doch viel zu absurd, um wahr zu sein.

«Das sieht aus wie das Logo der schwedischen Staatsbahn», stellte Olsson fest.

Er hörte selbst, wie einfältig das klang. Cecilia verbesserte ihn sofort.

«Das hat nichts mit der Bahn zu tun. Es ist das Symbol der Ustaša.»

KAPITEL 16

Einige Sekunden lang herrschte atemlose Stille. Sie starrten erst auf Cecilia, dann auf die schmutztriefende Luger.

«Ųstaša, sind Sie sicher?»

Es war Margret Kellerman, die die Frage stellte, sie schien ihre vorherigen Bedenken, Zivilisten in die Polizeiarbeit mit einzubeziehen, vergessen zu haben. Aber Cecilia bestätigte ruhig:

«Ich habe in Bosnien dieses Ų auf verschiedenste Wände geschmiert gesehen.»

Olsson erinnerte sich wieder an eine Reportageserie über die Arbeit von Carl Bildt als Friedensvermittler vor einigen Jahren, und ihm fiel ein, dass Cecilia unter den Journalisten gewesen war, die ihn von Ort zu Ort in dem auseinander fallenden Jugoslawien begleitet hatten. Er entsann sich ihrer Beschreibungen von verwüsteten Dörfern. Die diversen Extremistengruppen unterschieden sich nicht in ihrer Grausamkeit, unabhängig davon, welcher ethnischen Gruppe sie angehörten.

«Viele haben sich der Ųstaša als einer Art Markenzeichen bedient, egal ob sie etwas mit der ursprünglichen Organisation zu tun hatten oder nicht», sagte sie. «Und alle schätzten die alten deutschen Ausrüstungsstücke.»

Sie betrachteten die Luger mit neuem Respekt, es schien ihnen so, als ob die Welt plötzlich schrumpfte und der Balkan bis an Västersjön heranrückte.

«Seht doch mal nach, ob da nicht noch mehr eingraviert

ist», forderte Cecilia sie auf. «Die ritzen außerdem meist ihre Initialen oder den Namen der Gruppe ein.»
Tatsächlich schien durch den klebrigen Schmutz etwas durch, das wie Buchstaben aussah. Ohne nachzudenken, streckte Olsson die Hand aus, um die Waffe abzuwischen, aber Larsson zog die Pistole rechtzeitig weg, ehe er sie berühren konnte.
«Vorsichtig! Da können Fingerabdrücke dran sein!», sagte er aufgebracht und blinzelte wieder.
Olsson spürte wieder, wie er rot wurde. Das war natürlich ungeschickt von ihm, die Waffe war ja mit Fett eingeschmiert, und es war gar nicht abwegig, dass die Techniker Fingerabdrücke herzaubern konnten, obwohl sie im Wasser gelegen hatte.
Er murmelte eine Entschuldigung, aber die hörte Larsson nicht mehr, er war mit seinem Fund bereits auf dem Weg. Sie sahen, wie er sich in ein Auto setzte, die Pistole hielt er immer noch mit dem Kugelschreiber. Einer seiner Leute musste ans Steuer, und dann fuhren sie los, wahrscheinlich direkt ins Labor.
Die beiden Journalisten, die mit gespitzten Ohren umhergeschlichen waren, seit der Froschmann mit der Pistole aus dem Wasser gekommen war, standen einige Meter entfernt und blickten unsicher zu ihnen herüber. Dann schienen sie gleichzeitig zu dem Schluss gekommen zu sein, dass hier nichts mehr zu holen war, und machten sich zu ihren Autos auf.
Unten am Wasser war auch eine Pause eingetreten. Die beiden Froschmänner, die an der Reihe waren, hatten die Zyklopenaugen abgenommen und saßen wie zwei schwarze Seehunde jeder auf seinem Stein. Die Polizisten in den blaugrünen Overalls standen in einer Gruppe zusammen

und unterhielten sich, jemand hatte eine Zigarette angesteckt.
Margret Kellerman warf Brodin einen Blick zu. Dann drehte sie sich auf dem Absatz um und marschierte hinunter zu den Männern. Sowohl Olsson als auch Cecilia hörten ihre Worte bis hier herauf.
«Warum arbeitet ihr nicht?»
Die Frage schien sie zu überrumpeln. Jemand antwortete: «Wir dachten, wir sind fertig.»
«Wir sind erst fertig, wenn wir sämtliche Quadrate abgesucht haben. Wir wissen doch gar nicht, was sich noch in dem See befindet, bevor wir nicht nachgesehen haben, oder nicht?»
Sie stand mit dem Rücken zu Olsson da, er sah ihren Gesichtsausdruck nicht, aber der bissige Klang ihrer Stimme war nicht zu überhören, und die Taucher setzten beschämt ihre Gesichtsmasken wieder auf.
Sie blieb stehen und kontrollierte sie, als sie wieder ins Wasser glitten. Es plätscherte, und dann war von ihnen nur noch ein leises Blubbern zu hören.
Brodin seinerseits betrachtete nachdenklich die Szenerie, was sich hinter seinem ewigen Lächeln verbarg, war unmöglich auszumachen. Und als Margret Kellerman plötzlich etwas drüben bei dem gelben Gartenhäuschen der Huldra zu erledigen hatte, nahm Olsson die Gelegenheit wahr. Aber er war nicht sicher, ob Brodin überhaupt bemerkte, dass sie sich verabschiedeten, bevor sie weggingen.
Im Auto sagte er zu Cecilia: «Es muss ja nicht unbedingt die Luger gewesen sein, nach der Åman getaucht ist, aber es dürfte doch ein großer Zufall sein, wenn es nicht so wäre.»
Sie stimmte ihm schweigend zu. Olsson versuchte seine

Überlegungen zusammenzufassen, aber es kam ihm so vor, als ob irgendein Zusammenhang sich nicht ergeben wollte. Es war einfach zu viel auf einmal: Dynamitdiebstahl, Bombendrohung, eine finstere Verbindung zwischen der Tätigkeit einer amerikanischen PR-Firma in Kroatien und einer Waffe, nach der ein schwedischer UN-Soldat getaucht war, und dann zwei Morde.

Als sie nach Hjärnarp hineinfuhren, fiel Cecilia auf einmal ein: «Du hast vergessen, dich von Kommissarin Kellerman zu verabschieden.»

Darauf wusste Olsson keine Antwort. Er schielte zu ihr hin und stellte fest, dass sie den Kopf zur Seite geneigt hatte und ihn abwartend beobachtete. Es dauerte einige lange Sekunden, dann gab sie auf und entschied sich glücklicherweise, das Thema zu wechseln.

«Ich muss wohl doch versuchen, trotz allem einen Artikel daraus zu machen», sagte sie und seufzte.

«Na klar», bekräftigte er erleichtert.

Er hatte verstanden, wo sie hin wollte, und an der Kreuzung mit der alten Landstraße nach Ängelholm fuhr er geradeaus. Um sie herum waren die Äcker flach wie ein Flugplatz, und sie fuhren tatsächlich parallel zu einer Landebahn, bis die Straße eine scharfe Kurve zwischen zwei weiß gekalkten Gebäuden machte. Ein Landgut flog vorüber, und gleich danach kamen sie auf ein stärker befahrenes Stück.

Olsson hielt vor der Post in Vejbystrand, und Cecilia blieb einen Moment mit offener Autotür sitzen. Sie sah aus, als ob sie ihm noch etwas sagen wollte, doch dann entschied sie sich anders und stellte die Füße auf den Boden.

«Wir hören morgen voneinander!», sagte sie und winkte mit den Fingern, ehe sie in dem grauen Haus verschwand.

Olsson nahm das als ein Versprechen. Er fühlte sich jetzt besser und entschloss sich, einen neuen Anlauf zu machen und sie zu einem Restaurantbesuch zu überreden, denn neulich in Malmö war ja wegen der unglücklichen Brückenbesichtigung nichts daraus geworden. Aber mit Sicherheit würde er nicht das gewisse Restaurant mit der Bronzepatina auf Storgatan in Ängelholm vorschlagen.
Er wählte die Straße am Wasser entlang, die Dämmerung war hereingebrochen, und an der anderen Seite von Skälderviken sah er ein Band aus kleinen Lichtern über der dunkelblauen Uferlinie. Bei Magnarp verschwanden sie im Rückspiegel, und die nächste Reihe von Lampen sah er erst in Ängelholm.
Das gelbe Haus stand noch genauso da, wie er es verlassen hatte, und die illusorische Ordnung nach seinem schnellen Putzversuch war noch genauso illusorisch. Die Umzugskartons standen an ihren Plätzen, aber er entschloss sich, dass sie dies eine Mal nicht sein Gewissen belasten sollten. Um zu zeigen, wer hier das Sagen hatte, nahm er trotzig einen Roman vom obersten Stapel und stopfte ein Kissen in seinen Lesesessel. Dann vergaß er sowohl die Kartons als auch die sonderbaren Mordgeschichten. Es wurde Mitternacht, ehe er das Buch zuklappte und zu Bett ging.

Die Morgenzeitungen hätte er selbst schreiben können. Nicht unerwartet dominierten Båstad und Västersjön die Titelseiten. Die Journalisten hatten auch nichts herausgefunden, was er selbst noch nicht wusste, eher waren es mehrere Missverständnisse und Fehler, die er ihnen hätte korrigieren können.
Er betrachtete nachdenklich das Bild einer automatischen Pistole, die der Text als Revolver bezeichnete, als das Tele-

fon klingelte. Hastig spülte er sein Tabasco-Ei mit heißem Kaffee hinunter und blickte verwundert auf die Küchenuhr. Es war erst halb acht, ungewöhnlich früh am Morgen, jedenfalls für ihn.
Aber es war nicht Cecilia. Die helle, nervöse Stimme stellte sich in einem einzigen Atemzug vor.
«Hier ist Lisa Berghagen, Entschuldigung, störe ich Sie?»
«Das macht doch nichts», murmelte er.
Er fummelte nach dem Wasserglas, das er gedankenlos gerade eben außer Reichweite stehen gelassen hatte, die Tabascosauce verlangte ein Nachlöschen. Aber sie fasste das Belegte an seiner vom Pfeffer brennenden Stimme falsch auf.
«Es tut mir wirklich Leid, wenn ich Sie geweckt habe.»
Er konnte nicht beurteilen, ob sie reuevoll oder weinerlich klang, aber es gelang ihm, sich ganz lang auszustrecken und nach seinem dringend benötigten Wasser zu greifen. Er trank und sagte mit völlig klarer Stimme:
«Es saß etwas in meinem Hals. Ich bin seit langem auf.»
Aber sie ließ sich nicht trösten. Die Stimme war genauso weinerlich wie vorher.
«Ich wusste keinen anderen, den ich anrufen konnte.»
Dazu fiel Olsson nichts ein. Er stand schweigend mit dem leeren Glas in der Hand da. Die helle, unglückliche Stimme fuhr fort:
«Ich wollte nicht zur Polizei gehen.»
Mehr sagte sie nicht, und Olsson schöpfte einen Verdacht.
«Hat es etwas mit Urban Sunesson zu tun?»
«Ich weiß nicht, ich habe ein paar Unterlagen gefunden.»
«Unterlagen?»
«Sie sehen aus wie Zeichnungen. Aber da sind ein paar komische Kreuze drauf.»

Olsson wartete auf eine Fortsetzung, stattdessen sagte sie: «Ich hab mir überlegt, ob Sie die nicht mal ansehen und mir sagen könnten, was ich damit tun soll?»
«Kann man erkennen, was sie darstellen sollen?»
Die Worte kamen so leise, dass er sie kaum verstand.
«Das sieht aus wie die Öresundbrücke und das Rathaus in Båstad.»
Er überlegte einige Sekunden.
«Wo sind Sie denn gerade?»
«In Malmö.»
Sie hörte sich so unglücklich an, dass er keine andere Wahl hatte.
«Ich bin in einer Stunde da.»
Es war nur etwas mehr als eine Dreiviertelstunde vergangen, als der Volvo nach Malmö hineinrollte. Olsson versuchte sich zu erinnern, wie er das letzte Mal gefahren war, und genau wie neulich glaubte er völlig falsch zu sein, als er unter dem Viadukt an der Eisenbahn landete. Und ebenso erstaunt war er, als er an der richtigen Stelle herauskam und an der Ecke beim Savoy sogar Zeit hatte, auf die richtige Spur zu wechseln.
Auch der Rest hätte eine Wiederholung sein können. Der Turm bei Kramer war auf seinem Platz, und der dicke König glotzte von seinem Pferd, als er einparkte. Er hörte sogar die gleiche Stimme wie beim vorherigen Mal.
«Hast du vielleicht einen Zehner für den Bus?»
Es war der Langhaarige von neulich, und nur, um sein zunehmendes Déjà-vu-Gefühl zu bekämpfen, antwortete Olsson: «Wie geht es deinem Freund?»
Der Langhaarige musste überlegen. Dann ging ihm ein Licht auf. «Ja, natürlich», murmelte er.
Olsson suchte nach der goldglänzenden Münze, und die

verschwand in einer geschwollenen Hand mit schwarzen Fingernägeln.
«Mogensen, der hat das große Los gezogen», sagte der schmächtige Penner. «Den hättest du mal heute Morgen sehen sollen, nagelneuen Anzug. Allein die Schuhe ... solche roten, sicher zweitausend Kronen. Er hat 'nen Superjob aufgetan, sagt er. Ganz legal und so.»
Dann kam ihm unter dem zotteligen Haar ein Gedanke.
«Du hast nicht noch einen Zehner? Ich kann dir die ganze Stadt zeigen!»
Aber Olsson schüttelte den Kopf. Er wusste, wo er hin wollte, tatsächlich sah er das Café schon von weitem.
Der Langhaarige resignierte und trollte sich. Er brummte etwas vor sich hin, aber Olsson dachte bereits an etwas ganz anderes. Aus der Passage neben der Apotheke zum Löwen kam mit schnellen Schritten eine bekannte Gestalt. Sie eilte an dem hohen Eichenportal vorbei, und ohne Notiz von dem goldenen Löwen zu nehmen, der über ihrem blonden Kopf artig seine Pfote hob, verschwand sie in dem sahnefarbenen Nachbarhaus.
Olsson legte einen Schritt zu. *Café Mäster Hans* stand mit großen schwarzen Buchstaben über der automatischen Tür, hinter der Lisa Berghagen verschwunden war. Er fand sie ganz hinten in dem schmalen, gepflegten Lokal, erstaunlicherweise hatte sie es bereits geschafft, sich eine Zigarette anzuzünden. Als Erstes sagte sie:
«Es tut mir so Leid.»
Sie sah ihn mit unglücklichen Augen an und zog nervös an ihrer Zigarette, ehe sie fortfuhr.
«Ich will meine Freunde nicht anzeigen.»
Olsson nahm an dem kleinen Tisch Platz. Die Uhr war noch nicht neun, und es waren kaum Kaffeegäste in dem

Lokal. Trotzdem blickte er sich nach allen Seiten um, ehe er fragte:
«Haben Sie die Zeichnungen mitgebracht?»
Sie nickte und hob eine flache Schultertasche hoch.
«Hier sind sie.»
Sie fummelte mit dem Verschluss, ehe sie zwei große blaugraue Blätter herauszog. Die waren sorgfältig gefaltet, etwa so, wie bei Landkarten üblich, aber als sie sie auseinander klappte, stellte Olsson fest, dass es sich um Bauzeichnungen handelte.
Auf der einen streckte sich der Bogen der Öresundbrücke wie der zierliche Flügel eines Vogels quer übers Papier, und auf der anderen erkannte Olsson sofort den Grundriss des Rathauses in Båstad. Auf beiden hatte jemand mit einem Rotstift ein deutliches Kreuz eingezeichnet.
Mit steigendem Unbehagen stellte er fest, dass die rote Markierung am Rathaus mitten im Winkel zwischen der Bücherei und dem Verwaltungstrakt angebracht war. Und er war oft genug in der Bibliothek gewesen, um zu wissen, dass sich genau da der Sitzungssaal befand.
«Wo haben Sie die gefunden?», fragte er, hauptsächlich um Zeit für seine Überlegungen zu gewinnen.
Sie zog an ihrer Zigarette, die Asche war mindestens einen Zentimeter lang. Dann schüttelte sie nachdrücklich den Kopf.
«Ich weiß es nicht», antwortete sie.
Sie hatte kaum den Rauch ausgeatmet, als die Zigarette schon wieder zwischen ihren Lippen hing. Olsson starrte sie ungläubig an.
«Sie wissen es nicht?»
«Die lagen einfach zwischen meinen Papieren, ich muss sie irgendwo mitgenommen haben.»

Sie sah recht hilflos aus, aber Olsson beharrte darauf.
«Sie müssen doch wissen, wo Sie gewesen sind?»
Statt zu antworten, kam sie mit einer Gegenfrage, sie hörte sich so an, als ob sie hoffte, er könne erklären, dass sie das alles missverstanden hatte.
«Das hat mit den Bombendrohungen zu tun, nicht wahr?»
Die Bedenkzeit war vorüber, vor den Fakten konnte er nicht mehr die Augen verschließen.
«Das sieht so aus.»
«Aber der Einzige, von dem ich weiß, dass er einige der Aktivisten kennt, ist Urban.»
«Sind Sie bei ihm zu Hause gewesen?»
Olsson erinnert sich immer noch an die Szene draußen auf der Uggle-Halbinsel mit Petar Savin und Urban in der Türöffnung und der Gruppe drinnen mit der ausgebreiteten Landkarte auf dem Tisch. Aber Lisa verneinte, dort gewesen zu sein.
«Allerdings war Urban in den Räumen der Umweltgruppe, als wir die Demonstration in Båstad geplant haben.»
Olsson versuchte eins und eins zusammenzuzählen. Es konnte natürlich möglich sein, dass Urban die Zeichnungen bei sich gehabt hatte und sie zufällig so hingelegt hatte, dass Lisa sie mit ihren eigenen Unterlagen vermischte. Aber er hatte Bombendrohungen doch so nachdrücklich abgelehnt, als Cecilia ihn interviewte. Es fiel schwer zu glauben, dass er nicht aufrichtig gewesen sein könnte. Blieb die Möglichkeit, dass er die Zeichnungen versehentlich irgendwo mitgenommen hatte. Vielleicht hatte er gar nicht gewusst, dass er sie bei sich hatte.
Lisa hatte sich eine neue Zigarette angesteckt. Sie zog ebenso heftig daran.
«Was meinen Sie denn, was ich tun soll?»

«Sie müssen sie bei der Polizei abgeben.»
«Ich will niemanden anzeigen!», wiederholte sie.
Er hob bedauernd die Schultern, mehr konnte er nicht tun. Auch wenn sie nicht erklären konnte, woher sie die Zeichnungen hatte, so konnten sich darauf Fingerabdrücke befinden. Und es half nichts, wenn die zu Urban passten, dann musste der das der Polizei selbst erklären.
Ihre Augen verloren sich irgendwo in dem Lokal, die Zigarette glomm weiter, während sie versuchte, mit sich selbst ins Reine zu kommen. Dann schien sie einen Entschluss gefasst zu haben. Sie blickte Olsson flehend an.
«Können Sie sie nicht abgeben?»
«Ich, warum denn?»
«Sie sind bei der Polizei gewesen, Sie haben Kontakte, darum habe ich Sie angerufen. Und Sie sind doch nicht gezwungen zu erklären, wo Sie sie herhaben?»
Olsson gab nach. «Aber ich weiß nicht, ob ich nicht doch sagen muss, woher ich sie habe», wandte er ein und bedauerte es bereits.
Ihr Gesicht erhellte sich, und sie legte ihre Hand auf seinen Arm.
«Danke!», sagte sie, und man hörte, dass sie es auch so meinte.
Sie war sichtlich erleichtert, und zum ersten Mal, seit Olsson in das Lokal gekommen war, lächelte sie.
Das tat sie auch noch beim Kaffee, den Olsson ihr aufnötigte. Aber als er gehen wollte, kam der unglückliche Gesichtsausdruck wieder.
«Sie sind sicher, dass man nichts anderes tun kann?»
Das war er. Olsson kam mit den zusammengefalteten Zeichnungen auf den Platz hinaus und stellte fest, dass er sich etwas besorgen musste, worin er sie transportieren

konnte, wenn es überhaupt einen Sinn haben sollte, sie der Spurensicherung der Polizei zu überlassen. Er blickte umher und entdeckte gerade eine Buchhandlung ein Stück weiter die Straße hinunter, als die Luft plötzlich erzitterte. Entfernt hörte man ein Grummeln, etwa so wie ein Donnern, aber doch nicht ganz.

Olsson blickte erstaunt in den Himmel, die Sonne schien, und die kleinen harmlosen Wolkentupfer zwischen den Hausdächern waren bestimmt keine Gewitterwolken.

Er zuckte mit den Schultern, niemand anders schien zu reagieren, also ging er weiter auf die Buchhandlung zu, in der sich erfreulicherweise auch eine Schreibwarenabteilung befand.

Am Ladentisch hatte sich eine Schlange gebildet, deshalb suchte er in den Regalen selbst nach einer Mappe im passenden Format.

Während er an der Kasse wartete, hörte er Sirenen, die sich näherten und dann vorbeifuhren, erst einmal und dann noch einmal.

Er bezahlte und steckte die blaugrauen Bogen in die gelbe Mappe, die an den Ecken Gummibänder hatte und damit richtig zu verschließen war. Dann ging er wieder auf die Straße. Es waren nur wenige Menschen unterwegs, wenn er bedachte, wie lang die Schlange an der Kasse in dem Laden gewesen war, aber der Autoverkehr war umso dichter. Wieder hörte er Sirenen, und als er auf Stortorget hinauskam, sah er die blauen Lichter unten an der schmalen Durchfahrt an Hamngatan blitzen.

Er ging direkt zu seinem Volvo, die Uhr war erst halb zehn, und er hatte eine gute Chance, die sensationellen Zeichnungen bei der Polizei abzugeben und trotzdem rechtzeitig zum Lunch zu Hause zu sein. Aber er hörte noch mehr

Sirenen, und als er auf Norra Vallgatan abbog, sah er überall Blaulichter von Feuerwehrautos und Streifenwagen, wohin er auch blickte.
Die meisten davon, jedenfalls die Feuerwehrautos, waren in Richtung Limhamn unterwegs. Aber als die Straße endlich frei war, sodass er in Richtung Autobahn weiterfahren konnte, sah er, dass die Polizei eine Straßensperre in Höhe des bekannten Viadukts errichtet hatte.
Zum dritten Mal innerhalb von zwei Tagen musste er vor einem blaugrünen Overall anhalten. Aber diesmal war es kein bekanntes Gesicht, das ihn prüfend ansah, sondern er musste aus dem Auto aussteigen. Er erkundigte sich, was denn den riesigen Einsatz verursacht hätte, bekam aber nur ein unfreundliches Brummen zur Antwort.
Zu seiner Überraschung öffnete der Polizist den Kofferraum und leuchtete in alle Ecken. Olsson stand wie ein lebendiges Fragezeichen am Straßenrand, vor ihm rauchte ein Handwerker im Blaumann, während ein anderer Polizist seinen Lieferwagen durchsuchte. Ohne groß mit einer Antwort zu rechnen, wandte Olsson sich an ihn und fragte, ob er wüsste, was denn da los sei.
Der Mann warf die Kippe weg und trat darauf, er betrachtete die zerdrückte Glut, bevor er antwortete:
«Die haben draußen auf der Brücke eine Bombe gezündet. Haben sie gerade im Regionalsender gebracht.»
«Eine Bombe?»
«Ja, das war ein riesiger Knall, hat man in der ganzen Stadt gehört.»
Er spuckte einen Tabakkrümel aus, es sah so aus, als ob er noch mehr sagen wollte, aber da gab der Polizist ihm ein Zeichen, dass er mit seinem Wagen fertig war. Ohne ein Wort sprang er auf den Fahrersitz und schlug die Tür zu,

eine blaue Abgaswolke kam aus dem Auspuff, als er den Motor anließ, und dann war auch schon verschwunden. Erst da ging Olsson auf, was er gesagt hatte. Es war keine normale Explosion, die den ganzen Aufstand verursacht hatte. Die Polizei jagte einen Terroristen, und er selbst hatte eine gelinde gesagt kompromittierende Zeichnung der Öresundbrücke in seinem Wagen liegen.

KAPITEL 17

Die gelbe Mappe leuchtete förmlich auf dem Beifahrersitz des Volvo, und Olsson kriegte einen heftigen Schreck, als der Polizist die rechte Tür öffnete und sich hineinlehnte. Mit erfahrenem Blick kontrollierte er schnell das Innere des Wagens. Olsson hielt den Atem an, und das half offenbar, denn der Mann im Overall ließ die Mappe Mappe sein, streckte den blaugrauen Arm stattdessen nach dem Handschuhfach aus und öffnete die Klappe. Die Taschenlampe warf einen routinierten Schein in den Haufen von Zetteln und Glühbirnen, und ohne eine Miene zu verziehen, schob er die Hand hinein und tastete ein paar Sekunden darin herum.

Dann schien er zufrieden und schlug die Klappe wieder zu. Der Platz unter den Sitzen wurde ebenso sorgfältig kontrolliert, und nach einem Blick auf die Rückbank zog er sich in die Türöffnung zurück.

Olsson hatte gerade angefangen, sich sicher zu fühlen, als der Polizist sich hinunterbeugte und die gelbe Mappe hochhob. Er wog sie in der Hand und versuchte zwischen die Kanten zu blicken, aber die Gummibänder hielten die Kartondeckel zusammen, und er hatte wohl keine Lust, sie aufzumachen. Olsson hielt wieder den Atem an, und als Folge eines Stoßgebetes legte der Polizist die Mappe zurück und gab ihm durch einen Wink zu verstehen, dass er weiterfahren durfte.

Olsson folgte der Aufforderung nur zu gern, aber er spürte, dass seine Hände schweißnass geworden waren. Aus reiner Nervosität legte er den dritten Gang ein, und das Knarren führte dazu, dass der Polizist sich verwundert umdrehte. Aber Olsson kuppelte schnell aus, schaltete in den ersten Gang und rollte zum zweiten Mal in Richtung Autobahn.

Eigentlich verstand er nicht, warum er sich so aufführte. Auch wenn er festgenommen worden wäre, hätte er natürlich erklären können, warum diese Zeichnungen in seinem Auto lagen, aber vielleicht war das Ganze ein unbewusstes Schuldgefühl, das ihn plagte. Irgendwie war er ja beteiligt, wenn auch nur ganz am Rande.

Er legte die Hand auf die Mappe und spürte, dass er etwas Fremdes und Gefährliches im Wagen hatte. Wenn er gewusst hätte, was an diesem Morgen passieren würde, hätte er die Zeichnungen natürlich niemals entgegengenommen.

Als er an dem großen Pressehaus vorbeikam, erinnerte er sich daran, was der Mann mit dem Lieferwagen gesagt hatte, und stellte das Radio an. Er drehte an dem Knopf, bis er Radio Malmöhus gefunden hatte. Die Nachrichten waren in vollem Gange, sie hatten schon einen Reporter vor Ort, und der berichtete in grellen Farben über die Zerstörungen.

Die Sprengladung war extrem stark gewesen und hatte den oberen Teil eines Brückenpfeilers beinahe völlig zerstört, daraufhin waren zwei der Brückenelemente ins Wasser gestürzt. Ein Mensch war ums Leben gekommen, wahrscheinlich hatte er die Ladung entdeckt und versucht, sie zu entschärfen, war stattdessen aber der Detonation zum Opfer gefallen.

Der Reporter wurde ausgeblendet, und an seiner Stelle

führte das Studio jetzt Interviews mit allem, was verfügbar war, von Polizeioffizieren über Lokalpolitiker bis zu aufgeregten Privatleuten. Die Programmleiter taten ihr Bestes, aber weitere Fakten über die Sprengung selbst wurden nicht genannt. Olsson wurde die ständigen Unterbrechungen durch Musikstücke leid und stellte das Radio ab.

Er war bis zu den Hügeln bei Glumslöv gekommen, und Helsingborg lag wie auf einer Luftaufnahme vor ihm. Nur ein schmaler Streifen blauen Wassers trennte die Stadt von Helsingör, und der Shuttleverkehr der Autofähren zwischen den beiden Städten sah wie ein Band aus weißen Punkten aus.

Trotz der chaotischen Umstände um das Ereignis von heute gingen seine Gedanken zum gestrigen Tag und dem Wasser von Västersjön. Immer wieder hatte er das eigenartige Emblem auf der verdreckten Luger vor Augen und konnte das Gefühl nicht loswerden, dass es trotz allem einen verborgenen Zusammenhang zwischen den vielen scheinbar zufälligen Vorfällen geben musste. Vielleicht war es nur er selbst, der ihn nicht erkannte.

Ihm fiel ein, dass Brodin erwähnt hatte, Åman sei UN-Soldat in Kroatien gewesen. Die Ųstaša war ja zweifellos eine kroatische nationalistische Bewegung. Und in Kroatien hatte der geheimnisvolle Schwede, der von Ruder Finn entlassen worden war, gearbeitet.

Konnte der Ursprung der ganzen Sache mit dem Krieg auf dem Balkan zusammenhängen? Aber das erklärte weder die Geheimnistuerei mit den Materialproben noch das Sprengattentat von heute.

Olsson kam nicht weiter, und vielleicht war da auch gar nichts zu rätseln. Es gab schließlich auch eine andere Mög-

lichkeit. Nämlich dass die beiden Dinge überhaupt nichts miteinander zu tun hatten.
Auf der langen Gefällestrecke nahm er Gas weg, der Diesel brummte behaglich, er brauchte seine Muskeln erst wieder zu zeigen, wenn es bei Råån wieder hügelan ging, und dann war Ängelholm mit seinen Rondellen nicht mehr weit.
Er fuhr bis zur Abfahrt nach Klippanvägen, denn er hatte keine Lust, die kompromittierenden Zeichnungen länger als nötig zu behalten. Nach der üblichen Runde vor Brännborns ging es geradeaus bis zum Polizeigebäude, aber als er langsam bei der grauen Aluminiumfassade vorfuhr, kam er sich wie ein Denunziant vor. Vielleicht sollte er vorher doch noch versuchen, Urban zu erreichen und zu hören, was der dazu zu sagen hatte? Was Brodin unternahm, konnte er sich leicht ausrechnen. Wenn überhaupt, dann war jetzt der richtige Zeitpunkt, die vortreffliche Doktrin anzuwenden. Eine Sabotage gegen das größte und politisch prestigeträchtigste Bauprojekt der Welt, außerdem mit tödlichen Ausgang, schrie ganz einfach nach einer schnellen Festnahme, die der Presse präsentiert werden konnte.
Olsson zögerte nur wenige Sekunden, dann trat er aufs Gaspedal und ließ das Polizeigebäude hinter sich verschwinden. Er fuhr auf dem üblichen Weg zu Storgatan, ließ diesmal den Volvo allerdings auf der Straße vor dem gelben Haus stehen.
Niemand meldete sich am Telefon, und einen Moment lang überlegte er, die Nummer von Seveds Hotel in London anzurufen, ließ den Gedanken klugerweise aber wieder fallen. Stattdessen wählten seine Finger die bekannte Nummernfolge von Cecilias Wohnung in Vejbystrand. Das Resultat war ebenso enttäuschend, aber er durfte sich

wenigstens ihre Stimme vom Anrufbeantworter anhören. Er verabscheute es zwar, mit technischen Geräten zu sprechen, machte aber eine Ausnahme und hinterließ eine kurze Nachricht, bevor er wiederum Urban Sunesson zu erreichen versuchte.

Die Auskunft half ihm zwar mit der Nummer in Lund, aber gegen die langen, vergeblichen Klingeltöne konnte auch sie nichts tun. Olsson blickte auf die Küchenuhr, die Armbanduhr hatte er offenbar irgendwo verlegt, und stellte fest, dass es beinahe Mittagszeit war. Er nahm das zum Vorwand, sein Gewissen zu beruhigen, und entschied sich, Urban noch eine Gnadenfrist von einer Stunde zu geben. Brodin saß jetzt sicher sowieso an seinem Stammtisch im Selbstbedienungsrestaurant von Åhléns.

Als die Uhr beinahe eins war und sowohl seine Fingerspitzen als auch die Knöpfe seines Telefons sich abgenutzt anfühlten, gab er auf. Sicherheitshalber hatte er sich noch mehrmals Cecilias eingespielte Stimme angehört, aber das war auch das einzige Lebenszeichen, das er dem Apparat entlocken konnte. Mit einem Seufzer nahm er die gelbe Mappe und machte sich auf den Weg zum Polizeihaus an Klippanvägen.

Margret Kellermans Charmeoffensive war immer noch in Kraft, denn der Wachhabende winkte ihn freundlich an der Tür vorbei, hinauf zu den Diensträumen. Mit der Mappe unter dem Arm klopfte er an der Tür zum Fahndungsraum, aber nichts rührte sich. Er zögerte nur einen Moment, ehe er die Klinke drückte und eintrat. Aber zu seinem Erstaunen war das Zimmer leer, es sah sogar so aus, als ob die Arbeit hier eingestellt worden wäre.

Er hörte jemanden im Flur, und eine Sekunde später erschien Brodins Lächeln in der Türöffnung.

«Suchst du jemanden?»
Olsson streckte ihm unbeholfen seine Mappe entgegen. Er wusste nicht, was er sagen sollte, und ehe er überlegte, rutschte es ihm heraus.
«Ich wollte die hier bei Margret Kellerman abgeben.»
Brodin übersah die ihm entgegengestreckte Mappe, das Lächeln war beinahe übertrieben liebenswürdig.
«Sie ist weggefahren.»
Es war ganz offenkundig, dass er die Abreise seiner Kollegin nicht bedauerte, er machte eine Geste hinaus zum Flur und zu seiner eigenen Tür.
«Sie ist nach Malmö zurückgefahren, aber vielleicht kann ich ja auch behilflich sein.»
«Nach Malmö?», fragte Olsson erstaunt.
«Da unten ist ja einiges passiert. Sie war der Meinung, dass es besser sei, die Ermittlungen aus der Nähe weiterzuführen.»
«Aus der Nähe?»
Olsson begriff gar nichts. Aus ebendiesem Grund war Margret Kellerman doch nach Ängelholm gekommen. Er folgte verunsichert hinaus auf den Korridor, vor seiner Tür drehte Brodin sich um.
«Ich kann doch davon ausgehen, dass du weißt, dass der PR-Chef des Brückenbaus, Uno Berghagen, heute Morgen bei einer Explosion in Stücke gerissen worden ist?»
«Berghagen? Ist er das Opfer?»
Olsson hatte sich um den PR-Chef keine Gedanken gemacht, aber mit seiner Schwester hatte er noch wenige Minuten vor der Detonation zusammengesessen.
«Das behaupten jedenfalls die Zeugen, leider ist nicht so viel von ihm übrig geblieben, dass man eine normale Identifikation machen kann.»

Er öffnete die Tür zu seinem Büro und lud mit einer theatralischen Geste ein. Aus seinem Gehabe hätte Olsson bereits schließen müssen, dass er bereits Besuch hatte, trotzdem war er völlig überrumpelt. Aus dem Besuchersessel hörte er eine bekannte Stimme.

«Hallo, Herr Kommissar!»

«Cecilia? Was machst du denn hier?»

Brodin zuckte bei der extravaganten Anrede zusammen, sagte aber nichts. Stattdessen antwortete Cecilia:

«Ich könnte dich das Gleiche fragen, ich habe nach dir gesucht.»

Olsson sank in den zweiten Sessel, aber Brodin schien offenbar gemerkt zu haben, dass ihm die Initiative entglitt, denn er unterbrach die beiden, bevor sie weitersprechen konnten.

«Wir hatten ein sehr interessantes Gespräch über Kroatien. Wirklich hervorragende Fahndungsarbeit.»

Er lächelte anerkennend, und Olsson fragte sich, was er denn in der Hinterhand hatte.

«Habt ihr gestern noch mehr gefunden?»

Aber Brodin schüttelte den Kopf.

«Was wir gefunden haben, ist völlig ausreichend.»

Er nahm zwei Fotos und reichte eins davon über den Tisch. Olsson sah schon von weitem, dass es die Luger aus Västersjön darstellte. Er fragte sich, warum Brodin, der sonst gern mit Informationen hinter dem Berg hielt, so mitteilsam geworden war, erriet jedoch, dass es mit Cecilia zusammenhing. Er hatte sie ja auch um Hilfe wegen ihrer Kontakte zu der amerikanischen PR-Firma gebeten.

Olsson sah sich das Foto der automatischen Pistole genau an. Es zeigte die Waffe in natürlicher Größe, und die Techniker hatten sie gereinigt, sodass eine Gravur mit den ei-

genartigen Worten *Hrvatske Obnambene Snage* beinahe messerscharf hervortrat.
«Was heißt das?», wollte er wissen.
«Kroatische Landesverteidigung», antwortete Cecilia. «Aber da war auch ein Name eingeritzt.»
Jetzt verstand Olsson Brodins Großzügigkeit besser. Cecilia hatte natürlich einen Tauschhandel gemacht, daher kannte sie das Material bereits.
«Ihr wisst also, wem die Pistole gehört?»
Er blickte den eigenwilligen Polizeichef erwartungsvoll an, aber Brodin schob ihm nur mit einem bedauernden Lächeln das zweite Foto hinüber.
«Der kann uns leider nichts mehr erzählen.»
Olsson starrte bestürzt auf das Bild. Es zeigte die zweite Seite der Pistole, und auf der glatten Fläche genau über dem Waffelmuster des Kolbens las er einen bekannten Namen.
«Uno Berghagen?»
Brodin nickte. Er schmunzelte über Olssons entsetzten Gesichtsausdruck. Dann wies er auf den zweiten Sessel.
«Redakteur Cederberg hat sensationelle Fahndungsdaten aus Washington geliefert.»
Olsson drehte sich erstaunt zu Cecilia um, die Uhr war gerade erst kurz nach eins, und der Zeitunterschied betrug sechs Stunden, wann hatte sie denn da mit Ruder Finn gesprochen?
«Richard Mosley hat mich heute Nacht um drei angerufen», sagte sie, ehe er fragen konnte. «Und er hat erzählt, dass der Mann, der da rausgeflogen ist, Uno Berghagen geheißen hat.»
Cecilia blickte Brodin fragend an, aber der schien damit beschäftigt, irgendetwas an der Zimmerdecke zu studieren, daher fuhr sie mit ihrer Erklärung fort.

«Ruder Finn hatte einen Kontakt zu der kroatischen Regierung, daran war nichts Besonderes oder Strafbares, es handelte sich um eine legitime Regierung, und der Auftrag lautete, Nachrichten in amerikanischen Zeitungen unterzubringen. Berghagen wurde ins Land geschickt, um bestimmte Kontakte zu pflegen. Aber er begann schnell, andere Geschäfte nebenbei zu machen. Lohnende Geschäfte. Waffengeschäfte.»

Sie sah Brodin wieder fragend an, aber der schien immer noch keine Einwände dagegen zu haben, dass sie so offen sprach.

«Damals war mit Waffenschmuggel viel Geld zu verdienen. Nicht nur die Regierungstruppen mussten ihre Vorräte ergänzen. Es gab eine ganze Reihe sozusagen unabhängiger Gruppen, die das Land verwüsteten. Das war mitten in der Zeit der ethnischen Säuberungen. Einige dieser Gruppen benutzten die alten Ustaša-Symbole, rechtens oder nicht rechtens, und manche davon waren Berghagens Kunden. Anfangs ging es ihm ausschließlich ums Geschäft, aber nach und nach biederte er sich seinen neuen Freunden immer mehr an. Er wurde ganz einfach einer der Ihren. Die Luger war vermutlich ein Zeichen dafür, dass er zu der Gruppe gehörte.»

Sie machte eine Pause, und Olsson merkte, dass sie tief Atem holte.

«Er nahm persönlich 1994 an einer grässlichen Aktion gegen Frauen und Kinder in einem bosnischen Dorf teil, und davon bekam Ruder Finn Wind. Die haben ihn sofort rausgeschmissen.»

«Aber das waren ganz klar Kriegsverbrechen», wandte Olsson ein. «Warum haben sie ihn nicht angezeigt?»

Cecilia schüttelte den Kopf.

«Kriegsverbrecher gab es damals überall. Und sie wollten ihren Namen nicht in einen Skandal hineingezogen sehen. Sie wollten ihn lediglich ganz schnell loswerden.»

Olsson schwieg. Zwar hatte der lange Snob auf ihn einen unverschämten und rücksichtslosen Eindruck gemacht, aber so etwas hatte er sich beim besten Willen nicht vorstellen können.

«Jedenfalls scheint es ihm geglückt zu sein, seine Vergangenheit zu vertuschen, sonst wäre er niemals PR-Chef beim Brückenbau geworden», ergänzte Cecilia.

Das hörte sich so an, als ob sie fertig gesprochen hätte, aber Olsson konnte sich nicht verkneifen, laut zu denken.

«Umso seltsamer, dass er den Job für ein paar Computerprogramme aufs Spiel gesetzt hat.»

Brodin hob die Augenbrauen. Es war offenbar nicht beabsichtigt gewesen, dass er Kenntnis von den Datendiebstählen bekam, und viel zu spät erinnerte Olsson sich daran, dass Margret Kellerman ihm davon erzählt hatte. Er versuchte verlegen, einen Rückzieher zu machen.

«Aber vielleicht sind es andere Beteiligte, die ihn dazu getrieben haben. Wenn nun außerdem Betrügereien mit dem Baumaterial vorgekommen sind?»

Brodin hatte das Interesse an der Zimmerdecke verloren und sah Olsson mit seinen stechenden blauen Augen an.

«Diese Angelegenheit untersucht Kommissarin Kellerman jetzt gerade. Darum ist sie nach Malmö und zu der Brückenbaustelle gefahren. Es ist nur ein bisschen schwer, sich vorzustellen, wie die Sprengladung in dieses Bild passt.»

Er hörte sich zynisch an, aber Olsson war ein Gedanke gekommen. «Was ist bei der Sprengung denn genau passiert?»

Brodin zögerte. Es schien so, als ob er der Auffassung

wäre, dass er schon genug an Informationen preisgegeben hatte. Daher wurde Olsson deutlicher: «Kann es sich um Selbstmord gehandelt haben?»
Aber sowohl Brodin als auch Cecilia sahen so skeptisch aus, dass er verlegen wurde.
«Wenn es diese Pistole war, nach der Åman getaucht ist, dann hatte Berghagen ja ein Motiv, ihn umzubringen», erklärte er unsicher. «Und als er erfuhr, dass die Luger trotzdem gefunden worden war, muss er eingesehen haben, dass er als Kriegsverbrecher entlarvt werden konnte. Vielleicht hat er sich da lieber das Leben genommen?»
Brodin drückte die Fingerspitzen aneinander und rückte sein Lächeln zurecht, er sah aus, als ob er auf einen dummen Schüler einredete.
«Zum Ersten wissen wir nicht, ob es die Luger war, nach der Åman tauchte. Und zum Zweiten ist es immer noch nicht klar, warum er draußen an dem westlichen Pfeiler Materialproben genommen hat. Wenn Kommissarin Kellerman Recht hat mit ihrer Annahme, dass es organisierte Betrügereien mit Baumaterial gegeben hat und Åman damit gedroht hat, die Sache aufzudecken, dann ist das selbstverständlich ein starkes Motiv für einen Mord an ihm. Auf der anderen Seite kann der Grund für sein Interesse an dem Pfeiler auch gewesen sein, dass er irgendeine Form von Sabotage vermutete. In beiden Fällen fehlt der Beweis, dass Berghagen daran beteiligt gewesen sein könnte.»
Er ließ die Worte ein paar Sekunden wirken. Dann streckte er sich nach ein paar Faxblättern aus, offensichtlich Kurzprotokolle von Zeugenaussagen. Darin blätterte er herum und sagte: «Was die Sprengung angeht, so sagen einige Augenzeugen, die am Aussichtspunkt auf Lernacken ge-

standen haben, dass Berghagen die Brückenauffahrt heraufgerannt kam und ihnen zugerufen hat, sie sollten dort verschwinden, denn es gäbe eine Bombendrohung. Zu der Zeit war Frühstückspause auf der Baustelle, und auf der Brücke befanden sich keine Arbeiter. Danach war er auf den unteren Teil der Fahrbahn, den, der für den Bahnverkehr vorgesehen ist, geklettert und aus ihrem Blickfeld verschwunden. Als sie ihn wieder entdeckten, befand er sich auf der oberen Fahrbahn einige hundert Meter weit draußen. Die Zeugen geben an, dass er sich langsam und vorsichtig voranbewegte und auf etwas zuging, über das er sich beugte. Dann krachte es.»

Brodin legte die Blätter zusammen und lächelte ironisch: «Das hört sich nicht nach Selbstmord an. Eher, als ob er eine Sabotage hätte verhindern wollen. Allerdings besteht die Möglichkeit, dass die Ladung für ihn persönlich gedacht war.»

«Sollte Berghagen ebenfalls ermordet werden?»

Jetzt hörte sich Olsson skeptisch an, das alles begann doch etwas zu phantastisch zu werden. Aber Brodin blieb ernst.

«Es ist doch recht bemerkenswert, dass die Sprengladung gerade in dem Moment hochging, als Berghagen sich darüber lehnte. Das könnte beinahe darauf hindeuten, dass sie irgendwie ferngezündet worden ist.»

Er saß einen Augenblick schweigend da, dann schüttelte er den Kopf und sagte mit einem Anflug von Besessenheit in der Stimme: «Die Explosion war so heftig, dass er buchstäblich in tausend Stücke gerissen wurde, es waren nur versengte Stofffetzen und blutige Fleischbrocken von ihm übrig, das meiste von dem Kerl ist außerdem ins Wasser geflogen und mit der Strömung verschwunden.»

Es wurde still in dem Zimmer, niemand wollte die makab-

re Beschreibung kommentieren, aber dann erinnerte sich Olsson plötzlich an die gelbe Mappe, die er auf den Knien hielt. Die Überraschungen waren in solcher Menge auf ihn niedergeprasselt, dass er ganz vergessen hatte, weshalb er eigentlich hergekommen war.
«Ich komme gerade aus Malmö», sagte er.
Beide starrten ihn verblüfft an, dieses eine Mal sah es so aus, als ob Brodin mit seinen eigenen Waffen geschlagen würde.
«Aus Malmö?»
Das verschlug ihm genau so lange die Sprache, dass Olsson das Wort ergreifen und es behalten konnte. Er erzählte ausführlich die ganze Geschichte von den obskuren Zeichnungen und pfiff, ohne auch nur einen Augenblick zu zögern, auf sein Versprechen Lisa Berghagen gegenüber. Wenn die Unterlagen etwas damit zu tun hatten, dass ein Mann in die Luft gesprengt worden war, konnte er der Polizei nicht verschweigen, woher er sie bekommen hatte, auch wenn Uno Berghagen ein Kriegsverbrecher gewesen zu sein schien.
Er öffnete die Mappe und streckte sie Brodin entgegen, aber ohne die blauen Bogen herauszunehmen. Der Polizeichef zog vorsichtig an den Ecken, als er sie auf dem Tisch vor sich ausbreitete. Er warf einen schnellen Blick darauf, so als ob er Olssons Beschreibung nur eben mal kontrollieren wollte. Dann drückte er auf einen Knopf seines altertümlichen Haustelefons, eine Stimme meldete sich aus dem grauen Lautsprechertuch, und Brodin sagte: «Kannst du Larsson herbitten?»
Es war etwas zu hören, das mit viel gutem Willen als okay verstanden werden konnte, und dann knackte es in dem Apparat. Der hatte wohl seine Pflicht getan, denn Brodin lehnte sich zurück, wandte seine Aufmerksamkeit wieder

der Zimmerdecke zu und faltete die Hände hinter seinem Kopf.

So saß er immer noch da, als ein diskretes Klopfen an der Tür zu hören war und der kleine bärtige Techniker eintrat. Er begrüßte Olsson und Cecilia, ohne allzu überrascht zu wirken. Dann blinzelte er zu den Zeichnungen auf Brodins Tisch. Der Polizeichef wachte für einen Moment aus seinen Gedanken auf und bellte einen Befehl.

«Sieh zu, was für Abdrücke du finden kannst!»

Larsson wippte mit seinem Kinnbart und faltete die Bogen vorsichtig zusammen. Er hatte offenbar begriffen, worum es sich da handelte, denn er stellte keine Fragen. Aber Olsson sagte: «Meine Fingerabdrücke sind da drauf. Und die einer Frau, Louise Berghagen. Sie war auf der Brückenbaustelle dabei, als wir Åman gefunden haben.»

Der Techniker nickte, aber gerade als er gehen wollte, klingelte das Telefon auf Brodins Schreibtisch, und der Polizeichef machte ihm Zeichen zu warten.

Es sah wie eine Pantomimenvorstellung aus. Brodins Mienenspiel wechselte von Erstaunen zu Nachdenklichkeit, von Grübeln zu Entschlossenheit.

Dann legte er den Hörer auf. Es war nicht ganz klar, an wen er sich wandte.

«Das war Kommissarin Kellerman», sagte er. «Wir können sowohl den Pfusch am Bau als auch die Sabotage vergessen. An den Materialproben gab es keine Fehler.»

Er hörte sich beinahe feierlich an, als er fortfuhr.

«Hingegen haben sie in ausreichendem Abstand von der Brücke einen kleinen Sender gefunden. Der ist vom gleichen Typ, mit dem man Modellflugzeuge fernsteuert, und eignet sich hervorragend dazu, eine Sprengladung auszulösen.»

Brodin wandte sich an Olsson. War da Respekt in seinem Lächeln?
«Wie du sicher verstehst, gibt das den Zeichnungen ein ganz neues Gewicht. Die sind ausgesprochen wertvolles Material für die Ermittlungen.»
Dann schien er sich an Larsson zu erinnern, der mit der gelben Mappe in der Hand wartend dastand, bereit, nach Fingerabdrücken zu suchen.
«Es ist keine Frau, sondern ein Mann, nach dem wir suchen», sagte er mit Nachdruck.
Olsson zuckte zusammen. Genau das hatte er befürchtet.
«Ich bin ganz sicher, dass Urban Sunesson nichts mit den Sprengladungen zu tun hat», versuchte er.
Aber Brodin winkte abwehrend.
«Wir haben einen anderen Bekannten, einen, von dem wir wissen, dass er im Krieg auf dem Balkan dabei war», erklärte er ganz ruhig. «Und der ist außerdem Fachmann fürs Tauchen und für Sabotage, er ist bei den schwedischen Küstenjägern zum Elitesoldaten ausgebildet worden.»
Er machte die ihm eigene Kunstpause.
«Jetzt wird es Zeit, Petar Savin zur Fahndung auszuschreiben.»

KAPITEL 18

Olsson wusste nicht, was er davon halten sollte. Er war sich nicht sicher, ob Brodin einen neuen PR-Trick versuchte, ein schnelles Fahndungsersuchen war beinahe genauso gut wie eine schnelle Festnahme. In den Medien vermittelte das den Eindruck von Effektivität, und Brodin hatte Punkte gutzumachen, die Taucherei in Västersjön war, trotz der Luger, wegen den Bombendrohungen und den Demonstrationen oben in Båstad beinahe in Vergessenheit geraten.

«Wer ist Petar Savin?»

Die Frage kam aus dem zweiten Besuchersessel, und Olsson antwortete, während Brodin immer noch sein Lächeln regulierte.

«Einer der Aktivisten in der Gruppe, über die du gesprochen hast.»

Cecilia riss die Augen auf, hielt sich aber zurück mit dem, was sie auf der Zunge hatte. Olsson fühlte sich ein wenig schuldbewusst, weil er nicht alle seine Befürchtungen hinsichtlich der Clique um Urban Sunesson geäußert hatte. Er wollte gerade etwas zu seiner Rechtfertigung sagen, als Brodin mit seiner Gesichtsgymnastik fertig war und sich zu Wort meldete.

«Petar Savin ist schwedischer Staatsbürger serbischer Abstammung», begann er. «Und abgesehen von dem Verdacht wegen Diebstahls von Sprengmaterial wird er von der Geheimpolizei als mutmaßliches Kriegsrisiko überwacht.»

«Kriegsrisiko?»
Brodin fiel in seinen belehrenden Tonfall zurück.
«In unserem Land sind viele verschiedene ethnische Gruppen vertreten, und es gibt ein gewisses Risiko, dass einzelne Personen sich entschließen, den Krieg hier bei uns weiterzuführen. Besonders jene, die da unten aktiv waren.»
«Und das ist Petar Savin gewesen?»
Olsson wunderte sich überhaupt nicht. Die Geheimpolizei hatte ihre eigenen Auffassungen, und vor allem, wenn es um das Sammeln von Daten ging, hatte sie nie allzu große Hemmungen bewiesen, besonders dann, wenn es Personen mit ausländischem Hintergrund betraf.
Aber der Polizeichef hatte sich offenbar kundig gemacht. Er fuhr fort, ohne von Olssons misstrauischem Unterton Notiz zu nehmen.
«Petar Savin ist zusammen mit seinem Vater da runtergefahren, gleich nachdem er seine Wehrpflicht abgeleistet hatte. Er nahm an den Kämpfen mehr als zwei Jahre lang teil, bis sein Vater fiel. Er hatte Verwandte, die ebenfalls unter ungeklärten Umständen ums Leben kamen. Was er da unten eigentlich alles mitgemacht hat, weiß niemand so genau.»
Brodin brach ab und warf einen schnellen Blick zur Zimmerdecke. Er sah etwas abwesend aus.
«Sowohl Åman als auch Berghagen befanden sich im selben Kriegsgebiet, zum gleichen Zeitpunkt wie Petar Savin, und nun sind beide mit großer Wahrscheinlichkeit ermordet worden. Petar Savin ist oben an Västersjön gesehen worden und hat eine Spezialausbildung zum Kampftaucher absolviert. Er ist als Umweltaktivist und als Gegner der Brücke bekannt, und auch wenn wir das nicht beweisen konnten, so hat er mit großer Wahrscheinlichkeit Zu-

griff zu erheblichen Mengen an gestohlenem Sprengstoff. Und die Pläne der Attentatsplätze können offenbar mit der Aktivistengruppe, in der er Mitglied ist, in Verbindung gebracht werden. Das sind ein paar Zusammenhänge zu viel, als dass alles Zufall sein könnte.»

Er unterbrach sich und überlegte. Dann legte er plötzlich beide Handflächen auf den Tisch. Er hörte sich an wie ein Wahlredner und lächelte wie ein Lottogewinner.

«Er hat die Kenntnisse, die Gelegenheit hatte er, jetzt geht es nur darum, das Motiv herauszufinden.»

Sowohl Olsson als auch Cecilia saßen schweigend da. Bei Brodin konnte man sich nie sicher sein, vielleicht war alles nur Haarspalterei, um eine schnelle Festnahme entsprechend der berüchtigten Doktrin zu rechtfertigen. Aber trotz allem hatte seine Theorie etwas Bestechendes. Vielleicht waren die Morde ganz einfach ein Racheakt für etwas, das im Chaos des Krieges geschehen war. Zumindest was Berghagen anging, war es nicht abwegig, dass er wegen eines seiner Kriegsverbrechen in die Luft gesprengt worden war.

Olsson stellte fest, dass Brodin Klüger mit keinem Wort erwähnt hatte, aber er verstand, dass der Mord an dem Deutschen in direktem Zusammenhang mit dem an Åman stand. Und er war durchaus bereit zuzugeben, dass alles darauf hindeutete, dass dieser sein Leben hatte lassen müssen, weil er zu viel von den Machenschaften seines Lebensgefährten wusste. Und wenn man das bedachte, war die Strategie des eigensinnigen Polizeichefs richtig, wenn die Morde zusammengehörten, war es das Beste, nach dem primären Motiv zu suchen.

Brodin schien plötzlich alles Interesse an seinen Gästen verloren zu haben. Er suchte zwischen seinen Papieren, begann eine Art Formular auszufüllen, und Larsson machte sich mit der gelben Mappe unter dem Arm schnell auf den Weg. Der kleine Techniker wippte ihnen wie gewöhnlich mit dem Bart zu, ließ aber die Tür hinter sich offen, und Olsson fasste die Geste richtig auf.

Er bekam Cecilia aus dem Sessel hoch und hinaus auf den Flur, sie blickte sich verwundert nach dem viel beschäftigten Polizeichef um, aber Olsson schob die Tür zu. Er hatte vor langer Zeit aufgehört, sich über Brodins eigentümliche Art, auf Wiedersehen zu sagen, Gedanken zu machen.

Auf der Treppe hinunter zur Straße fragte er sie: «Wie bist du hergekommen?»

Sie sah ihn naiv unschuldig an.

«Mit dem Bus!»

Er gab sich nicht mal die Mühe, verständnislos auszusehen.

«Und wo gibt es diesmal Lunch?»

«Same procedure as last time?»

Aber Olsson hatte eine bessere Idee.

Langsam lenkte er den Volvo den Hang bei der Statoil-Tankstelle hinauf, aber in Rebbelberga bog er nach links ab, und einige Minuten später rauschten sie durch die lange Kurve bei Luntertun. Ein Steinhaufen und ein hölzernes Kreuz war alles, was dem Vorbeifahrenden zeigte, wo die mittelalterliche Stadt gelegen hatte, ehe der dänische König Kristian II. sie schleifte und die Einwohner zwangsweise nach Ängelholm umsiedelte. Kurz danach öffnete sich Skälderviken, und Olsson hielt vor einer Treppe, an der oben ein weißes Restaurant stand.

Waren es nun die Treppenstufen oder die Aussicht, die Cecilia atemlos machte? Sie konnte die Häuser bei Arild auf

der anderen Seite des Wasser zählen, und der Sandstrand mit Klippen und vom Wind gebeugten Zwergfichten zog sich kilometerweit hin.
«Ist das deine Art, dir Appetit zu machen?», keuchte sie, als sie endlich oben bei der langen Reihe der Fenster standen und übers Wasser blickten.
Olsson antwortete nicht, er war ebenso aus der Puste und versuchte das zu verbergen, in dem er voranging und ihr die schwere Tür aufhielt. Erst als sie einen Fenstertisch gefunden hatten, von dem aus man den Eindruck bekam, als ob das Wasser tief unter einem läge, sagte er: «Ich hätte sonst für heute Abend ein gemeinsames Essen vorgeschlagen.»
Sie blickte ihn mit großen Augen verwundert an. «Und weshalb sollte das eine das andere ausschließen?»
Damit hatte sie natürlich Recht. Er erläuterte seinen durchdachten Plan: Theater in Helsingborg und danach in einem gemütlichen Restaurant einen Happen essen. Aber das wurde nur zur Hälfte gutgeheißen.
«Nie im Leben, das Souper gibt es bei mir zu Hause.»
Er hörte an der Stimme, dass das Angebot nicht verhandelbar war, aber er hatte sowieso nichts dagegen einzuwenden. Wenn er denn den Mut dazu aufgebracht hätte, wäre das sein Vorschlag von Anfang an gewesen.
Eine Kellnerin erschien und schlug das Tagesmenü vor: Scholle mit frisch geriebenem Meerrettich. Als der auf den Tisch gekommen war, sicherheitshalber mit einer extra Schale der beißenden Streifen, sagte Olsson: «Schlimme Geschichte, das mit Uno Berghagen. Ich meine, wie konnte der sich mit diesen Henkern einlassen?»
Cecilia sah nachdenklich aus. Sie trank einen Schluck Bier. «Hast du ihn gekannt?»

«Ich habe ihn nur zweimal getroffen, und ich will nicht behaupten, dass er mir sehr sympathisch war, trotzdem.»
«In diesen Gruppen gab es wirklich eine ganze Menge schwedischer Freiwilliger, unabhängig zu welcher Seite sie gehörten. Legionäre oder andere. Vielleicht war er der gleichen politischen Meinung wie einige von denen. Oder vielleicht lockte es ihn auch nur, mal auszuprobieren, wie es ist, in einem Krieg dabei zu sein?»
Olsson antwortete nicht. Nachdenklich nahm er eine Gabel voll von dem Meerrettich, den spürte man bis in die Stirn. Während seine Augen tränten, sagte Cecilia: «Eine Sache verstehe ich einfach nicht, wie konnte Petar Savin sich ausrechnen, dass Berghagen selbst zu der Bombe hingehen würde? Ich hätte das an seiner Stelle jedenfalls nicht getan.»
Olsson hatte über die gleiche Frage auch schon nachgedacht, er wischte mit dem Handrücken über die Augenwinkel.
«Vielleicht waren deshalb die beiden ersten Sprengladungen nicht scharf gemacht. Die waren möglicherweise nur dafür vorgesehen, Berghagen in Sicherheit zu wiegen.»
Cecilia sah so verständnislos aus, dass er hinzufügte: «Seine Aufgabe war es doch, darauf zu achten, dass so wenig Negatives wie möglich über den Brückenbau geredet wurde, und wenn er der Ansicht war, die Bombe sei ungefährlich, war es vielleicht gar nicht so abwegig, wenn er versuchte, sie selbst aus dem Weg zu räumen.»
Aber sie sah immer noch verständnislos aus.
«Du sagtest zwei. Welche war die andere?»
Olsson hielt mit dem Bier in der Hand inne, sie hatte natürlich Recht. Es war nicht sicher, ob Berghagen Einzelheiten über das Dynamit im Rathaus von Båstad gewusst hat-

te. Und auch wenn das der Fall gewesen wäre, war nicht klar, ob er davon ausging, dass das etwas mit dem Brückenbau zu tun hatte. Bei genauerem Hinsehen war es ziemlich dämlich von Savin, sich selbst zu gefährden, indem er den Verdacht auf die Umweltaktivisten lenkte.

«Da siehst du», sagte Cecilia. «Ich habe ja die ganze Zeit gesagt, dass mit dem Dynamit irgendwas nicht stimmte.»

Die Worte blieben in Olssons Hinterkopf hängen, während er und Cecilia ihre Teller leerten, bis nur noch zwei stilisierte Fischskelette von den Schollen, die frisch und nach Meer geschmeckt hatten, übrig waren. Es klingelte immer noch in irgendwelchen Gehirnwindungen, während der Kaffee in kleinen eleganten Tassen dampfte und Cecilia sich an der hinreißenden Aussicht vor ihnen erfreute. Das blieb wie ein eigensinniges Echo irgendwo im Unterbewusstsein, während der Volvo sie brummend hinaus zu dem grauen Mietshaus in Vejbystrand brachte.

Erst als Cecilia ihre Frage zum zweiten Mal wiederholte, nahm er sich zusammen und verwies das belastende Gedankenfragment in eine ferne Ecke, wo es ihn nicht mehr nervte.

«Entschuldigung, was hast du gesagt?»

«Ich fragte, warum du so abwesend wirkst!», antwortete sie mit einem Seufzer. «Und dann wollte ich wissen, ob du Lust hast, mit mir nach oben in meine Wohnung zu kommen.»

Er sah verwirrt aus, aber sie grinste nur.

«Sieh nicht so verdutzt aus, ich dachte nur, du möchtest vielleicht noch einen Kaffee haben. Das will ich jedenfalls.»

Er bedankte sich und kam hinter ihr her die Treppe hinauf. Während sie in ihrer mikroskopisch kleinen Küche hantierte, machte er es sich im Zimmer bequem. Ihn erfasste das gleiche Gefühl wie immer in dieser Wohnung, und als sie mit dem tiefschwarzen italienischen Kaffee hereinkam, erinnerte er sich an das erste Mal, als er hier gewesen war.

«Trink vorsichtig, damit du kein Herzklopfen bekommst!»

Er ignorierte die boshafte Bemerkung und nippte an der Flüssigkeit, er hatte Zucker und Milch hineingetan, sodass sie einem Cappuccino glich. Aber Cecilia trank Kaffee als Espresso, stark und bitter. Sie ließ sich an seiner Seite nieder und seufzte zufrieden.

«Schön, wieder hier zu sein, ich hab das vermisst.»

Er sah sich in dem voll gestellten Zimmer um, die Nachmittagssonne spiegelte sich in Fotografien und Buchrücken. Im gleichen Atemzug strahlte die Wohnung Harmonie und Spannung aus.

«Und dich auch», fügte sie hinzu.

Olsson wurde verlegen und wusste nicht recht, was er sagen sollte.

«Mir geht's auch so.»

Sie sah ihn ernst an, aber nur eine Minute lang, dann sagte sie: «Ich habe drei Tage lang frei. Was hast du denn vor?»

Olsson dachte an seine Umzugskartons. Die Antwort war leicht.

«Nichts Besonderes.»

«Gut.»

Mit einem Ruck war sie auf den Beinen und begann in einem Schrank zu suchen. Olsson betrachtete verwundert die plötzliche Aktivität, und sie unterbrach sie für einen Augenblick.

«Ich will heute Abend ins Theater, ich muss nachsehen, was ich anzuziehen habe.»

Er begriff, dass es an der Zeit war zu gehen. Also stand er auf und sagte: «Vergiss bloß nicht, dass wir hinterher essen gehen wollen.»
Sie schnitt eine Grimasse, aber an der Tür lächelte sie ihn an. Er lächelte zurück.
«Ich hol dich um sieben Uhr ab.»
Für die Treppen brauchte er nur wenige Sekunden und auch nicht mehr Zeit über den Rasen. Nichts rührte sich hinter den Gardinen, aber wenn er etwas gesehen hätte, würde er der wissbegierigen Dame ein freundliches Lächeln geschenkt haben. Das bekam stattdessen eine der zahlreichen Katzen des Hauses. Sie verfolgte ihn misstrauisch mit ihren gelben Augen, als er in den Volvo stieg und davonfuhr.
Bei Magnarp sah er sich selbst im Rückspiegel grinsen. Er entspannte sein Gesicht und fuhr langsamer. Die Geschwindigkeitsbegrenzung auf der Strecke zur Hügelkuppe bei Björkhagen war genauso lang, dass die Uhr in seinem Kopf wieder zu klingeln begann.
Cecilias Worte über die Sprengladungen ließen ihm keine Ruhe. Da war nicht nur der Umstand, dass es unlogisch schien, wenn Savin die Schuld für die Attentate den Umweltaktivisten anlastete. Es war auch etwas anderes, etwas, was er irgendwo gehört hatte, das nun nagte und reizte, ziemlich genau unterhalb der Schwelle des Bewusstseins.
Er gab sich seinen Gedanken hin und vergaß, Gas zu geben. Mit fünfzig kroch er dahin, bis das Auto, das hinter ihm aufgetaucht war, ihn mit einem schrillen Hupen aus seinem Träumen riss. Er hielt bei der Kirche von Barkåkra an, um den Wagen vorbeizulassen.
Das sinnlose Überlegen ließ er bleiben, stattdessen begann er an eine ganz andere Sache zu denken.

Jemand musste Urban Sunesson Bescheid geben, dass Petar Savin wegen Mordes gesucht wurde. Und jemand hieß in diesem Falle er selbst.
Er hatte schon ein schlechtes Gewissen, weil er Brodin erzählt hatte, woher die Pläne vom Brückenbau und dem Rathaus in Båstad stammten. Zweifellos würde die Polizei Urban darüber befragen, was er mit den schicksalhaften Zeichnungen zu tun gehabt hatte. Es war doch unnötig, dass Urban seine Situation verschlechterte, in dem er weiter mit dem Gesuchten in Verbindung blieb. Vielleicht nahm er sich sogar vor, ihn bei der Flucht zu unterstützen im guten Glauben, dass Savin nur den relativ geringfügigen Schaden an den Maschinen der Tunnelbauer zu verantworten hatte. Und im schlimmsten Fall riskierte er sogar eine Anklage wegen Beihilfe zum Mord.
Olsson blickte auf die Uhr am Armaturenbrett. Es war beinahe vier geworden, aber er hatte immer noch gut Zeit, bis er Cecilia abholen wollte. Er würde ein Bad nehmen, sich ein Stündchen aufs Ohr legen können, und trotzdem blieb noch genügend Zeit, Urban zu warnen.
Er überlegte, wo er wohl ein Telefon finden konnte, kam aber zu dem Schluss, dass es ebenso gut war, nach Hause zu fahren und von dort aus anzurufen. Er startete den Volvo, aber bereits am Stoppschild an der Kreuzung nach Förslöv entschied er sich anders.
Im Hinblick darauf, wie ihr letztes Gespräch verlaufen war, bestand das große Risiko, dass Urban überhaupt nicht mit ihm reden wollte. Vielleicht würde er den Hörer auflegen, sobald er hörte, wer dran war.
Olsson fand, dass er Seved einen ernsthafteren Versuch schuldig war, und blinkte nach links. Bei den weißen Gebäuden des Gutshofes fiel ihm ein, dass Urban ja gar nicht

an Västersjön wohnte, sondern in Lund. Bei Hjärnarp war er schon drauf und dran, wieder umzukehren, kurz bevor er auf die Straße nach Ängelholm kam, entschied er sich anders und gab sich selbst einen neuen Gegenbefehl. Sollte Urban nicht da sein, so konnte das auch nicht schaden. Er hatte sowieso nichts Besseres zu tun, als zu Hause umherzuwandern und darauf zu warten, dass die Uhr sieben wurde.

Bei Västersjön angekommen, schaukelte er die holperige Zufahrt entlang und sah schon von weitem, dass der rostige VW-Bus weg war. Eine Elster lachte ihn aus, als er auf dem Platz parkte, wo der Bus gestanden hatte. War es die Gleiche, die er hier schon einmal gehört hatte?

Das schwarze Eisentor glitt mühelos auf, Seved hielt es offenbar gut in Schuss. Er schloss es wieder sorgfältig hinter sich und ging den Fußweg mit den behauenen Sandsteinplatten entlang. Ein Schuppen, den er vorher nicht bemerkt hatte, verbarg sich dicht vor der Steinmauer. Er war groß genug, um ein Auto darin abzustellen, aber als Olsson die breite Tür einen Spalt weit öffnete, sah er nur den leeren Erdboden.

Zwischen hohen Büschen ging er auf das Haus zu. Von dort kamen immer noch keine Lebenszeichen, aber es war ja durchaus möglich, dass Urban irgendetwas zu erledigen hatte und bald zurückkam. Olsson angelte nach einem Kugelschreiber, es konnte nicht schaden, wenn er eine Nachricht hinterließ.

Er warf einen Blick auf den See. Der lag leer und einsam da, trotz des guten Wetters waren keine Boote oder badende Menschen zu sehen. Ein Schwarm Schwalben jagte nach Insekten, hin und wieder zogen sie mit ihren Flügelspitzen lange Spuren auf der Wasseroberfläche, und er-

schreckte Wasserläufer huschten auf ihren langen Spindelbeinen eiligst zur Seite.
Olsson ging den üblichen Weg rund um das Haus zur Verandatür und blickte durch das Fenster. Kein Mensch war zu sehen, und er suchte in den Taschen nach einem Stück Papier, als er zufällig gegen die verglaste Tür stieß. Ohne einen Ton glitt sie weit auf, die Scharniere waren ebenso gut geölt wie bei dem schwarzen Eisentor.
Überrascht trat er über die Schwelle und blickte in den Raum. Er konnte sich nicht erklären, warum er das Gefühl hatte, als ob eben jemand hier gewesen wäre, vielleicht war Urban gerade rausgegangen und hatte vergessen, die Tür abzuschließen.
Eine Glaskanne mit Kaffee und eine leere Tasse standen auf dem ovalen Tisch in der kleinen Nische. Er ging hin und fasste sie an, beide waren kalt. Es musste jedenfalls eine ganze Weile her sein, seit er Kaffee getrunken hatte, Olsson schätzte mindestens eine Stunde.
Die Tür zu dem inneren Zimmer war geschlossen, er zögerte einige Sekunden, ehe er darauf zuging und vorsichtig klopfte. Als er keine Antwort erhielt, drückte er die Klinke herunter und stieß sie auf. Auch hier waren die Scharniere gut geölt, sie schwang ebenso lautlos auf wie die anderen, und das Zimmer war leer.
Er ging einmal um den großen Tisch herum. An dem hatte Urbans Umweltgruppe gesessen, aber irgendwelche Hinterlassenschaften in Form von Brückenplänen oder Ähnlichem waren Gott sei Dank nicht da. Alles, was auf der dunklen Tischplatte lag, war die Tageszeitung von gestern.
Er ging aus dem Zimmer und schloss die Tür hinter sich. Aber noch ehe er sich umgedreht hatte, spürte er, dass er nicht länger allein im Haus war.

Er machte kehrt und starrte auf die Veranda. Es fühlte sich an, als ob ihm Eiswasser den Rücken hinunterliefe.
Drüben an der verglasten Tür stand Petar Savin regungslos mit einem Messer in der Hand.

KAPITEL 19

Petar Savin stand mit dem Rücken zur Sonne, und Olsson konnte seine Augen nicht sehen. Das Messer war kurz und hatte eine breite Schneide, er hielt es mit der Handfläche nach oben vor seinen Körper. Das sah nach einer Art Ausgangsposition aus, Olsson fiel schlagartig ein, dass der Mann vor ihm ausgebildeter Einzelkämpfer war, und er begriff, dass dies eine Nahkampfstellung war.

Ohne die Lage des Messers zu verändern, begann er auf Olsson zuzugehen. Er bewegte sich geschmeidig, aber doch angespannt, wie ein Tier auf dem Weg zu seiner Beute. Olsson stand regungslos da und sah ihn auf sich zukommen. Als er nur noch zwei Meter vor ihm war, blieb er stehen, das Messer zeigte geradeaus auf einen Punkt dicht unter dem Brustkorb. Er hielt den Arm so, dass er nicht mehr groß ausholen musste, sondern direkt zustechen konnte, eine Bewegung, die unmöglich zu parieren war. Olsson war klar, dass Savin auf seine Hauptschlagader zielte, und ihm war ebenso klar, dass er zielte, um zu töten.

«Warte, Petar», sagte er.

Die Stimme hörte sich wie ein Krächzen an, aber Savin stutzte. Er drehte den Kopf ein klein wenig, und das Licht fiel über das bärtige Gesicht, er sah jung und ängstlich aus.

«Woher weißt du, wie ich heiße?»

Olsson wollte antworten, aber seine Stimme versagte. Petar Savin kam ein Stückchen näher. Seine Augen wurden schmaler.

«Was hast du hier zu suchen?»
Olsson hob abwehrend die Hände, es sah aus wie eine Filmszene, in der jemand beraubt wird. Aber zum Glück fand er die Sprache wieder.
«Ich suche nach Urban.»
Ein Schimmer von Zweifel fiel über das bärtige Gesicht, die Hand mit dem Messer zitterte, behielt aber seine Richtung. Dann kam ein unsicheres «Kennst du ihn gut?».
«Nein, aber seinen Vater.»
Endlich entspannte sich die Hand mit dem Messer. Savin dachte über die Antwort nach, er hörte sich unschlüssig an.
«Beweise es!»
Olsson zuckte mit den Schultern.
«Ruf ihn an.»
Das war die falsche Antwort. Savin hob das Messer, er war wieder gespannt wie eine Feder.
«Du willst mich reinlegen, er ist im Ausland.»
Plötzlich war er ganz nahe bei Olsson, die Messerspitze kitzelte ihn am Hals, sie war scharf wie ein Skalpell.
«Was willst du von Urban?»
Olsson war nicht in der Lage, sich etwas auszudenken, deshalb sagte er die Wahrheit.
«Ich will ihn vor der Polizei warnen.»
Savin blinzelte unsicher, aber nur eine halbe Sekunde lang. Das Messer kam ein wenig näher, es kitzelte nicht länger.
«Du verdammter Lügner. Du bist hergekommen, um herumzuschnüffeln, red dich nicht raus.»
Da war ein neuer Tonfall, und Olsson sah endlich ein, dass Savin ihn einschüchtern wollte und nichts anderes. Diese Erkenntnis gab ihm sein Denkvermögen zurück.
«Du kannst auch gleich aufgeben. Die sind auf dem Weg hierher», sagte er so sachlich wie möglich.

Das war einer der uralten Tricks, aber er funktionierte.
«Was meinst du damit? Die haben mich doch laufen gelassen.»
Er trat einige Zentimeter zurück, und Olsson antwortete: «Nach dir wird wegen der Sprengung auf der Brücke gefahndet. Das ist ein Großeinsatz, du hast keine Chance.»
Die Augen über dem Bart wurden unsicher. Dies schien ihm neu zu sein. «Großfahndung?»
Olsson hätte sich auf die Zunge beißen können. Savin stand mit gezücktem Messer vor ihm und wusste offenbar noch nicht, dass nach ihm gefahndet wurde. Wer konnte vorhersagen, wie er reagieren würde, nachdem er nun erfahren hatte, dass die Polizei ihn jagte?
Aber der Bärtige war offenbar kaltblütiger, als Olsson geglaubt hatte. Er stand regungslos da, warf nicht einmal einen kurzen Blick zum Fenster.
«Her mit den Autoschlüsseln!», sagte er ganz ruhig.
Olsson zögerte, sah aber ein, dass die ruhige Stimme trügerisch war. Savin machte jetzt einen kalten und zielbewussten Eindruck, zwei Jahre als Frontsoldat im Krieg waren vermutlich nicht spurlos an ihm vorübergegangen. Es war sicher das Klügste, sich seinen Absichten nicht zu widersetzen.
Er tat, was ihm befohlen worden war. Die Schlüssel waren in der Hosentasche, und Savin beobachtete sorgfältig seine Bewegungen, als er die Hand danach ausstreckte. Olsson rührte sich wie in Zeitlupe und hielt ihm das Schlüsselbund zwischen Daumen und Zeigefinger hin. Petar Savin nahm es, ohne den Augenkontakt zu unterbrechen. Dann machte er ein Zeichen mit dem Messer.
«Dahin!»
Olsson hatte keine Wahl. Er drehte dem Messer den Rü-

cken zu und begann loszugehen. Im Korridor zu der Toilette bekam er einen Knuff, an der Tür noch einen.

«Da rein!»

Es war der gleiche Schrank, in den er bei dem Krebsessen versehentlich geraten war. Er war immer noch leer und groß genug, dass man sich darin bewegen konnte. Er war kaum drin, als Savin die Tür zuschlug und abschloss. Der Lichtschalter war offenbar an der Außenseite, denn plötzlich ging die Glühlampe aus, und es wurde stockdunkel.

Er setzte sich auf den Boden und schloss die Augen, bis sie sich an das Dunkel gewöhnt hatten. Dann hörte er, wie der Volvo ansprang, Savin Gas gab und verschwand.

Als die Stille lange genug angehalten hatte, öffnete er die Augen. Er sah immer noch nichts, aber beim Schlüsselloch leuchtete ein stechender weißer Punkt. Petar Savin hatte offenbar daran gedacht, den Schlüssel herauszuziehen, damit er an den nicht auf irgendeine Art und Weise herankam.

Er tastete im Dunkeln umher, der Schrank war völlig leer. Nichts gab es, das als Werkzeug benutzt werden konnte, um die Tür aufzubrechen, und plötzlich ging ihm auf, dass auch nichts dafür sprach, dass in absehbarer Zeit ein Mensch zum Haus kommen würde. Seved war verreist, und Urban wohnte in Lund. Einige Augenblicke fühlte er eine Panik in sich aufsteigen, es war durchaus möglich, dass er hier bleiben musste, bis er vor Hunger oder Flüssigkeitsmangel im Dunkeln eingesperrt starb.

Er holte ein paar Mal tief Luft, um sein Herz zu beruhigen, das im Takt mit seinen Gedanken laut klopfte. Angestrengt versuchte er sich darauf zu konzentrieren, wie er sich möglicherweise befreien könnte.

Dass die Tür nach außen aufging, war schon mal ein Vorteil. Er drückte die Schulter dagegen und prüfte den Widerstand, aber das Holz rührte sich nicht, es federte nicht einmal, obwohl er sich mit seiner ganzen Kraft dagegenstemmte. Er beugte sich zurück, lehnte sich gegen die Wand hinter sich, setzte die Füße an die Tür und trat, so kräftig er konnte, dagegen, mit den Absätzen genau am Schloss. Ohne Resultat, als ob er gegen eine massive Wand getreten hätte.

Dann fiel ihm ein, dass er bei dem Krebsessen hier drin einen Kleiderbügel hatte hin und her schwingen sehen. Er tastete noch einmal herum, und mit einem Gefühl des Triumphes entdeckte er ein bumeranggeformtes Stück Holz am Boden hinter sich.

Es war ein kräftiger Bügel, für schwere Mäntel gedacht, und mit einiger Mühe schraubte er den stabilen Haken aus grob gepresstem Stahldraht heraus. Er konnte nicht erkennen, wie der aussah, aber er fühlte mit den Fingern ein kleines Häkchen mit einem Knopf am äußersten Ende des gebogenen Teils.

Er klemmte den Haken in das Schlüsselloch. Es knackte im Blech, als er mit aller Kraft daran zog. Der grobe Draht schnitt in die Finger, und er war gezwungen, eine Pause einzulegen, damit der Schmerz nachließ. Er fühlte an dem Haken, dass der sich ein klein wenig gestreckt hatte, aber noch lag ein ziemliches Stück Arbeit vor ihm.

Er versuchte es wieder, erzielte das gleiche Resultat, und als er die Prozedur beinahe ein Dutzend Mal wiederholt hatte, wiegte er in seiner Hand etwas, das aussah wie die Miniatur eines Hockeyschlägers, bei dem das kleine Häkchen mit dem Knopf das Blatt darstellte.

Als Polizist hatte er sich recht gute Kenntnisse über Schlösser angeeignet, und mit ein wenig Glück konnte der Haken als Schlüsselachse dienen. Es kam nur darauf an, ihn an den hinterhältigen Kanten vorbeizuführen, die wie eine Barriere hervorstanden und Schlüssel mit falscher Form daran hindern sollten, an den eigentlichen Schlosskolben heranzukommen.

Er fummelte seinen Dietrich in das Schlüsselloch und tastete sich vorsichtig vor. Zum Glück hatte die Tür ein ganz normales Schrankschloss ohne irgendwelche komplizierten Teile. Nachdem er eine Weile herumgestochert hatte, fand er darin einen kleinen federnden Punkt. Er drehte, hörte ein Knacken, und dann ging das Schloss auf.

Olsson blinzelte in das helle Licht. Er fühlte sich, als ob er aus einem Traum erwacht wäre, und erst jetzt, nachdem er frei war, merkte er, wie viel Angst er da drin gehabt hatte. Er holte wieder tief Luft, diesmal allerdings erleichtert.

Er sah sich nach einem Telefon um und fand es in dem Zimmer mit der Verandatür, aber statt des Tutens gab der Hörer nur ein dumpfes Schweigen von sich. Er legte wieder auf und stellte fest, dass das Kabel zur Wanddose durchgeschnitten war. Savin hatte schließlich doch noch Verwendung für sein Messer gehabt.

Olsson begriff, dass er ohne Kontakt war. Auf dem Weg hierher war ihm aufgefallen, dass die Nachbarhäuser leer standen, was nicht verwunderlich war. Außer dem Anwesen von Leo Sark bestand die Bebauung rundherum auf den beiden Landzungen ausschließlich aus Sommerhäusern. Bis zum nächsten Bauernhof, der noch bewirtschaftet wurde, konnten es gut und gerne vier oder fünf Kilometer sein.

Er überlegte einen Moment, ob er in eins der Sommerhäuser einbrechen sollte, um sich Zugang zu einem Telefon zu verschaffen, sah aber ein, dass das mehr Schaden anrichten würde als notwendig. Er war ja nicht in akuter Gefahr, und die Polizei konnte die Zeit, die er brauchte, bis er in be-

wohnte Gebiete kam, gut abwarten, um dann über sein Zusammentreffen mit Savin informiert zu werden.
Er trat aus dem Haus und bereitete sich auf die lange Wanderung vor. Immer mehr zweifelte er daran, ob Brodin die richtige Person jagte, irgendetwas an der Reaktion von Savin stimmte nicht.
In seinem Hinterkopf begann es wieder zu klingeln. Die Sprengladung war auch nicht logisch, aber er konnte immer noch nicht mit dem Finger auf den Punkt zeigen, der falsch war. Er hatte nur so ein Gefühl, dass etwas, was er gehört oder gesehen hatte, mit der Sache zu tun hatte. Die Frage war nur, was.
Die frische Luft und das offene Wasser waren wie ein Labsal für die Seele nach der Gefangenschaft in dem dunklen Schrank. Er wusste nicht, wie lange er da drin gesessen hatte, das Gefummel mit dem Dietrich und dem Schloss war zeitraubend gewesen. Vielleicht hatte es eine Stunde gedauert, vielleicht auch nur eine halbe. Ihm fehlte das Zeitgefühl, und eine Uhr hatte er auch nicht, den ganzen Tag über hatte er sich auf die Uhr im Volvo verlassen.
Er überlegte, welchen Weg er gehen sollte, vielleicht gab es ein bewohntes Haus hinter Leo Sarks Landzunge? Er blickte über den See. Der Wind kräuselte die Wasseroberfläche, und das Schilf bewegte sich unruhig, aber die schützende Bucht zwischen den Landzungen lag still und glatt wie eine Glasscheibe. Das einzige Gebäude, das er sehen konnte, war das Gartenhäuschen auf der anderen Seite, es leuchtete wie ein kleiner gelber Fleck vor den üppigen grünen Laubbäumen.
Er hatte sich gerade entschlossen, auf Nummer sicher zu gehen und in Richtung Hjärnarp loszulaufen, als eine plötzliche Bewegung seine Aufmerksamkeit fesselte. Da

war jemand, der an dem Gartenhaus vorbeiging, und er konnte sich nichts anderes vorstellen, als dass die Polizei immer noch auf Leo Sarks Grundstück beschäftigt war.
Der Weg am Ufer entlang war beinahe zwei Kilometer weit, es ging ihm jedoch auf, dass die Strecke nur halb so lang war, wenn er den Seeweg quer rüber nahm. An einem Steg ein Stück weiter weg lagen mehrere kleine Plastikboote, aber er stellte fest, dass Seved Sunessons brauner Holzkahn wieder an seinen Platz gebracht worden war.
Er machte es genauso wie Åman an dem Abend des Krebsessens und schob das schmale Boot ins Wasser, ehe er hineinsprang. Die Riemen lagen an ihrem Platz und hatten feste Dollen, wie auf Binnenseen üblich. Er steckte sie in ihre Löcher in der Reling und begann zu rudern.
Das Boot lag hoch im Wasser, der Wind drückte gegen den Rumpf, und obwohl es sich um ein Holzboot handelte, war es leicht und kam sofort vom Kurs ab. Es zeigte sich, dass es anstrengender war, über die kleine Bucht zu rudern, als Olsson sich das vorgestellt hatte. Als er es halbwegs geschafft hatte, war er bereits so weit abgetrieben, dass er sich umdrehen und nach neuen Landmarken Ausschau halten musste.
Bilgewasser schwappte auf dem Boden, und einen Moment glaubte er, das Boot hätte ein Leck. Aber als der Wasserstand nicht zuzunehmen schien, ruderte er ruhig weiter. Um nicht nass zu werden, setzte er die Füße auf den Spant hinter der Sitzbank, doch obwohl es sich um ein schmales Boot handelte, war das nicht gerade bequem. Er saß breitbeinig da, ruderte und betrachtete seine Schuhe, als die kleine Uhr in seinem Hinterkopf plötzlich laut Alarm schlug.

Er hörte mit dem Rudern auf, der Wind trieb ihn sofort wieder aus dem Kurs, aber er merkte es nicht. Ihm fiel ein, was Harry erzählt hatte, und er erinnerte sich daran, wer dabei gewesen war und zugehört hatte. Es war kaum zu glauben, dass es wahr war. Und stimmte trotzdem mit dem überein, was Brodin erzählt, und dem, was er in Malmö erfahren hatte.

Olsson legte sich erneut in die Riemen, er ruderte mechanisch und kümmerte sich weder um Muskelkrämpfe noch um das Wasser, das um seine Knöchel platschte. Alles stimmte. Die Morde. Die Tauchermaske. Die Luger und der Krieg im ehemaligen Jugoslawien. Sogar die falschen Sprengladungen waren logisch.

Er hatte es eilig, seine neuen Erkenntnisse Brodin mitzuteilen, und scherte sich nicht darum, nach dem besten Anlegeplatz zu suchen. Er ruderte drauflos, bis das Boot über den sumpfigen Boden rutschte, und tapste an der Kante eines Schilfgürtels an Land. Mit nassen Schuhen stapfte er auf das gelbe Gartenhaus zu und öffnete die Tür. Aber da war niemand außer der ausgehöhlten Holzskulptur, und er befürchtete, dass Brodins Leute sich bereits auf den Heimweg gemacht hatten.

Halb rannte er den Pfad hinauf zu dem schuppigen blauen Haus, immer noch sah er keine Menschenseele, aber der rotweiße Plastikstreifen war noch an der hohen Treppe, und die Tür stand einen Spalt weit auf. Unter der Absperrung hindurch bückte er sich und nahm die Treppenstufen mit zwei großen Schritten.

Er kam bei dem Strindberg mit den surrealistischen Schlangen im Haar und dem großen Sofa hinein. Aber einen Polizisten sah er nicht. Gerade wollte er sich nach einem Telefon umsehen, als er ein kratzendes Geräusch

hörte. Es klang so, als ob jemand einen Stuhl wegschöbe, und es kam von oben aus dem Atelier.
Olsson machte eine Kehrtwendung und verschwand links in dem halbdunklen Gang, der hinauf in das Atelier mit der Kuppel führte. Ein paar Treppenstufen zwangen ihn, langsamer zu gehen, als er jedoch in den großen Raum kam, blieb er abrupt stehen, und es verschlug ihm die Sprache.
Mitten in dem Atelier stand eine Gestalt über die lange Arbeitsplatte gebeugt. Aber das war kein Polizist.
Es war zu spät wegzulaufen. Die Gestalt drehte sich um, und Olsson blickte in ein bekanntes Gesicht. Die Hand, die auf ihn zeigte, hielt kein Messer, sondern eine ungewöhnliche Waffe. Sie sah aus wie ein Schrotgewehr, bei dem beide Läufe und der Kolben abgesägt waren.
Sie standen sich schweigend gegenüber, es konnten ebenso gut Sekunden wie Minuten sein. Die Zeit schien stillzustehen, beide waren überrascht über die Anwesenheit des anderen. Bis Olsson schließlich sagte: «Schicke Schuhe. Ochsenblut, nicht wahr?»
Er erhielt keine Antwort und fuhr daher fort. «Wie haben Sie es eigentlich angestellt, den Penner auf die Brücke zu locken?»
Uno Berghagen sah ihn von oben herab an. Etwas rührte sich in seinen Mundwinkeln, so als ob es ihm schwer fiele, ein Lächeln zurückzuhalten.
«Wie sind Sie darauf gekommen?»
«Sie haben ihm einen Ihrer Anzüge angezogen und ihn in Stücke gesprengt, damit die Zeugen glauben sollten, Sie seien mit hochgegangen. War das, als Sie erfahren haben, dass sie die Luger gefunden haben?»
Er antwortete nicht. Die Hand mit der Waffe kam näher.
Olsson spürte, dass das Adrenalin sein Herz wie einen

Hammer schlagen ließ. Berghagen hatte bereits drei Menschen ermordet, er würde kaum zögern, auch beim Vierten abzudrücken.

«Und Sie sind das Risiko eingegangen, dass er hinterher nicht mehr zu erkennen sein würde? Und wenn er nicht dicht genug an die Sprengladung herangekommen wäre?»

Berghagen sah zufrieden aus, er hörte sich salopp an, so als ob er mit einem sportlichen Erfolg prahlte.

«Sie haben keine Ahnung, wie viel Dynamit man in die Hülle einer Schwimmweste packen kann. Und in einen Bauarbeiterhelm passt beinahe ein Kilo Plastiksprengstoff hinein.»

Olsson erinnerte sich an die Ausrüstung, die ihnen vor der Brückenbesichtigung verpasst worden war. Die Schwimmwesten waren aufblasbar gewesen, zusammengefaltet passten sie in ein faustgroßes Futteral, das dicht am Körper festgespannt wurde. Und die Schutzhelme gehörten zu einem Typ, der hoch auf dem Kopf saß und über dem Schädel viel Platz für die Belüftung ließ.

Die Ausstaffierung erklärte natürlich auch, warum die Zeugen sich hatten hinters Licht führen lassen. Die hatten einen Mann mit roter Schwimmweste und gelbem Helm auf die Brücke gehen sehen, der einige Augenblicke aus ihrem Blickfeld verschwand, um dann wieder aufzutauchen. Wahrscheinlich waren sie wegen der Bombendrohung so aufgeregt, dass sie auf Einzelheiten nicht achteten, selbst wenn sie so nahe dran gewesen waren, dass sie welche hätten feststellen können.

Berghagen war jetzt nur zwei Schritte vor ihm, und Olsson suchte verzweifelt nach Worten. Solange er ihn zum Sprechen brachte, würde er mit dem Schießen warten.

«Das war geschickt mit den falschen Sprengladungen»,

sagte er schnell. «Hat Ihre Schwester Ihnen geholfen, das alles auf die Aktivisten zu schieben, oder haben Sie sie auch betrogen?»

Jetzt lächelte Berghagen, man konnte fast meinen, aus Zuneigung.

«Lisa hat ihre Unterlagen nie in Ordnung gehalten, sie hatte auch keine Ahnung, wo die herkamen.»

Er stand so nahe, dass Olsson seinen Atem spürte, aber er schoss nicht, offenbar wartete er auf etwas.

«Ihnen also hat Jörgen Åman bei dem Krebsessen gedroht, stimmt's?»

Olsson erwartete keine Antwort, aber Berghagen hatte einen bitteren Unterton in der Stimme.

«Er hatte sich vorgenommen, so eine Art Simon Wiesenthal zu werden», sagte er gehässig. «Der fuhr da unten herum und sammelte Dokumentationsmaterial, und dann tauchte er draußen auf der Baustelle auf. Ich bin hundertprozentig sicher, dass er sich nur meinetwegen beworben hat.»

«Ich dachte, Sie haben ihnen die Unterkunft besorgt?», fragte Olsson ehrlich überrascht.

Berghagen glotzte ihn an.

«Die war für Hans Klüger», erklärte er.

Einen Moment sah er beinahe so aus, als ob er etwas bereute, dann ließ er ein Schnauben hören.

«Ich wusste gar nicht, dass der schwul war, noch weniger, dass er mit Åman zusammen war.»

Er schwieg, sein Blick wanderte irgendwohin aus dem Zimmer mit der großen Kuppel. Aber die Waffe hielt er immer noch direkt auf Olsson gerichtet, und dieser wagte nicht, sie zur Seite zu schlagen. Dann begann er wieder zu reden, er sprach geradeheraus in die Luft und hörte sich sonderbar eintönig an.

«Man kann nicht erklären, wie es in einem Krieg ist. Es gibt keine Grenzen, niemanden, der Einhalt gebietet. Da kommen Dinge in einem hoch. Allein der Blutgeruch … Körper, lebende und tote, abwechselnd. Das ist wie ein Wettkampf, an einem Tag gingen wir zu weit …»

Olsson wollte nichts davon hören, und zu seiner Erleichterung blieb ihm das erspart. Berghagen schien sich zusammenzunehmen, er wechselte das Thema und den Tonfall.

«Die Sau hatte sich meine Luger unter den Nagel gerissen. Sie kam mir da unten weg, und er wollte mich bei dem Tribunal anzeigen. Und die Luger als Beweismittel benutzen.»

Er sah nachdenklich aus. Olsson bekam Angst, dass er nicht mehr weitersprechen würde, und presste hervor, was ihm gerade einfiel.

«Sie haben sie ihm während des Krebsessens gestohlen.»

Berghagen blickte Olsson an, als ob er etwas Abwegiges gesagt hätte. Er schien zu zögern, ob er ihn verbessern sollte oder nicht.

Aber offenbar konnte er es nicht bleiben lassen.

«Er hat sich versprochen. Er sagte, dass er sie hier draußen hatte. Ich nahm einen Mantel, ging hin und fand sie. Ich ging hinunter an den See und warf sie so weit wie möglich ins Wasser, aber der Idiot hat mich gesehen. Ich hörte, wie es im Wasser platschte, und als ich mit der Taschenlampe leuchtete, saß er da in einem Kahn.»

Er konnte seine Selbstzufriedenheit nicht verbergen, als er weitersprach. Vielleicht versuchte er es auch gar nicht.

«Ich konnte mir denken, dass er versuchen würde, sie raufzuholen, also habe ich ihn im Auge behalten. Er war dumm genug, mit einem Schlauch zu tauchen.»

Berghagen war wieder dicht an ihn herangekommen, er lächelte ironisch und fingerte lässig an dem Kugelschreiber in Olssons Brusttasche, während er weitersprach.
Dann plötzlich, ohne die geringste Vorwarnung, stieß er ihm das Knie in die Magengrube. Olsson krümmte sich zusammen und fiel auf den Boden. Der Schmerz nahm ihm die Luft und die Stimme. Und während er da krampfhaft zusammengerollt lag, spürte er, wie Berghagen seine Hände auf dem Rücken fesselte und sie festzurrte.
Er wusste nicht, wie lange er in seiner verkrampften Stellung auf dem Boden lag, aber langsam ließ der stechende Schmerz nach und ging in ein dumpfes Ziehen über. Er hörte, wie Berghagen in dem Atelier rumhantierte, anscheinend stöberte er nach etwas, und offenbar fand er nicht, was er suchte.
Plötzlich lehnte er sich über Olsson. Er presste die abgesägten Läufe in seinen Nacken.
«Ich weiß, dass Sie mit der Polizei zusammenarbeiten. Åman hatte noch mehr Material, haben sie das gefunden?»
Olsson fragte sich, woher er das wissen konnte, aber alles, was er hervorstoßen konnte, war ein Nein. Berghagen schien mit der Antwort nicht zufrieden zu sein. Er wechselte mit der Waffe zu Olssons Kehlkopf und drückte sein Kinn zurück.
«Er hatte ein Bild, haben sie das gefunden?»
«Die haben nur die Luger.»
Er hielt die abgesägte Schrotflinte immer noch an Olssons Hals, während er über der Antwort grübelte. Dann nahm er sie plötzlich weg und begann wieder zu lächeln.
Olsson konnte sich vorstellen, warum er so großen Wert darauf legte, das Bild zu finden. Wenn er für einen Toten gehalten werden wollte, durften keine Fotos existieren, auf

denen er zu erkennen war, und insbesondere dann nicht, wenn sie ihn gleichzeitig als Kriegsverbrecher entlarvten. Unabhängig davon, wohin er sich abzusetzen gedachte, würde immer ein Restrisiko bleiben, dass Bilder auftauchten.

Aber Olsson begriff auch, was das für seinen Teil bedeutete.

Er war der Einzige, der zwischen Berghagen und dem perfekten Verschwinden stand. Er würde ihn niemals am Leben lassen.

Seltsamerweise hatte er keine Angst, es kam ihm eher so vor, als ob er unnatürlich hellwach war. Er spannte die Muskeln mit aller Kraft an, aber die Fesseln an seinen Händen gaben nicht einen Millimeter nach. Er versuchte mit den Handgelenken hin und her zu wackeln, aber das Resultat war das Gleiche. Dann entdeckte er eine Rolle mit kräftigem Klebeband, wie es auf Baustellen verwendet wird, und ihm war klar, warum seine Hände sich wie ein einziges dickes Paket anfühlten.

Berghagen verschwand in den Flur, offensichtlich verließ er sich darauf, dass Olsson sich nicht von der Stelle rühren konnte. Er werkelte draußen herum, aber Olsson verstand nicht, warum er glauben konnte, es gäbe noch Beweismaterial, das die Polizei nicht schon gefunden hatte.

Er machte einen Versuch, sich aufzurichten. Das war mit den Armen auf dem Rücken nicht leicht, aber es gelang. Es tat in den Leisten weh, als er auf die Türöffnung zustolperte. Er hörte Berghagen nicht mehr, das Suchen schien aufgehört zu haben, und er hoffte ganz einfach, dass der andere weiter drin im Haus fortfuhr. Suchend blickte er sich nach einem ausreichend scharfen Gegenstand um, mit dem er das Klebeband auftrennen konnte, aber er sah nichts Passendes.

Er hinkte weiter in den Flur hinein, bis zur Außentür waren es nur wenige Schritte; wenn es ihm glückte, bis dahin zu kommen, hatte er jedenfalls eine geringe Chance. Ihm fiel die Frau mit dem schnurlosen Telefon in dem Häuschen drüben an der Einfahrt ein. Auch wenn die Hoffnung, dass sie noch da sein würde, ihm vielleicht wie der Griff nach dem Strohhalm vorkam, so war es doch ein Lichtblick.
Er kam zu der Treppe mitten im Durchgang. Es tat ordentlich weh, und als er die erste Stufe hinunterstieg, musste er sich vor Schmerz zusammenkrümmen. Als er sich wieder aufrichtete, stand Berghagen mit der Waffe in der einen Hand und etwas, das aussah wie eine Sprayflasche, in der anderen vor ihm. Er lächelte Olsson höhnisch an.
«So eilig brauchen Sie es gar nicht zu haben, ich wollte Ihnen gerade einen kleinen Trick zeigen.»
Dann trat er vor und stieß ihm die Füße unter dem Körper weg. Olsson fiel Hals über Kopf, aber Berghagen stand bereit und fing ihn auf, bevor er sich das Gesicht an der Treppe stieß. Dann ließ er ihn wieder los, sodass er sich herumwälzte und auf dem Rücken liegen blieb, die Treppenstufe spürte er schmerzhaft zwischen seinen Schulterblättern.
«Keine Spuren von äußerer Gewaltanwendung», erklärte er lakonisch.
Er verschwand in dem Atelier, war aber einen Augenblick später zurück und hatte die Kleberolle bei sich. Davon riss er ein Stück ab und kam auf Olsson zu. Er zog ihn kräftig an den Haaren und hielt den Kopf fest. Der Schmerz trieb ihm die Tränen in die Augen und hinderte ihn daran, den Kopf zur Seite zu drehen, als Berghagen den breiten Klebestreifen über seinem Mund festdrückte.
«So haben wir es da unten gemacht, um sie ruhig zu kriegen.»

Er nahm die Sprayflasche, und nun sah Olsson, dass es sich um flüssiges Gas für Feuerzeuge handelte. Uno Berghagen hielt seinen Kopf wieder fest und setzte das Röhrchen an das eine Nasenloch. Olsson hielt den Atem an, bis es in seiner Brust schmerzte, aber schließlich hielt er es nicht länger aus, und das widerliche Gas strömte in seine Lungen.

Er fühlte noch, wie er matt wurde und die Dinge um ihn herum ihm plötzlich weit entfernt vorkamen, es war wie eine Art Rausch. Dann wurde es ganz ruhig, und das schummerige Licht in der Diele wurde immer dunkler. Er begriff, dass er das Bewusstsein verlor, und vielleicht war das auch der Fall, denn plötzlich merkte er, dass Berghagen ihm vorsichtig mit der flachen Hand ins Gesicht schlug.

Er beobachtete ihn interessiert und sagte dann: «Es ist noch zu früh, wir wollen einen Spaziergang machen.»

Er zog Olsson auf die Füße und stützte ihn beim Hinausgehen auf die Treppe. Die frische Luft machte ihn ein wenig munterer, aber die Beine waren weich wie Gummi, und er fiel schwerfällig die Treppenstufen hinunter. Doch Berghagen stieß ihn unbarmherzig vorwärts. Olsson stolperte wie ein Betrunkener, als er um das Haus herum und auf den Pfad geschoben wurde, der hinunter zum Wasser führte.

Als sie den halben Weg geschafft hatten, begann er sich kräftiger auf den Beinen zu fühlen, Berghagen war allerdings auf der Hut. Er griff Olsson wieder ins Haar und zwang ihn, das widerwärtige Gas einzuatmen.

Diesmal wurde er nicht bewusstlos. Berghagen war vorsichtiger gewesen, und die Beine trugen ihn gerade noch. Sie kamen an den marschierenden Skeletten vorbei, Olsson sah sie wie durch einen Schleier, und dann waren sie unten am Ufer. Berghagen hörte sich freudig überrascht an.

«Aha, Sie haben das Boot mitgebracht. Das ist ja sehr nett.»

Sie standen am gleichen Platz, an dem Hans Klüger gehenkt worden war. Trotz seines Zustandes begriff Olsson, dass es sich so abgespielt haben musste, als Berghagen ihn dazu gebracht hatte, den Kopf in die Schlinge zu stecken, und er fragte sich vage, ob er selbst am gleichen Baum aufgehängt werden sollte.

Es schien so, als ob Berghagen mitbekäme, was er dachte. Er schubste ihn zum Wasser und griff wieder in seine Haare.

«Sie werden ertrinken», sagte er in einem Ton, als ob er eine sachliche Erklärung abgäbe. «Die werden das umgekippte Boot und Sie mit offenem Hosenschlitz finden. Sicher wissen Sie, dass so die meisten Unglücksfälle auf dem Wasser passieren.»

Er zog wieder an den Haaren und zwang Olsson auf die Knie ins Wasser. Das war hier nicht mehr als einige Dezimeter tief, aber Olsson hatte keine Kraft mehr, sich zu wehren, als sein Kopf unter die Oberfläche gedrückt wurde.

Er spürte den weichen, schlammigen Boden in seinem Gesicht. Der war wie ein Kissen, auf dem man einschlafen konnte, aber er nahm seine letzten Kräfte zusammen, um der Versuchung zu widerstehen. Dann war die Luft zu Ende.

Er merkte, wie sich der Mund gegen seinen Willen öffnete und eine Blase aufstieg. Die glitt wie ein tödliches Streicheln an seinem Gesicht entlang, und er wusste, dass das Ende nahe war. Alle Luft würde seinen Körper verlassen, einige Blasen, so wie wenn man eine leere Flasche unter Wasser hält, dann war es vorbei.

Plötzlich lockerte sich der Griff, der ihn herunterdrückte, und während er gleichzeitig das Wasser in seine Lungen rinnen fühlte, bekam er den Kopf über die Wasseroberfläche.
Es brannte in seiner Brust, und ihm wurde schwarz vor Augen. Er lag vornüber und konnte sich mit den auf den Rücken gebundenen Händen nicht aufrichten. Er zwang sich, den Körper in einem Bogen hochzudrücken, bis es im Rückgrat knackte. Aber er atmete Luft.
Er sah durch einen roten Schleier, dass sich etwas bewegte, und bekam mit, dass Berghagen seine abgesägte Waffe hob, aber er richtete sie nicht auf ihn, sondern gegen irgendetwas oben auf dem Land. Dann war ein kurzer, scharfer Schlag zu hören, ungefähr wie von einer Peitsche, der allerdings von woanders herkam. Etwas platschte hinter dem Langen ins Wasser. Dann hörte er das Geräusch noch einmal, und dann fiel Uno Berghagen rückwärts direkt neben ihn.
Olssons Kraft ließ nach. Als er zum zweiten Mal hinunter ins Wasser sank, spürte er deutlich den süßlichen Geschmack von Blut.
Es konnte eine Ewigkeit oder auch nur eine Sekunde vergangen sein. Jemand drehte ihn um und hielt ihn über Wasser. Er schlug die Augen auf und sah einen Schatten, den er von irgendwoher kannte. Er schloss die Augen, und als er sie das nächste Mal öffnete, schob man ihn in einem Bett auf Rädern durch einen langen Tunnel. Danach schloss er die Augen und öffnete sie nicht mehr.

Das Licht flutete durch die Lamellen der Jalousie und warf ein gestreiftes Rechteck quer übers Bett. Cecilia nahm sich eine der Weintrauben, die sie selbst mitgebracht hatte, und

sagte: «Aspirantin Assarsson will den Polizeidienst quittieren.»
Olsson ging darauf nicht ein. Er betrachtete den kleinen Raum mit den Notrufknöpfen für die Krankenschwestern und den Anschlüssen für Atemluft und Sauerstoff.
«Sie hat ihm quer durch den Hals geschossen. Es ist schade um sie, sie bekam einen Schock.»
Endlich öffnete er den Mund. Er hörte sich wie eine heisere Krähe an.
«Schade nur um sie?»
«Nun ja, du hast doch überlebt. Unkraut vergeht nicht so leicht.»
Aber dann stockte ihre Stimme.
«Ich werde niemals mehr Böses über neugierige Nachbarsfrauen denken. Wenn sie nicht der Meinung gewesen wäre, dass irgendwas mit dem Auto drüben an der Landzunge nicht stimmte, und die Polizei angerufen hätte, wärst du nicht ...»
Sie strich ihm mit der Hand über die Wange. Die Bartstoppeln kratzten.
«Bist du sicher, dass du jetzt nach Hause willst?»
Er nickte.
«Es ist jetzt alles okay, abgesehen von der Stimme», krächzte er.
«Die haben dein Auto immer noch nicht gefunden. Das ist jetzt wohl schon in Bosnien.»
Olsson ging eine Runde durch das Zimmer und kontrollierte Schränke und Schubladen, obwohl er wusste, wie unnötig das war. Als er eingeliefert worden war, hatte er nichts anderes bei sich gehabt als nasse und schlammverkrustete Kleidung. Ohne dass er ahnte, wie das geschehen sein konnte, waren seine Sachen auf geheimnisvolle Weise

gereinigt und gebügelt worden, und er trug jetzt die gleichen Kleidungsstücke, die er anhatte, als er vor einer Ewigkeit hinaus zur Uggle-Halbinsel gefahren war.

Sie gingen hinaus zu dem wartenden Taxi. Es wehte ein kühler Wind von der See herüber, vielleicht das erste Anzeichen, dass der Herbst nicht mehr lange auf sich warten ließ. Eine leere Plastiktüte raschelte in einem Gebüsch, es sah aus, als ob sie darum kämpfte, freizukommen, und Olsson fühlte ein leichtes Unbehagen. Die Erinnerung an sein Zusammentreffen mit Uno Berghagen war immer noch verschwommen und unklar, er konnte nicht sagen, was geschehen musste, damit ihm alles wieder deutlich bewusst wurde.

Der Fahrer hielt die Autotür auf, er starrte Olsson neugierig an, offenbar hatte sich schon gerüchteweise verbreitet, was da oben an Västersjön geschehen war. Aber er fragte nur nach der Adresse.

Sie hielten bei dem gelben Haus an. Olsson zog seine Brieftasche heraus, die nicht so gut dabei weggekommen war wie die Kleidung, aber der Fahrer winkte abwehrend mit der Hand. «Das übernimmt die Firma.» Er grinste fröhlich und verschwand in der Kurve zum Fluss hinunter.

Olsson schloss die Tür auf, aber Cecilia blieb in der Diele stehen.

«Ich muss runter an die Arbeit.»

Olsson nickte, dann stellte er endlich die Frage, die ihm durch den Kopf gegangen war, seit er in dem Krankenhausbett aufgewacht war.

«Gab es ein Bild?»

«Na sicher. Als sie schließlich wussten, wonach sie suchen sollten, fanden sie es auch. Aber Jörgen Åman war listig gewesen, es war nur ein Abzug, und er hatte ihn in eines von Leo Sarks Kunstwerken geklebt.»

Voll Abscheu verzog sie das Gesicht.
«Wenn das Bild über die ganze Welt gesendet worden wäre, hätte er sich nirgendwo verstecken können.»
Sie sahen einander an, dann machte Cecilia einen Schritt auf ihn zu und nahm ihn lange in den Arm.
«Wir sehen uns am Freitag.»
In der Tür drehte sie sich noch einmal um.
«Ach, übrigens, Margret Kellerman bat mich, dir die hier zu geben. Du hast sie irgendwo vergessen.»
Sie warf ihm seine Armbanduhr zu. Er hatte den Eindruck, dass sie belustigt aussah, aber vielleicht war das nur wegen seiner verlegenen Miene. Es fiel ihm jedenfalls nichts ein, was er dazu hätte sagen können, als sie die Tür hinter sich schloss.

Petra Hammesfahr

Petra Hammesfahr, 1951 geboren, lebt als Schriftstellerin und Drehbuchautorin in Kerpen bei Köln. Mit ihren Romanen «Die Sünderin», «Der Puppengräber» und «Die Mutter» eroberte sie auf Anhieb die Bestsellerlisten.

Die Chefin *Roman*
(rororo 23132)
Betty Theissen leitet die Firma ihres Schwiegervaters und geht ganz in dieser Aufgabe auf. Als ihr Mann die Existenz des Unternehmens durch seinen ausschweifenden Lebensstil aufs Spiel setzt, beschließt sie seinen Tod.

Roberts Schwester *Roman*
(rororo 23156)
Bei einem von ihrem Bruder verschuldeten Unfall wird das Leben von Mia Bongartz zerstört. Trotzdem ist ihr Robert wichtiger als jeder andere Mann. Dann ist Robert tot.

Die Sünderin *Roman*
416 Seiten. Gebunden
Wunderlich und als
rororo 22755
«Spannung bis zum bitteren Ende.» *Stern*

Der Puppengräber *Roman*
(rororo 22528)

Lukkas Erbe *Roman*
(rororo 22742)

Das Geheimnis der Puppe
Roman
(rororo 22884)

rororo / Wunderlich

Meineid *Roman*
(rororo 22941)
«Zwei Frauen, die Männer und der Tod... Überraschende Spannung, die man nicht mehr aus der Hand legen will.» *Für Sie*

Die Mutter *Roman*
400 Seiten. Gebunden
Wunderlich und als
rororo 22992
Vera Zardiss führt ein glückliches Leben: Mit ihrem Mann Jürgen ist sie vor Jahren in eine ländliche Gegend gezogen. Mit den Töchtern Anne und Rena wohnen die beiden auf einem ehemaligen Bauernhof. Die heile Welt gerät ins Wanken, als Rena kurz nach ihrem 16. Geburtstag plötzlich verschwindet ...

Der stille Herr Genardy *Roman*
(rororo 23030)

Der gläserne Himmel *Roman*
(rororo 22878)

Weitere Informationen in der **Rowohlt Revue**, kostenlos im Buchhandel, und im **Internet: www.rororo.de**

3723/6

Virginia Doyle

Virginia Doyle ist das Pseudonym einer mehrfach ausgezeichneten Krimiautorin. Im Rowohlt Taschenbuch Verlag sind folgende Titel lieferbar:

Die schwarze Nonne
(43321)
Wir schreiben das Jahr 1876: Jacques Pistoux, französischer Meisterkoch und Amateurdetektiv, löst seinen ersten Fall auf dem Gut des Lords von Kent, bei dem er eine Stelle als Leibkoch angenommen hat.

Kreuzfahrt ohne Wiederkehr
(43352)
Nach seinem Abenteuer bei dem Lord von Kent beschließt Jacques Pistoux, dem britischen Inselleben den Rücken zu kehren und mit einer amerikanischen Reisegesellschaft eine Kreuzfahrt auf dem Mittelmeer zu wagen. Doch auch hier zieht der Meisterkoch das Verbrechen an wie der Honig die Fliegen.

Das Blut des Sizilianers
(43356)
Nach seinem Kreuzfahrtabenteuer hat es Jacques Pistoux nach Sizilien verschlagen, wo er ganz unfreiwillig zum ersten Undercover-Agenten der italienischen Justiz wird, die ihn als Küchenjungen auf dem Landsitz eines Mafia-Paten einsetzt ...

Tod im Einspänner
(43368)
Im Jahr 1879 verlassen der junge Meisterkoch und seine adelige Geliebte Charlotte Sophie Sizilien und erreichen nach einer abenteuerlichen Odyssee Wien.

Die Burg der Geier *Ein historischer Kriminalroman*
(22809)
Jacques Pistoux befindet sich auf dem Weg nach Frankreich. In Heidelberg engagiert ihn ein adeliger Landsmann ...
Und wieder begibt sich der junge Meisterkoch in ein schmackhaftes Abenteuer.
«Ein wahrhaft appetitliches Lesevergnügen.» *Norbert Klugmann*

Das Totenschiff von Altona
(23153)
Der neue Fall von Jacques Pistoux: Viel Spannung und historisches Hamburg-Flair!

rororo

Weitere Informationen in der **Rowohlt Revue**, kostenlos im Buchhandel, und im **Internet: www.rororo.de**

P. D. James

Adam Dalgliesh ist Lyriker von Passion, vor allem aber ist er einer der besten Polizisten von Scotland Yard. Und er ist die Erfindung von **P. D. James.** «Im Reich der Krimis regieren die Damen», schrieb die Sunday Times und spielte auf Agatha Christie und Dorothy L. Sayers an, «ihre Königin aber ist P. D. James.» In Wirklichkeit heißt sie Phyllis White, ist 1920 in Oxford geboren, und hat selbst lange Jahre in der Kriminalabteilung des britischen Innenministeriums gearbeitet.

Ein reizender Job für eine Frau
Kriminalroman
(23077)
Der Sohn eines berühmten Wissenschaftlers in Cambridge hat sich angeblich umgebracht. Aber die ehrfürchtig bewunderte Idylle der Gelehrsamkeit trügt.

Der schwarze Turm
Kriminalroman
(23025)
Ein Kommissar entkommt mit knapper Not dem Tod und muß im Pflegeheim schon wieder unnatürliche Todesfälle aufdecken.

Eine Seele von Mörder
Kriminalroman
(23075)
Als in einer vornehmen Nervenklinik die bestgehaßte Frau ermordet wird, scheint der Fall klar – aber die Lösung stellt alle Prognosen über den Schuldigen auf den Kopf.

rororo Unterhaltung

Tod eines Sachverständigen
Kriminalroman
(23076)
Wie mit einem Seziermesser untersucht P. D. James die Lebensverhältnisse eines verhaßten Kriminologen und zieht den Leser in ein kunstvolles Netz von Spannung und psychologischer Raffinesse.

Ein Gesamtverzeichnis aller lieferbaren Titel von **P.D.James** finden Sie in der **Rowohlt Revue**. Vierteljährlich neu. Kostenlos in Ihrer Buchhandlung.
Rowohlt im Internet:
www.rororo.de

3241/5

Laurie R. King

«Wenn jemand die Nachfolge von P. D. James antritt, dann **Laurie R. King.**»
Boston Globe

Die Gehilfin des Bienenzüchters
Kriminalroman
(rororo 13885)
Der erste Roman einer Serie, in der Laurie R. King das männliche Detektivpaar Sherlock Holmes und Dr. Watson durch eine neue Konstellation ersetzt: dem berühmten Detektiv wird eine Assistentin – Mary Russell – zur Seite gestellt.
«Laurie King hat eine wundervoll originelle und unterhaltsame Geschichte geschrieben.» *Booklist*

Die Apostelin *Kriminalroman*
(rororo 22182)
«*Die Apostelin* ist ein wundervolles Buch. Ich habe diesen Roman geliebt.»
Elisabeth George

Die Feuerprobe *Roman*
Deutsch von Eva Malsch und Angela Schumitz
544 Seiten. Gebunden und als rororo 23130

Das Moor von Baskerville
Roman
(rororo 22416)
Baskerville revisited: Die Fortsetzung des berühmtesten Falls von Sir Conan Doyle

rororo Unterhaltung

Die Farbe des Todes *Thriller*
(rororo 22204)
Drei kleine Mädchen sind ermordet worden. Kein leichter Fall für Kate Martinelli, die gerade erst in die Mordkommission versetzt wurde und noch mit der Skepsis ihres Kollegen Hawkin zu kämpfen hat.

Die Maske des Narren
Kriminalroman
(rororo 22205)
Kate Martinelli und Al Hawkin übernehmen ihren zweiten gemeinsamen Fall.

Geh mit keinem Fremden
Kriminalroman
(rororo 22206)

Wer Rache schwört
Roman
(22922)

Weitere Informationen in der **Rowohlt Revue,** kostenlos im Buchhandel, und im **Internet: www.rororo.de**